本好きの下剋上

司書になるためには手段を選んでいられません

第三部 領主の養女Ⅱ

香月美夜
miya kazuki

TOブックス

N
クラッセンブルク境界門
ハルデンツェル
ヘルツフェルト
レーデ
キューネ
アスマン
ランセル
クレマー
バウアー
ロウィン
ワルト
クラッセンブルク管理
旧ザウスガース境界門
フーバー
ブロン
国境門
クレッシェル
クラーツ
キルンベルガ
エーレンフェスト
直轄地
ヒルシュ
フレーベルターク境界門
カルク
ダールドルフ
ハーゼナイ
ジョイソターク
ベッセル
ライゼガング
ゲルラッハ
フォルスト
ビュルス
ヴィルトル
ガルドゥーン
イルクナー
クリーベル
アーレンスバッハ境界門
エーレンフェスト

第三部　領主の養女Ⅱ

イラスト：椎名 優 You Shiina
デザイン：ヴェイア Veia

登場人物

第二部あらすじ

青色巫女見習いになったマインは神殿に工房を作って飢えている孤児達に職と食を与えたり、グーテンベルク達と印刷について試行錯誤をしたりして忙しい毎日を送っていた。けれど、神殿長が連れ込んだ他領の貴族に襲われる。家族や側仕え達を守れる立場を手に入れるため、マインは上級貴族の娘ローゼマインになり、領主の養女になることを決意した。

領主一族

ローゼマイン
主人公。兵士の娘から領主の養女になり、名前が変わった。でも、中身は特に変わっていない。本を読むためには手段を選んでいられません。

フェルディナンド
ジルヴェスターの異母弟。神殿におけるローゼマインの保護者。

ジルヴェスター
ローゼマインを養女にしたエーレンフェストの領主でローゼマインの養父様。

フロレンツィア
ジルヴェスターの妻で、三人の子の母。ローゼマインの養母様。

ヴィルフリート
ジルヴェスターの長男で、ローゼマインの兄になった。

カルステッド
エーレンフェストの騎士団長。ローゼマインの貴族としてのお父様。

エルヴィーラ
カルステッドの第一夫人。ローゼマインの貴族としてのお母様。

騎士団長一家

エックハルト
カルステッドの長男。今は騎士団で仕事をしている。

ランプレヒト
カルステッドの次男。ヴィルフリートの護衛騎士。

コルネリウス
カルステッドの三男。ローゼマインの護衛騎士見習い。

ローゼマインの側近

アンゲリカ
護衛騎士見習い。口数の少ない儚げな美少女で中級貴族。

オティーリエ
側仕え。エルヴィーラの友人の上級貴族。

リヒャルダ
筆頭側仕え。保護者三人組の幼少期を知る上級貴族。

ブリギッテ
護衛騎士。ギーベ・イルクナーの妹で中級貴族。

ダームエル
護衛騎士。引き続き護衛をすることになった下級貴族。

下町の家族

ギュンター
マインの父さん。

エーファ
マインの母さん。

トゥーリ
マインの姉。

カミル
マインの弟。

下町の商人達

ベンノ……ギルベルタ商会の店主。
マルク……ベンノの右腕。
ルッツ……ダプラ見習い。
グスタフ……商業ギルドのギルド長。
フリーダ……グスタフの孫娘。

神殿の側仕え

フラン……神殿長室担当。
ギル……工房担当。
ヴィルマ……孤児院担当。
モニカ……神殿長室＆料理の助手。
ニコラ……神殿長室＆料理の助手。

ローゼマインの専属

エラ……専属料理人。　**ロジーナ**……専属楽師。

その他の貴族

オズヴァルト……ヴィルフリートの筆頭側仕え。
モーリッツ……ヴィルフリートとローゼマインの教師。
ユストクス……リヒャルダの息子で収穫祭に同行した徴税官。

その他

フーゴ………イタリアンレストランの料理人。
ハッセの町長…前神殿長と親しかった。
リヒト………ハッセの町長の親戚で助手。
カントーナ……ハッセの印刷業の担当文官。

第三部 領主の養女Ⅱ

プロローグ

エーファはトゥーリの邪魔にならないところにお茶を置いてから椅子に座ると、トゥーリの手元を見つめた。花だけではなく、秋の実りも感じられるような髪飾りが欲しいという顧客の無茶な要求に応えようと、トゥーリは見習い仕事から戻ってくるや否や一心不乱に秋用の髪飾りを作り始めたのだ。それは食後も続いている。コクリと自分のお茶を飲みながらその作業を見つめ、手を止められそうな頃合いを見計《みはか》らってエーファは話題を振ってみた。

「ねぇ、トゥーリは聞いた？　ちっちゃい神殿長が昨日の成人式でやったこと」

「仕事場でラウラから詳しく聞いたよ。ラウラのお姉ちゃんが成人式だったんだって」

エーファも夏の成人式に出席した娘を持つご近所の奥さんから井戸端で聞いたばかりの話だったが、トゥーリも仕事場で聞いてきたようだ。

「わたし達も神殿までマインを見に行ったけど、式の間は扉が閉まってるじゃない。今日、話を聞いてビックリしちゃったよ。マインったら星祭りと違って皆が真面目にお祈りをしてないからってお祈りのやり直しをさせたんでしょ？」

トゥーリの言葉にエーファは苦笑しつつ頷《うなず》いた。ローゼマインの神殿長姿を見るために、星祭りに続いて夏の成人式も家族で神殿の扉の前まで行ったけれど、式の間は扉が閉ざされていて中は見えなかった。扉が開けられてからは退場してくる新成人達の流れにカミルを潰《つぶ》されないように気を付けながらローゼマインの姿を見ることに集中していたため、周囲の話にはあまり耳を傾《かたむ》けていなかった。神殿まで行った家族は誰も気付かなかったけれど、今日は成人式の話で持ち切りだ。

「お祈りの違いで祝福の量がホントに違うって、ラウラのお姉ちゃんはビックリしてたらしいよ」

トゥーリはきりの良いところで手を止めると、一度立ち上がってお茶のあるところへ席を移動しながら笑った。星祭りの結婚式で本物の祝福ができるちっちゃい神殿長は街の噂になっていたのに、夏の成人式でお祈りのやり直しをさせたのだ。今までこれほど神殿のことが噂になったことがあるだろうか、と首を傾《かし》げてしまうくらい神殿長の噂が広がっている。

「星祭りの時の話が広がったせいで、昨日の成人式は本物の祝福に興味津々という人が多かったから、皆が上の空だったのかもしれないわね」

「でも、真剣に祈ってないからやり直し！　なんてお貴族様の神殿長に言われたら、普通は粗相《そそう》をしたと思って怖がるよ。それくらいわかってるはずなのにマインったら」

トゥーリが頬《ほほ》を膨《ふく》らませてそう言った。

「そうね。でも、幼くて本物の祝福ができる神殿長が平民から好奇の目で見られたり、侮《あなど》られたりすることは神官長が許さないと思うわ」

本当にマインかと一瞬疑ってしまうくらい、遠く離れた祭壇《さいだん》の上にいた神殿長はお貴族様に見えた。髪飾りの注文のために孤児院で面会を許されたトゥーリが「マインの所作が驚くほど綺麗《きれい》で見違えた」と言っていたように、親の目から見てもまるで別人のような変わり方だったのだ。貴族になるために無理をしているのではないか、とエーファは心配で仕方がない。

「祝福のやり直しはマインがお貴族様として生きていくためには必要なことなのよ、きっと」

「うーん、わたしは絶対にマインが変なことを考えて始めたことだと思うんだよね。だって、今までは別に真剣に祈らなくても良かったんだから」

トゥーリが唇を尖《とが》らせて言った。確かにそうかもしれない、とエーファは思わず笑ってしまう。

「マインは自分なりの勝手な理由でわけがわからないことを始めてたからね。でも、お貴族様になっても同じようなことをして、周囲を振り回せるとは思えないわ」

「ルッツの言い方では中身は変わってないみたいだよ？　マインがやり直しをさせたせいで、ちゃんとお祈りしないと本物の祝福がもらえないよって秋の洗礼式を受ける子が脅《おど》されてるみたい。今度からは皆ちゃんとお祈りするようになると思うよ」

お茶を飲み終わったトゥーリが元の椅子に座り直し、髪飾り作りを再開した。なかなか納得がいかなくて何度も作り直していた髪飾りだったけれど、完成は間近だ。

「いい感じに仕上がってきたじゃない」

「……マインが手紙で編み方を教えてくれたからだよ。わたし一人じゃ何種類もの木の実を作るなんて無理だったもん」

「あんな線だけの手紙で編み方がわかるトゥーリだからできたのよ」

マインの手紙を睨《にら》みながら試行錯誤を繰り返していたトゥーリの姿を知っているので、完成が近づいていることが感慨深い。トゥーリは何種類かの木の実に加えて、一枚、一枚細い高級な糸を使って花弁《はなびら》を編み上げ、でき上がった花弁を膠《にかわ》で柔らかい曲線を作りながら花芯《かしん》に巻き付けて立体的にしていた。この髪飾りのためにギルベルタ商会からは金属製の新しいかぎ針も与えられたため、最初に作っていた物より緻密《ちみつ》で綺麗になっている。

「三日後には納品だから、ギリギリまで頑張るつもり。わたし、マインの髪飾り作りだけは絶対に誰にも取られたくないんだよね。……唯一マインと会える時間になりそうだから」

城での生活に比重が傾けば顔を見ることもできなくなるだろう、とギルベルタ商会で言われたらしい。トゥーリは青い瞳に強い決意の光を宿らせて髪飾りを睨むように見つめていた。

その夜、エーファは晩酌《ばんしゃく》をしているギュンターにトゥーリと話していた内容を語った。

「……だんだん神殿にいる時間が減っていって顔も見られなくなるんですって。神事の時に遠くから見ることもできなくなっちゃうかも……。それでなくても、秋の洗礼式はご近所で洗礼式を受ける子が多いから行けないじゃない？」

マインはご近所さんとの付き合いが少なかったし、葬式自体はすでに終わっているし、祭壇の上と下で距離がある。トゥーリやルッツの話によると、別人のように立ち居振《いふ》る舞いが変わったようだから、マインとちっちゃい神殿長が同一人物であるということはバレにくいとエーファは思う。けれど、エーファ達が神殿に行けば話は別だ。神事の後に神殿の中を覗《のぞ》き込んでいれば変に思われるし、理由を尋《たず》ねられると返答に困る。

「契約魔術のこともあるから、それなりに距離は取るつもりだけど、わたしもマインの顔を近くで見たいわ。やっぱり心配だもの」

「マインに間近で会えないのはエーファだけだからな」

門の兵士であるギュンターは、エーレンフェストの神殿からハッセの神殿へ神官達を移動させる時の護衛《ごえい》になることが決まっていて、ハッセで会えることになっている。かなり浮かれているギュンターが今は少しばかり羨《うらや》ましい。

「トゥーリが髪飾りを持って行く時に一緒に行けばどうだ？」

「カミルの世話があるから無理よ」

「休みを交代してくれないかって誰かに頼んでみてもいいぞ。今のトゥーリが入れてもらえたんだ。エーファだって大丈夫だろ？」

エーファは門の士長だった父親の手伝いをさせられていて、貴族が数人は出席する兵士達の会議でお茶を出していたことがある。その時に教えられた動き方や言葉遣《づか》いは今のトゥーリ達とそれほど変わらないから、今ならばギルベルタ商会に頼み込んで訓練中のトゥーリと一緒に神殿へ行けるかもしれない。けれど、ルッツやトゥーリがお貴族様に通用するような立ち居振る舞いを身につけてしまえば、エーファがいくら頼んでも貴族の前へ出すには相応しくないと断られるだろう。

……子供達の成長は早いもの。本当に今だけだわ。

エーファの心に何とも言えない焦りが浮かんできた。

「今だけなのは礼儀作法だけじゃない。領主の城にマインの生活が移されたらどう考えても無理だ。俺達じゃ城どころか、貴族街にも入れないからな。それに、今はカミルの世話で仕事を休んでいるから俺が休みを交代してもらえれば何とかなるが、エーファが仕事を始めれば休むのも難しくなるんじゃないか？」

……ギュンターの言う通りだわ。

エーファは自分の胸元をきつく握った。貴族になってしまった娘に会える機会は本当に今しかない。

「ギュンター、三日後に仕事を休めるよう誰かにお願いしてみて」

髪飾りの納品に同行させてほしいとギルベルタ商会に頼み込んだ結果、エーファは孤児院長室に来ることができた。

「母さん、ここではローゼマイン様って言わなきゃダメだからね」

「わかってるわ」

カミルを妊娠していた時は、孤児院長室への立ち入りを遠慮してほしいとフランから言われていたので、エーファが孤児院長室に入ったのは今回が初めてだ。

……こんな部屋だったのね。

トゥーリ達から話は聞いていたけれど、「扉から入ったホールだけでもウチより広くて、全く見たことがない豪華な家具がいっぱいあるんだよ」では部屋の様子を思い浮かべるのは難しい。周囲を見回しながら、フランに案内されて二階へ上がる。部屋の中に階段があるのもエーファにとっては見慣れなくて不思議な感じだ。

「ローゼマイン様、ギルベルタ商会が到着いたしました」

「ありがとう、フラン」

装飾が彫り込まれた豪奢《ごうしゃ》な椅子に座っていたローゼマインが、家では見たことがなかった綺麗な作り笑いで振り返る。その途端、「うぇっ⁉」と間抜けな声を隠すように口元を押さえて目を丸くした。すぐに取《と》り繕《つくろ》った笑顔を浮かべたけれど、娘が変わっていないことは明白だ。

エーファも笑い出したくなったけれど、それはルッツとトゥーリも同じようだ。笑い出すのを堪《こら》えているような顔で、ベンノの挨拶《あいさつ》を聞いている。

「いつもトゥーリと一緒に簪《かんざし》を作っている職人です。本日は挨拶のために連れて参りました」

前もって言われていた通り、ベンノはエーファを簪の職人として紹介してくれる。ニコリと微笑んでローゼマインが立ち上がった。

「貴女方の作った簪をいつも愛用しています。あちらの部屋で新しい簪を見せてください」

そう言ってローゼマインは騎士や側仕《そばづか》えに指示を出しながら大きな寝台の更に向こうにある扉を開けた。これだけ広いのにまだ奥に部屋があることに驚きながらエーファはその部屋へ入る。

扉が閉まった瞬間、ローゼマインはエーファが知っているマインになってルッツを睨んだ。

「聞いてないよ、ルッツ！　ビックリしすぎて死ぬかと思ったでしょ！」

「そんなことを言われても、ギュンターおじさんが休みを交代してもらえたからカミルを預けられたんだ。秋の洗礼式はフェイの妹が洗礼式で神殿まで行けないからお願いって、オレだっていきなり頼まれたんだよ。嫌ならもう連れてこないぞ」

「ごめん。ビックリしただけで、嬉しかったから、都合が合えば連れてきて欲しい」

ルッツと砕けた物言いをしている様子を見れば、どんなに着飾っていても中身はマインで変わっていないと思えた。けれど、自分達家族とはどこまでの触れ合いが契約魔術で許されているのか、エーファにはわからない。ローゼマインにどのように声をかければ良いのかわからなくて、口を開きかけては閉じて言葉を探す。母親としての言葉は慎《つつし》むべきだろう。一緒にこの部屋に入って来た騎士のダームエルを見て、エーファはそう判断した。

ダームエルは巫女見習いの頃から護衛をしてくれていた騎士でエーファとも面識がある。温厚で人が良いことを知っているけれど、彼は貴族だ。ここで何か失敗すれば、二度と娘と顔を合わせることはできなくなる。

「……元気そうで、安心しました」

色々と考えたエーファが久し振りに間近で会えた娘にかけられたのは、そんな他人行儀な言葉だった。それでも、嬉しそうな顔ではにかむようにローゼマインが微笑む。甘えたい時の顔だな、とエーファは思った。けれど、ここで甘やかすことは許されないだろう。

「トゥーリ、ローゼマイン様に簪をお出しするんだ」

ベンノの声にトゥーリは小さく頷いて、丁寧《ていねい》な仕草で簪を取り出した。家で何度も練習していた動きだ。最初はぎこちなかったけれど、とても動きが滑《なめ》らかになっている。「マインはもっとすごかったの」と悔《くや》しそうに言っていた。ローゼマインの動きを見れば、トゥーリの言葉に納得するしかない。

「ローゼマイン様、こちらが新しい髪飾りでございます」

薄い黄色の大輪の花は花弁を一枚一枚作って、膠を使って本物の花のような曲線を作って花芯に巻き付けていった物だ。とても華やかな仕上がりになっている。そこに秋らしくオレンジになっている木の葉や赤く色づいた木の実が可愛らしく飾られている。トゥーリの渾身《こんしん》の作品である。

「付けていただいてもよろしくて？」

ローゼマインはそう言ってエーファに向かって背中を向ける。ベンノやトゥーリに視線で確認し、最後にダームエルに視線を向ける。彼は許可すると言うようにわずかに顎《あご》を動かした。

トゥーリが作った髪飾りを手に持って、エーファはローゼマインに近付く。昔よりずっと綺麗な艶があり、複雑に結われた髪に緊張で少し震える手でゆっくりと髪飾りを挿《さ》す。同時に、ダームエルの視界から隠れる場所を探してそっと撫《な》でた。母親に甘えたそうな娘に今のエーファができる精一杯の甘やかしだ。

「似合うかしら？」

呟《つぶや》くような小さな声が涙声に聞こえた。こんな少しの触れ合いにも飢《う》えている娘の気持ちを考えると、エーファも胸が締め付けられるような思いがして瞼《まぶた》が熱くなってくる。

「えぇ、とても。……とてもよくお似合いです」

エーファの声も震えた。ローゼマインが振り返ったけれど、きちんと笑えているのかどうかエーファにはわからない。けれど、自分を見上げてくる金色の瞳が揺れていて、「母さん」と言いながら今にも抱きついてきそうな目をしていることはわかる。たまに自分の居場所を探すように不安定

になって人肌を探していた時の目だ。そんな甘えん坊なマインの顔を覗かせた直後、ローゼマインはハッとしたように諦《あきら》めを含んだ寂しそうな笑顔になった。

「とてもよくお似合いです、ローゼマイン様」

お互いに手を伸ばしたくても伸ばせない空気を敢《あ》えて断ち切るようなベンノの声にローゼマインが振り返る。その時にはお貴族様らしい綺麗な作り笑いになっていた。

「素晴らしいです、トゥーリ。この髪飾りはわたくしの想像以上でした」

商売に関するやりとりが始まれば、エーファにできることはない。一歩下がってエーファはローゼマインの様子をただ見つめていた。手を伸ばしたら届くのに伸ばしてはならない立場が歯痒《はがゆ》い。

……今のマインを抱き締めてくれる人が貴族の中にいるのかしら？　すごく心配だわ。

収穫祭の打ち合わせ

母さんとトゥーリに作ってもらった簪を挿して、わたしは秋の洗礼式に臨んだ。

夏の成人式で、真剣に祈らなければ祝福が得られないと言ったことが噂になったようで、わたしとあまり変わらない小さい子供達が真剣な顔で祈りを捧げていた。この調子で信仰心を高めておくれ、と思いながらわたしは祝福を与える。家族と顔を合わせることもないため、わたしのテンションは少し低いままで秋の洗礼式は終わった。

「本日は三の鐘から会議が行われます。会議室へ移動しましょう」

洗礼式の次の日、フランから予定を聞いたわたしは首を傾げた。

「今まで会議という言葉を神殿で聞いたことがありませんけれど、どのような会議ですか？」

「そういえばローゼマイン様は初めてですね。洗礼式の次の日には会議が行われ、貴族街の洗礼式がいつどこで行われるのか、誰を派遣するのかを決めるのです。それに加えて、秋は収穫祭の派遣先も決めなければなりません。春ならば祈念式の派遣先を決めます」

フランの回答にわたしはポンと手を打った。未成年だからとか、平民に旨味を与えたくないからという理由で去年は外されていた会議だ。今年からは神殿長として毎回出席しなければならないらしい。本当に去年のわたしは、青色巫女見習いとは名ばかりだったようだ。

「フラン、わたくし、領地内のことを全く知らないのですけれど、会議の前に軽く教えてもらっても良いかしら？」

ヴィルフリートが文字を覚えたら地理や歴史を教えてくれる教師がつくという話だったが、収穫祭で領内の各地に送られるのに何も知らずに赴《おもむ》くわけにはいかないだろう。

「……領地内のことを説明するには地図が必要になりますが、今から神官長に地図をお借りする時間はございません。地図は後程にして、今は収穫祭について説明いたします」

収穫祭は農村での一年の収穫を祝い、神々への感謝が捧げられる祭りである。青色神官と文官《ぶんかん》が必ず一人は行くことになっていて、文官は徴税《ちょうぜい》を、神官は神事を行うらしい。なんと農村では収穫祭の時に洗礼式と成人式と結婚式を同時に行うそうだ。

「農村は人数が少ないため、一度に済ませるようです」

春の祈念式は長い冬籠《ふゆごも》りの後になるので食料が少なくなっている。おまけに、皆が夏の住居に帰る支度《したく》をしているため、お祝いのお祭りには向かないらしい。ちなみに、ギーベと呼ばれる貴族が治める農村では神事に加えて、小聖杯《しょうせいはい》の回収をしなければならないそうだ。農村へ行って祝福だけしてくれれば良かった祈念式と違って、収穫祭は意外と忙しいのかもしれない。

「ローゼマイン様、三の鐘です。会議室に向かいましょう」

会議が行われる部屋は、学校の教室くらいの広さがあり、テーブルがいくつも長く並べられて大きな長方形の形になっていた。青色神官の数をざっと見回せば、全員揃《そろ》っているのにテーブルは半分も埋まっていない。深刻な神官不足というのが目に見えてわかる。

皆の注目が集まる中、わたしは長いテーブルの横を歩き、フランが引いてくれた椅子に座る。長テーブルの短辺に一人で座るなんて偉そうだな、と思うけれど、よく考えたらわたしは神殿長なので、ここにいる中では一番偉かった。

……神官長の方が偉そうだから自分が最高責任者だってこと、すぐに忘れちゃうんだよ。

「これより秋の洗礼式、及び、収穫祭についての話し合いをしたいと思う」

フェルディナンドが司会を務め、決定事項を述べるだけなのでさくさくと会議は進んでいく。途中でエグモントが去年と割り当てが変わったことに文句を言ったけれど、「何故去年と同じ待遇《たいぐう》が得られると思うのだ？」というフェルディナンドの心底馬鹿にしたような一睨《ひとにら》みで沈黙した。

どうやら前神殿長が更迭《こうてつ》されても神殿における青色神官は待遇が変わらなかったので、びくびくしていた青色神官もこれまで通りの生活がまかり通ると、勝手に考えたらしい。甘すぎる。

「神殿長であるローゼマインが厳しい対応をしなかったからといって、其方等《そなたら》の行動が許されるわけではない。神殿長と神官長、両者の決定に従えないならば神殿から出ることも考慮《こうりょ》するように」

実家にも行き場のない青色神官に「不満ならば出て行け」と言い放ち、フェルディナンドは青色神官達をきゅっと締めると、貴族街の洗礼式への割り振りを発表する。

「神殿長と神官長が洗礼式に向かわないのは何故ですか？」

「私と神殿長には城で行われる貴族としての務めもあり、騎士団からの召集もある。それらは他の青色神官に交代できることではない。其方等にできる仕事はできるだけしてもらう。そして、神殿に対する貢献《こうけん》の度合いで、これから先の仕事の割り振りも決めるつもりだ」

「なるほど。よく理解できました」

前神殿長が丸投げしていた書類関係の仕事も、最終的には他の青色神官に振りかけられるようにする、とフェルディナンドは言っていたけれど、それはかなり先の話になりそうだ。

「……以上だ。各自、予定の確認と準備を怠《おこた》らぬように」

結局、わたしは収穫祭で派遣されることになる地名を聞いても全く理解できないまま、会議は終わった。フランが一生懸命書字板にメモを取っていたので、後で地図と合わせて教えてもらおう。

そう考えていると、フェルディナンドが席を立つわたしを呼び止めた。

「ローゼマイン、午後から詳しく説明する。部屋で待機しているように」


昼食を終えて少しすると、フェルディナンドがザームを連れてやってきた。ザームは色々と資料を抱えていて、テーブルの上に次々と広げ始める。地図の位置や資料の順番について指示を出しながら、フェルディナンドは「収穫祭についてだが、君は何を知っている？」と尋ねてきた。

「会議の前にフランから少し話を聞いただけです。ほとんど何も知りません」

「文官は徴税を、神官や巫女は神事を行う。そして、お布施《ふせ》代わりに収穫された物をもらうことになる。この収穫物は冬支度の食料として使っても良い」

フランと同じような説明に加えて、お布施代わりに手に入る食料について教えてくれる。孤児院にとってすごく助かるれど、農村を回る度に増えていく収穫物はどうすればよいのだろうか。

「収穫祭は一人で十五カ所ほど回らなければならないのですよね？　荷物が増えて大変なことになるし、移動中に傷《いた》むのではありませんか？」

「何のために文官が一緒に行くと思っている？　転移陣で運ぶために決まっているであろう」

フェルディナンドによると転移陣は魔術具で、発送専用の魔法陣と受け取り専用の魔法陣のセットになっている物らしい。文官は発送用の魔法陣を持って収穫祭に赴き、徴税された収穫物を城に設置されている受け取り用の魔法陣へ発送するのだそうだ。青色神官の受け取った食料も同時に運ばれ、後で各自が城へ取りに行くことになっているらしい。

「そ、そんな便利な魔術具があるなんて初めて知りました」

「便利でなければ魔術具として価値がないではないか。当たり前のことを言わないように」

貴重な魔力を使うのだから便利で、なるべく多くの者にとって利益となるのが良い魔術具らしい。

「その魔術具、商人が使えばもっと流通が良くなって栄えると思います」

農村の収穫物を一気に運べるくらいだ。流通に使えれば危険と向き合いながら商人達が街の外に出る必要がなくなるし、流通コストが下がれば商品の単価も下げられるはずだ。わたしの力説にフェルディナンドは「あぁ、そうだな」とおざなりな口調で同意した。

「商人に魔力があればすでに使われているだろう、と私も思う」

「うぐっ。……神官長、魔力がなくても使える魔術具が欲しいです」

「それはもはや魔術具ではない」

フェルディナンドはきっぱりとそう言って魔術具に関する話を切り捨てると、「収穫祭で向かう先だが……」とさっさと話題を変えた。

「わたくし、どこに向かえば良いのか、農村の名前を聞いても全くわかりませんでした」

洗礼式前に受けた教育の中で教えられたのは親戚関係とその領地だった。わたしが知っている地名は他の青色神官が向かう場所になっており、今回訪れるところには入っていない。

「今から説明する。この地図を見なさい」

ザームがテーブルに広げてくれていたのは、祈念式の時にフェルディナンドとカルステッドが覗き込んでいたのと同じ、赤と青で色分けされた地図だった。

「この赤い部分が領主の直轄地《ちょっかつち》だ。こちらの青い部分はギーベである貴族が治める部分になる。君は初めての収穫祭になるので、この辺りの比較的エーレンフェストに近い部分を割り当てている」

フランが農村の名前を述べていく通りにフェルディナンドが地図を指差し、一日目、二日目、と指先が道筋をたどっていく。

「近い部分と言う割には、意外と南北に長いですね」

「ここで素材の採集も合わせて行ってもらうからな」

フェルディナンドの指先がドールヴァンを指差した。わたしが向かう範囲で最も南にある村だ。

「ドールヴァンの外れにある森には、満月の夜に実がなる魔木《まぼく》リュエルがある。シュツェーリアの夜は最も秋の魔力を溜《た》めると言われていて、実際に風の属性値が高い素材を得やすい」

「シュツェーリアの夜？　命の神エーヴィリーベが復活し、土の女神に近付けまいとする風の女神シュツェーリアが最も力を放つと言われている秋の終わりの満月のことですか？」

聖典にあった神話を思い出しながら確認すると、フェルディナンドは「よく読み込んでいるようで結構だ」と頷いた。

「シュツェーリアの夜に採《と》れるリュエルの実が、君の薬であるユレーヴェには必要だ。エーレンフェストの領地内で採集できる秋の素材の中で、リュエルの実は秋の属性である風の純度が高く、魔力含有量《がんゆう》の多い最高品質の物といえる」

「属性の純度って何ですか？」

「一つの属性値だけが高くて他の属性値が低い場合、属性の純度が高いという。逆に、一つの素材に同じくらいの属性値で複数の属性を有する場合は、属性数が多いという」

わたしの薬の素材は春夏秋冬それぞれの季節で純度の高い素材を集めなければならないため、どんなに早く集めようとしても一年はかかるのだそうだ。そして、わたしの場合は魔力が固まったのが記憶にないほど昔の可能性もあり、できるだけ高品質な素材が必要らしい。

「私も収穫祭に向かわねばならないため、君に同行はできぬ」

「祈念式は一緒に行ったのに、ですか？」

「祈念式は色々な危険や調べたいことがあったからな」

今回は別行動になるらしい。収穫祭は初めてなのだけれど大丈夫だろうか。不安に顔を曇《くも》らせるわたしに、フェルディナンドは「大丈夫だ」と軽く言った。

「護衛の騎士に加えてエックハルトとユストクスを付ける。彼等の言うことをよく聞くように」

聞いたことがない名前が出てきて、わたしは首を傾げた。

「エックハルト兄様はわかりますけれど、ユストクスはどなたでしょう？」

「君に同行する徴税官で、リヒャルダの息子だ」

リヒャルダの息子なら頼もしい気がする。多分わたしに危険がない人物を選んでくれているのだろう。エックハルトにしても、リヒャルダの息子にしても領主に近い位置にいる人ばかりだ。

「採集に関しても、収穫祭に関しても彼等の言うことに従っておけば問題ないはずだ。採集に必要な道具は収穫祭が近付いたら渡す」

「至《いた》れり尽《つ》くせりですね。ありがとう存《ぞん》じます」

あまりの周到さに驚きながら、わたしは礼を述べた。どうしてもその素材の採集を成功させなければならないとフェルディナンドが準備しているのがわかる。

「秋の半ばから始まる収穫祭まではまだ日がある。それまでに騎獣《きじゅう》の扱いには慣れておくように。……あぁ、それから、先日ベンノから連絡があった。孤児院に灰色神官を送ってほしいそうだ」

「はい、わたくしも聞いています」

孤児院のドアを設置し、生活に必要な物をある程度運んだので、灰色神官と灰色巫女を移動させ、生活基盤を整えながら収穫祭までに不足を解消してほしい、と言われている。

「灰色神官達を移動させる時に大量の食料や物資も運ぶため、門の兵士を護衛として動員してほしいと頼まれた」

食料や工房の道具など運ばなければならない物はたくさんある。ハッセは半日ほどで着くので遠くない町とはいえ、何度も大量の荷物を運んでいれば盗人《ぬすっと》から狙われるらしい。実際に狙われたと聞いた。護衛は必要だが、普通は商人の移動に兵士が動くことはない。兵士が動くのは街を守る時や領主からの命令があった時だけだ。

「ギルベルタ商会は領主の指示で動いていますから、兵士の動員も可能ですよね？」

「あぁ、私としては東門の士長にその役を任せようと思うのだが……」

ちらりとわたしを見ながらフェルディナンドがそう言った。東門の士長は父さんだ。わたしは父さんに会える期待感で「わたくしも馬車で一緒に参ります！」とバッと大きく手を挙げた。

……騎獣で行くつもりだったし、馬車は苦手だけど、父さんに会えるなら我慢するよ！

「馬鹿者！　領主の娘が街の外へ馬車で向かうことになれば護衛するのは騎士団だ。下町の兵士の出番などなくなるに決まっているであろう」

「えぇ!?　そんな！」

……せっかくの機会なのに顔を合わせることもできないなんて……。ショックだよ。

希望から絶望にひっくり返されたわたしがしょぼくれて肩を落とすと、フェルディナンドは「他人の話は最後までよく聞きなさい」とこめかみを押さえた。

「君は私や護衛騎士と共に領主の娘として騎獣で向かうが、馬車に付けた兵士には滞在中の護衛も任せるつもりだ。少なくとも現地で何度か顔を合わせる機会はあると思われる」

呆《あき》れたように「まったく君は」と言いながらフェルディナンドがそう教えてくれたことで、わたしの気分は再浮上し、満面の笑みを浮かべて神に祈った。

フェルディナンドとの話が終わると、わたしは孤児院長室へ行くことにした。モニカに工房へルッツとギルを呼びに行ってもらい、そわそわと二人の到着を待つ。ルッツ達が到着すると、「またアレを見るのか」と小さく呟くダームエルを隠し部屋の護衛に任命して、即座《そくざ》に隠し部屋へ入った。

「ルッツ、ルッツ～！」

わたしは鼻歌まじりでルッツに「とぉっ！」と飛びつく。ルッツはわたしのテンションの高さについてこられていないようで、「熱出すぞ」と疲れたような声で注意しながら抱き留めてくれた。

「うふふ～。あのね、ハッセの孤児院に灰色神官達を送っていく時に父さんが護衛として付くんだって。わたし、久し振りに父さんに会えるんだよ」

踊りだしそうなテンションの報告にルッツは何度か目を瞬《またた》いた後、不思議そうな顔になった。

「……あれ？　貴族は騎獣で孤児院へ行くから護衛をしても会えないだろうって、旦那様が言ってたぞ。それを聞いたギュンターおじさんがどよーんと落ち込んで仕事にならないって、トゥーリとオットーさんから聞いたけど？」

どうやらすでに護衛の話は門に伝わっていて、話が回ってきた時に父さんは喜び勇んで引き受けたそうだ。その後でわたしは貴族として騎獣で移動すると知って、父さんは今「仕事に行きたくない」と鬱陶《うっとう》しいほどに毎日愚痴《ぐち》を垂れているらしい。つまり、わたしと父さんは親子揃って、騎獣で移動したら会えない、と同じように落ち込んだということになる。

……何、その妙な繋《つな》がり。

ぷぷっと笑いながら、わたしはルッツに伝える。

「確かに騎獣で移動するけど、わたし達がハッセにいる間は兵士にも護衛を任せるから、何度かは顔を合わせる機会があるって、神官長が言ってたの」

「マジかよ⁉　じゃあ、ギュンターおじさんに伝えておくからな。ホントにどんよりしてたから、それを聞いたら仕事をやる気になるだろ」

「うん、わたしも楽しみにしてるって伝えて！　あ、手紙を書くよ」

わたしは急いで「ハッセで会えるの、楽しみにしているからね。お仕事、頑張って」と手紙を書いてルッツに渡した。

次の日、手紙を渡してくれたルッツが笑いながら報告してくれた。受け取った父さんは、手紙を読んだ直後から見ていて面白いくらいにやる気が戻ったらしい。母さんとトゥーリが「わたし達が言っても全然元気にならないのに、手紙一枚で元気になるんだから」と笑っていたと聞いた。

ハッセの小神殿

今日は灰色神官と灰色巫女の移動が行われる日だ。下町に通じる神殿の裏門の方にベンノが差し向けてくれた馬車が二台並んでいる。見送りのために孤児院の皆が集まる中、灰色神官と巫女が三人ずつ馬車に乗っていく。灰色巫女の馬車にはルッツが、灰色神官の馬車にはマルクが乗ることになっているそうだ。

「では、気を付けて移動してくださいね」

「はい。ローゼマイン様の大事な神官達をお預かりいたします」

孤児院の代表者であるわたしは、跪《ひざまず》いているマルクの挨拶に貴族らしい頷きで応えた。けれど、どうしても視線がマルクを通り越してしまう。マルクとルッツは仕方がなさそうな笑みを浮かべ、視線をわたしと同じ方へ向けた。

そこには一人の兵士が跪いている姿がある。本来は東門からハッセまでの護衛を頼まれたはずなのに、父さんは一人だけ神殿まで灰色神官達の乗る馬車を迎えに来たのだ。思わず笑いそうになるのを堪えながら、わたしは父さんにも挨拶の言葉を述べる。

「後ほどわたくしもハッセに向かいます。道中の護衛、よろしくお願いいたします」

「お任せください」

そう言って立ち上がった父さんがニッと笑って自分の右手で胸を二回叩いた。わたしも同じ動作を返し、神殿を出発する馬車を見送る。

わたし達がハッセに向かって出発するのは三日後だ。皆がハッセに到着して荷物の片付けを終える期間を考慮すると、最低それくらいの日数は必要になる。わたしは自分が出発する日を指折り数えながら父さんと少しでも顔を合わせられる日を楽しみに過ごしていた。

「ローゼマイン、本当に大丈夫か？　ブリギッテに同乗させてもらった方が良いのでは？」

わたしが神殿の正面玄関前に騎獣を出すと、フェルディナンドは渋い顔でレッサーバスを見た。

わたしは真面目に騎獣の練習をしたし、運転に慣れて上達したので全く問題はないはずだ。

「ハッセが一番近い町なのですから、これが飛べなければ収穫祭で遠出するなんて無理ですもの。練習のためにもわたくしはレッサーバスで行きます」

「練習の必要性は認めるが……」

自分で練習の必要性を認めているのに、フェルディナンドは意外と往生際《おうじょうぎわ》が悪い。

「フェルディナンド様、それほど心配でしたら、わたくしがローゼマイン様に同乗いたしましょうか？　魔力を扱える者が共に乗っていれば、いざという時はわたくしの騎獣で脱出もできますし、少しは危険が減ると思われます」

「それは、そうだが……ブリギッテ、本当に良いのか？」

「ローゼマイン様が上達しているのは、この目で確認しております。どうぞお任せください」

キリッとした顔付きで言っているが、アメジストの瞳が普段より輝いているように見える。もしや、ブリギッテはレッサーバスに興味があるのだろうか。

自分の騎獣を消してやって来たブリギッテが乗れるように、助手席側をみょんと開けてあげると、フェルディナンドは諦めたように視線を伏《ふ》せた。

「では、ブリギッテに任せよう」

フェルディナンドの言葉にこくりと頷き、ブリギッテはレッサーバスに乗り込んだ。わたしも運転席側から乗り込むと、みょんとドアを閉める。

「ブリギッテ、『シートベルト』を締めてください。これを引っ張って、ここにカチッと……」

実際に締めて見せながらブリギッテにもシートベルトを締めてもらう。安全第一だ。運転席だけはわたしのサイズに合わせてあるので、助手席がすごく高くて大きく見える。

助手席のブリギッテはシートをそっと撫《な》でながらフッと笑った。

「これは可愛いですね」

「そうでしょう？　可愛いでしょう？」

フェルディナンドには変な物扱いされたけれど、レッサーバスは可愛いと思う。女の子同士ならばこの可愛さが語り合えるかもしれない。そう考えたわたしが喜んでブリギッテを見上げると、ブリギッテはほんの一瞬、「しまった」と言いたそうな顔をして、誤魔化《ごまか》すように咳払いした。

「……コホン！　あ、その、ローゼマイン様にはとてもお似合いだという意味です」

「ふふ、ありがとう存じます。では、出発しますね」

上空へと上がっていくフェルディナンドの騎獣を追いかけるために、わたしはレッサーバスのハンドルを握り、魔力を流すとアクセルを踏んだ。とととととっとレッサーパンダの短い足が動き始め、ハンドルを手前に引くように傾けていくと、レッサーバスは空を駆け始めた。

「このように騎獣の中で座れるとは思いませんでした。ずいぶんと柔らかくて座り心地も良いですし、騎獣用の服に着替える必要がないので女性は真似したがるかもしれません」

騎獣には跨《またが》ることになるので、貴婦人が騎獣に乗る時には専用の服に着替えなければならないらしい。けれど、レッサーバスにはそんな着替えが必要ないのだ。

「騎獣を作る時に馬車を作る人はいなかったのかしら？」

「騎獣は動物を作るものですから、馬ならばともかく車部分は……。ですから、このように動物の中に乗り込むという発想は素晴らしいと思います」

確かに遊園地の乗り物や幼稚園バス、アニメなどを見ていなければ、動物の中に乗り込むという発想はすぐにはできないと思う。だが、いくら素晴らしいと褒《ほ》められても元々の発想したのはわたしではないので、微妙な顔にしかならない。

「神官長は苦い顔をしていらっしゃいましたから、女性の間に広がるかどうかはわかりませんね」

フェルディナンドのライオンの後ろをレッサーバスが足をちょこちょこさせて追いかけていく。

……わたしのレッサーパンダ、マジ可愛い。うふふん。

わたし達の騎獣が小神殿の上に着くと、誰かが見張《みは》っていたようで、ベンノ達が中からぞろぞろと出てきた。ギルベルタ商会の者、灰色神官達、それに護衛として付いていた兵士達もいて、皆が跪いている。そこに降り立つと、わたしは騎獣を魔石に戻し、腰の革帯に付けている魔石入れに片付けた。フェルディナンドやダームエルより時間はかかったけれど、我ながら上達したと思う。

わたしはフェルディナンドの半歩前に出た。わたしとしてはフェルディナンドの陰に隠れていたいけれど、神殿長より神官長が前に出るのはダメなのだそうだ。

フェルディナンドはそこに並んで跪く者達をぐるりと見回し、一度ゆっくりと頷いた。

「出迎え、ご苦労。早速中を見せてもらおうか」

皆がざっと立ち上がる。兵士の中で一番前にいる父さんと目が合った。にこっと笑顔を交わしておく。フェルディナンドも他の皆もいる場でそれ以上はできない。

「女子棟から案内いたします」

ベンノの案内についていく形で孤児院の女子棟へ入った。ぱっくりと口を空けていた孤児院の部屋にはドアがついて、私物を入れるための木箱や布団が準備され、過ごせるようになっている。

「冬までには寝台が準備できると思われます。急ぎということでしたから、生活できる場所にすることを一番にしました」

ベンノの言葉にわたしは何度も頷く。とりあえず生活できることが重要だ。元々私物などない孤児達の部屋なので、収納はこれで十分だと思う。

「ここは書類仕事をするための部屋になっています。同じ部屋を男子棟にも準備しております」

女子棟の一室には書類仕事ができるように机と椅子、それから、文房具一式が揃っていた。灰色巫女は食費や生活費に関する書類作成を、灰色神官は工房に関する書類作成を義務付けている。

食堂はまだ木箱と木箱に板を渡しただけのテーブルしかなかったけれど、追々《おいおい》揃えていく予定らしい。小神殿の工事に携《たずさ》わっていた木工職人達も利用していたが、今のところ不自由はなく食べられているので問題はないようだ。

すでに午後になっているため、兵士やギルベルタ商会の面々も小神殿でもう一泊することになる。皆で一緒に夕食を摂《と》るので、今日はもう一つか二つ、板を増やす予定だそうだ。

女子棟の地階は神殿と同じように厨房《ちゅうぼう》になっていて、鍋、鉄板、オーブンなど、わたしの厨房と似た設備が準備されていた。木のお皿やカトラリーも準備されていて、神殿と変わらない食事が摂れそうだ。

「孤児院には過分《かぶん》な設備かと思いましたが、ローゼマイン様が来られることを考慮して、揃えさせていただきました」

「ありがとう存じます。わたくしの料理人も喜ぶでしょう」

女子棟の地階から外に出られるのも神殿と同じで、外から男子棟の地階へ移動できる。男子棟の地階は工房になっていて、ローゼマイン工房として活動できるようにほぼ同じ道具が揃えられていた。この工房に無いのは、成人男性が何人も必要になる凸版印刷機と金属活字だ。人数が少ないので、しばらくの間は植物紙の生産とガリ版印刷をすることになっている。

「人数が増えたら印刷機を導入することになっていますが、今はこれで活動できると思われます」

上に上がると男子棟も部屋のドアや荷物が揃えられ、生活できるようになっていた。ここで兵士達とギルベルタ商会の面々も寝泊りしているらしい。

「孤児のくせに、自分達より良い生活をしているよなぁ」

一緒に孤児院の中を見て回った兵士達が吐き捨てるようにそう言って顔を歪《ゆが》めた。

「では、貴方も神官になりますか？　自由に結婚することも神殿を出ることも許されず、青色神官の都合で振り回されて生きる神官が本当に良い生活だと思うのならば歓迎いたしますけれど」

洗礼式が終わるまで孤児院から出ることも許されず、世話する者もなく死んでいった孤児達や必要ないからと簡単に処分対象となってしまう彼等のことを知らず、良い生活だと言われると、黙って聞いていることができなかった。

むっとしたわたしに気付いた兵士はざっと血の気の引いた顔になって「そのようなつもりでは」と跪いて弁解を始める。

「ローゼマイン様、今の生活だけを見ればそう思われるのかもしれません。我々の生活が向上したのはローゼマイン様が神殿にいらっしゃってからです。ローゼマイン様がいらっしゃらなければ今の生活はありませんが、他の方にはそのようなことはわかりませんから」

わたしを持ち上げて宥《なだ》めようとする灰色神官の言葉に、父さんが「ウチの娘はすごいだろう」と言いたそうな満足顔でうんうん、と頷いている。

……親馬鹿顔で頷いてないで、ちょっとは青ざめて震えている兵士のことも考えてあげて。

父さんの親馬鹿っぷりに毒気《どくけ》を抜かれて、わたしは肩の力を抜いた。

「口が滑ったのでしょうけれど、これからは勝手な思い込みで非難しないでくださいませ」

「申し訳ございませんでした」

兵士が謝罪し、それをわたしが許して、話は終了した。

そして、礼拝室へ向かう。彫刻のある立派な両開きの扉が付き、礼拝室らしい威厳《いげん》が出ていた。

灰色神官がぐっと扉を押し開けると、真っ白の空間だったそこにはカーペットが敷かれ、正面には神の像を飾るための祭壇が作られた礼拝室になっている。それほど広くはないけれど、雰囲気は神殿と全く同じだ。

「ベンノ、神の像はいつになる?」

何も飾られていない祭壇を見て、フェルディナンドがベンノを振り返る。

「およそ一月《ひとつき》と聞いていています」

「ふむ、収穫祭には間に合いそうだな。ならば良い。……ローゼマイン、こちらに来なさい。君の部屋を作る」

フェルディナンドは魔石を取り出して、自分の腰くらいの高さの壁に埋め込むように押し当てると、シュタープを取り出して何やら唱《とな》えた。

すると、魔石から出た赤い光が上に伸び始める。フェルディナンドの身長より更に十五センチくらい上まで伸びた赤い光は左右に二つに分かれて進み始めた。少し伸びた後、今度はくっと九十度曲がって床まで真っ直ぐに伸びていく。床に付く寸前にまた九十度角度を変えて伸びると、二つに分かれていた光はまた一つの光に戻った。そのまま真っ直ぐに上に伸びて魔石へと戻ってくる。魔石がカッと強い光を放った直後、そこには赤い魔石がはまった隠し部屋への扉ができていた。

「ローゼマイン、魔力を登録して部屋を作りなさい」

「はい」

わたしは自分の部屋で魔力を登録した時と同じように、魔石に手を当てて魔力を登録する。部屋で登録した時は魔石の位置が高すぎて椅子が必要だったが、今回は手を伸ばせば届く位置に魔石がある。フェルディナンドがきちんと調整してくれたことに今気付いた。

神殿の自分の部屋を思いながら魔力を流し込み、登録完了した扉を開けると、そこは神殿のわたしの部屋と同じくらいの広さがある部屋になっていた。

「家具や必要な物は注文してまた運べばよい」

そう言いながらフェルディナンドがベンノを見た。つられてわたしがベンノとマルクに視線を向けると、二人とも笑顔だったが、目が明らかに「また仕事を増やすつもりか？」と言っている。

……ごめんなさい。ホントごめんなさい。

「あぁ、それから、この色が完全に変わるまで魔力を込めなさい」

礼拝室の一番奥の壁に埋め込まれている魔石のようなものがあり、それを指差してフェルディナンドがわたしに命じた。

「これは何ですか？」

「この小神殿を守るために必要な物だ。今は創造の魔力がまだ残っているが、春までは持たないだろう。ここを守るのは君の仕事だ」

守りの魔術具を作動させるため、わたしはどんどんと魔力を流し込む。小神殿を守るための魔力だというからどれほど必要なのか、と思ったけれど、意外と少なく済んだ。

ぐるりと小神殿を一通り歩き回って、玄関へと戻ってくる。

生活のために神殿を整える仕事もあるし、これから夕飯の準備もしなければならない皆のためにも貴族はさっさと撤収《てっしゅう》しなければならない。

「生活は問題なくできそうですね」

わたしが灰色巫女に声をかけると、灰色巫女はにこりと微笑んだ。

「はい、大丈夫だと思います」

「数日間過ごしてみて、問題なさそうだと判断できた時点で、孤児達を引き取りに行きましょう。

三日後にまた様子を見に参ります。その時に不足の物があれば教えてください」

わたしはそう言いながらベンノに生活の必要物資として準備してもらった書字板を神官と巫女に一つずつ手渡していく。

「名前を彫ってあるのでこれは共用の物ではなく、貴方達の私物です。これから小神殿で頑張る皆への餞別《せんべつ》として贈ります。どうぞ役立ててください」

「恐れ入ります」

神殿内ではわたしの側仕えだけが持っている書字板を手にした神官達が、嬉しそうに顔を綻《ほころ》ばせて書字板の自分の名を見つめる。

「ルッツ、準備はできているかしら？」

ルッツが「もちろんです」と言いながら、チャリと音のする布の袋をそっとわたしに差し出した。それを持って今度は兵士達に向き直る。

「今回は護衛の大役、ご苦労様でした。これは少しですが、労《ねぎら》いの気持ちです。どうぞ受け取ってくださいませ」

街から出ることもほとんどない兵士達を数日間に渡って外へ連れ出したのだから、家族は心配しているだろう。出張費やボーナスのようなものだ。これからもベンノが物資を運ぶ時には護衛を頼みたいので、できるだけ心証《しんしょう》は良くしておきたい。

「これからも護衛をお願いするかもしれません。よろしくお願いいたしますね」

一人に一枚ずつ小銀貨を手渡していく。目がギラギラになってお互い目配せしているのを横目で見ながら、わたしは父さんの前に立った。父さんだけにはこっそり大銀貨一枚を渡す。「皆を労ってあげてください」と小さく囁《ささや》くと、父さんは唇をニッと上げた。

「わたくしはこれで失礼いたしますが、女子棟のお部屋は男子禁制です。わたくしの巫女達に不埒《ふらち》な真似をするような者はいないと信じておりますが、責任者の方はくれぐれもご注意くださいませ。何かあったら絶対に許しません」

並ぶ数人の兵士達を軽く睨んで、ぐっさりと釘を刺しておく。ベンノ達や父さんはともかく、下町の人間は孤児院の者を低く見ている。貴族の見回りが終わったことで気を緩《ゆる》めて羽目《はめ》を外して、わたしの目が届かないところで灰色巫女達が泣くようなことになっては困るのだ。孤児院に残っている灰色巫女は別嬪《べっぴん》ばかりなので、釘はいくらでも刺しておいた方が良いだろう。

騎獣を出したフェルディナンドに続いて、わたしもレッサーバスを出した。ブリギッテと二人で乗り込んで出発する。次にハッセに来るのは三日後だ。

街へ戻ってきた父さんやベンノと顔を合わせて報告を受けたり、次の印刷物のために絵本の第三弾、火の神ライデンシャフトとその眷属《けんぞく》に関する絵本の本文を完成させたり、ヴィルマに挿絵を頼みに行ったりしているうちに三日後となった。灰色神官達の生活に無理がなければ、今回は孤児の引き取りを考えている。今回はハッセの町長に会いに行くのだ。

「ローゼマイン、本気で側仕えをそれに乗せるつもりか?」

「そのためのレッサーバスですよ？」

ファミリーカーサイズになったレッサーバスを不気味な物のように見つめ、指差しながらフェルディナンドが言ったけれど気にしない。少なくともわたしの側仕え達は喜んでいる。

「ローゼマイン様、うにって入り口が開きました！　すげぇ！」

「わぁ、座るとふかふかしています」

興奮のあまり言葉が崩れていることにも気付いていないギルと、新しいことに興味を持つニコラはレッサーバスに荷物を積み込み、中に乗り込んで喜んでいる。楽しそうな二人と違って、フランだけは悲壮な決意を秘めた顔つきになっていた。

「私はローゼマイン様にお供する決意はできております」

「フラン、そんな死ぬ覚悟をしているような顔をするほど危険なものではないです。ブリギッテは前回わたくしと一緒に乗ったのですから」

ブリギッテが「今回も乗ります。ご安心ください」と言って助手席に乗り込むと、フランは緊張した面持ちで重大決心をしたようにぐっと奥歯を噛《か》みしめて後部座席へ乗り込んだ。

「シートベルトは締めましたか？　出発しますよ」

一人だけ不安そうにシートベルトを握っているフランに見つめられながら出発する。空を飛び始めたレッサーバスにギルとニコラが歓声を上げた。

「うわぁ！　高い！」

「ローゼマイン様、街がすごく小さく見えます。ほら！　フランも見てくださいませ」

「ギル、ニコラ。ローゼマイン様に話しかけてはなりません。集中しなければならないのですから」

フランの叱責《しっせき》にわたしは小さく笑った。

「フラン、運転しながらおしゃべりくらいできますけれど？」

「なりません。しっかり集中してください」

そんなやり取りをしているうちにハッセの町に到着する。小神殿に降り立つと、側仕え達が荷物を下ろして運び始めた。中から灰色神官達も出てきて、荷物運びを手伝ってくれる。

礼拝室の奥にある隠し部屋へ荷物を入れてもらい、側仕え達に部屋を整えてもらう。今日はカーペットとタペストリーが入っただけなので、時間もかからない。いつ倒れても大丈夫なように寝台は神殿で余っていたものを今度運んでもらうことになっている。

部屋が整うまでの間、食堂で灰色巫女にお茶を入れてもらい、わたしとフェルディナンドは持参したお茶菓子で一休みする。コクリとお茶を飲みながら神官達に質問した。

「生活の方はいかがでしょう？」

「恙《つつが》なく。森と川が近いので紙作りはずいぶんと楽です」

フェルディナンドを前にした灰色神官が緊張した声音で答えてくれる。わたしはお茶を入れてくれた灰色巫女に視線を向けた。

「孤児達を連れてきても生活はできるかしら？」

「はい。連れてこられても大丈夫なように、昼食の準備をいたしますね」

フェルディナンドや側仕えと一緒に馬車代わりの騎獣でハッセの町の有力者のところに向かう。ハッセの有力者は町長と呼ばれているらしい。

ところが、通達してあったにもかかわらず出迎える準備ができていないのか、使用人が顔色を変えてバタバタとし始めた。

「し、神殿長と神官長ですか!?　あの商人ではなく？」

本日、孤児を引き取りに行くことはベンノを通して伝えてもらっていたが、どうやら神殿長と神官長が揃って行くことは伝えていなかったようだ。泡を食ったような表情で町長が飛び出してきたところを見ると、ベンノは毎回碌《ろく》な出迎えをされていなかったように思える。

「孤児はどこだ？　通達はしてあったはずだ。全員連れてきなさい」

フェルディナンドの眼光に息を呑《の》んだ町長がすぐさま使用人に孤児達を呼びに行かせる。連れてこられたのは汚い体にごわごわの頭、やせ細った体つきの子供達だ。以前の孤児院を彷彿《ほうふつ》とさせ、今の生活の厳しさが一目でわかる姿だった。

わたしは目の前に並ぶ十四人の子供達を数えて、あら？　と首を傾げる。

「……これで全員ではありませんよね？　報告された人数と違いますけれど？」

「報告した者が間違えたのでしょう」

跪いたままニコリと笑ってそう言った町長をきつく睨んだ少年が大きく首を振って否定した。

「違う！　嘘だ！　姉ちゃんもマルテも売れるから隠されたんだ」

「黙れ、トール！」

カッと目を見開いてトールという孤児を殴ろうと立ち上がった町長の腕を、ザッと動いたダームエルが素早い動きで押さえてシュタープを出した。

「フェルディナンド様は全員とおっしゃったはずだが？　命令が聞こえなかったか？」

平民のたかが町長が領主の異母弟であるフェルディナンドの命令違反をするなど、その場で処分されてもおかしくない。何の躊躇《ためら》いもなく武器を取り出したダームエルに、町長はひっと息を呑む。

「だ、誰か！　誰でもいい、ノーラ達を連れてこい！」

売れるから、という言葉からわかるように連れて来られた少女二人は綺麗な顔立ちをしていた。

ベンノから報告を受けた通りの人数が揃ったのを確認して、わたしは孤児達に話しかける。

「貴方達の中でわたくしの孤児院に移りたい人はいるかしら？　神官や巫女となるのですから、これは強制ではありません。小神殿では寝る場所も食事も保証するけれど、お仕事はしていただきますし、こちらの規則に従って生活していただくことになります」

怯《おび》えたような目でわたしと町長を見比べる孤児達の中で、トールだけが真っ直ぐにわたしを見た。

「姉ちゃんを売ったりしないなら、オレと姉ちゃんは移動する」

「トール……」

連れて来られた二人の少女のうち、年長の少女が姉なのだろう。心配そうにトールを見つめた。

それを遮《さえぎ》るように町長が手を伸ばす。

「待て、ノーラは駄目だ……」

「黙れ。ローゼマイン様はお前に発言を許していない」

ダームエルが跪いている町長の頭を押さえこむ。フェルディナンドはすぅっと冷ややかに目を細めて町長を睨んだ。腹に怒りを溜めこんでいる時の顔だ。フェルディナンドの周囲がひんやりとした空気になっていくので、そこに背を向けるようにしてわたしはノーラに問いかける。

「ノーラはどうですか？　こちらの孤児院に移動すれば売りはしません。けれど、神官や巫女となるのですから結婚もできません」

「孤児がまともな結婚なんてできねぇよ」

「トールではなく、ノーラの意思を聞いているのです」

ノーラは一度目を伏せると、「移動するわ。ここにいても結婚はできないし、トールとも離れることになる。売られるだけだもの」と悲しげに笑う。

「では、歓迎いたします」

「トールが行くならオレとマルテも行く！」

一人の少年が、ノーラと一緒に連れて来られた少女の手を取った。

「リック、お前……」

「ここにいたら次に売られるのはマルテだ」

他の孤児は町長に抗《あらが》う意思もないようで、今のままで良い、と首を振った。環境が変わる方が怖いのか、自分達を支配する町長に暴力を振るったダームエルが怖いのか、その辺りはわからない。けれど、わたしも強制するつもりはない。

「では、この四人を引き取ります。神官長、よろしいでしょうか？」

「あぁ、通達しておいたし、特に問題はなかろう。行くぞ」

売り物とするために隠しておいた少女二人を取られることになった町長は、呆然《ぼうぜん》とした顔でわたし達を見ていた。

新しい孤児達

孤児達を引き取ったら、まずはお風呂だ。女子棟と男子棟に分かれて、石鹸《せっけん》を使って洗ってもらう。そして、準備されていた灰色神官や巫女の服に着替えてもらわなければ昼食にもできない。

レッサーバスを魔石に戻しながら、わたしは側仕えに視線を向ける。

「ニコラは女子棟、ギルは男子棟で、彼等を清めてちょうだい。石鹸や服は……」

「神殿と同じです。すでに準備されていました」

フランの言葉に二人が「わかりました」と返事して動き出す。不安そうな顔で固まっている四人に、わたしはにこりと笑って見せた。

「綺麗になったら昼食にしましょう。お腹、空いているでしょう?」

昼食という言葉にゴクリと喉《のど》を鳴らした孤児達は、離れるのを恐れるような顔でお互いに視線を向けながら、それでも、男女に分かれて清めに行った。

わたしとフェルディナンドは食堂へ向かい、席に着く。一番奥が貴族席だ。フランが持ってきた布で木箱やテーブルを覆《おお》っているので、それほど貧相には見えないけれど、木箱に板を渡しただけのテーブルと木箱の椅子である。

神殿では主が食べて、側仕えが食べて、その後、孤児院へ神の恵みが回されるので、わたし達が食べなければ他の者は食事ができない。灰色巫女とフランに給仕《きゅうじ》され、わたし達は食事を始めた。貴族ということで、ダームエルとブリギッテも共に食事を摂る。護衛騎士と食事の時間や場所を分けるだけの余裕がないのだ。

「……ローゼマイン、君は灰色巫女にもこの料理の作り方を教えているのか？」

お金を払ってレシピを買っているフェルディナンドが、食事を口にしてむっとした顔になった。

「元々は冬籠《ふゆごも》りの時に神殿にいてくれる料理人が一人しかいなかったので、灰色巫女見習いを助手として使ったのが始まりなのです。でも、自分達でおいしい料理が作れるようになれば、孤児院に戻ってからも同じ物を作りますよね？　それで広がっていっただけです。教えようと思って教えたわけではありません」

青色神官は誰も孤児院に興味なんて持っていないので知らないだけですよ、と付け加えると、フェルディナンドはひくっと頬を引きつらせた。

「文字や計算を教え込んでいて料理のレシピも知っているだと？　貴族に知られれば、買い取り依頼が殺到《さっとう》するぞ」

「ウチの子は高いですよ。特殊技能がたくさん付いていますから。印刷業を広げていく過程でも必要ですし、これから先の教育環境向上計画にも必要ですから、貴族相手でも簡単には売りません。

今のわたくしにはそれだけの権力があります」

前神殿長ならばどんどん売ったかもしれないが、わたしは印刷業を広げて本屋や図書館を作るという自分の壮大な計画のために神官や巫女を育成中なのだ。手放す気はない。

「教育環境向上計画とは何だ？　そのような計画は聞いていないぞ」

「本を読める人が増えなければ本を書ける人も増えないでしょう？　領地内の識字率《しきじ》を上げるための壮大な計画です。まだ細かくは決まっていませんけれど」

いくつか考えていることはあるけれど、印刷業の拡大がある程度軌道に乗ってからの話になる。

フェルディナンドは口元を拭《ぬぐ》いながら、わたしをじろりと睨んだ。

「神殿に戻ったら計画書を提出するように」

「え？　でも、先ほど言ったように、まだ細かくは決まっていな……」

「細かく決める前に勢いで突進するのが君だ。大まかでも、いずれこうしたいという希望でもいいので、その計画について報告しなさい」

反論できず、わたしは「はい」と小さく返事する。全面的に賛同《さんどう》するように頷いているダームエルとフランをじとっと睨みながら。

「……それにしても、予想以上に厄介《やっかい》そうだな。どうするつもりだ、ローゼマイン？」

溜息《ためいき》混じりのフェルディナンドの言葉にわたしは「何が、ですか？」と目を瞬いた。

「自分に権力があると思い込んでいる、あの小物のことだ。あれは逆恨みが得意で、執念《しゅうねん》深くて面倒であろう」

フェルディナンドの言葉を聞いて、わたしは、あぁ、と納得の息を漏《も》らした。

「前神殿長と似てますよね。女の子を売ってお金にしているところも、後ろ盾《だて》を自分自身の権力と勘違いしているところも、小さな世界で頂点に立ってやりたい放題なところも……」

わたしが共通点を指折り数えていると、クッと小さくフェルディナンドが笑った。

「後ろ盾の権力の規模は全く違うが、確かに小物振りはよく似ている」

「神殿長と違って後ろ盾の詳細が不明だから、逆に影響力がよくわからないのです。どこまで排除《はいじょ》すれば影響力がなくなるのか、排除した後に町がどう変わるのか……。小神殿にとって良いように変わればいいのですけれど」

神殿長の権力は基本的に神殿に限定されていたし、排除しても穴埋めができるフェルディナンドがいたので特に問題はなかった。けれど、今回は徴税と祈念式以外で表立って貴族が立ち入ることがなかった平民の町の町長が相手だ。排除するのは身分差を理由にすればどうにでもなるけれど、排除した後に町がどうなるのか全くわからない。

「ローゼマイン、自分の都合の良いようになれば良いなどと考えるだけ無駄だ。都合良くしたければ自分がしたいように動かすしかなかろう」

「……そう考えて神官長は自分に都合が良くなるように計画を練るのですね？」

「自助《じじょ》努力だ」

物は言い様である。わたしが少し唇を尖らせてフェルディナンドを睨むと、フェルディナンドは何ということもない普通の顔で「綺麗事を述べて済ませられることは存外少ないぞ」と呟く。

綺麗事だけではどうしようもない貴族社会で生きてきて、自分の身を守るために神殿に入ったフェルディナンドの言葉には反論できない重みがあった。

「ローゼマイン様、清めが終わりました」

灰色巫女達によって食堂においしそうな匂いが漂い始めた頃、ニコラが灰色巫女見習いの服を着たノーラとマルテを連れて報告にやってきた。清められて服を変えたおかげで、薄汚れて色がわからなかった二人の髪の色がハッキリとして綺麗な顔立ちが際立って見える。

「名前と年を教えてちょうだい」

わたしが声をかけるとマルテがノーラの後ろに隠れるように移動した。その様子を見たノーラが「仕方のない子」とでも言いたそうな顔でマルテを振り返る。薄紫に近い青みを帯びた髪がふわりと揺れた。軽くマルテの頭を撫でた後、ノーラはわたしを見て青い瞳を柔らかく細める。

「わたしはノーラ、十四歳よ。成人と同時に売られる予定だったから、本当に良かったと思ってる。引き取ってくれてありがとう」

ノーラの言葉に笑顔で頷くわたしと違って、フェルディナンドは不快そうに口をへの字にする。

「言葉遣いが……」

「神官長、教育を受けていない者に無茶言わないでください。下町の者はもっとひどいですよ。これから覚えていけばよいのです」

同じ孤児でも神殿育ちの孤児達と他の孤児でずいぶんと差があるのは当然だ。ハッセの町には青色神官がいないのだから見苦しくないように言葉遣いや振る舞いを矯正《きょうせい》されることがない。貴族街が奥にあるエーレンフェストの下町と違って、貴族への対応を教えられることもないはずだ。

「後ろに隠れている貴女の名前と年は？」

マルテはノーラの後ろに隠れたまま、嫌々するように深緑の髪を振る。

「この子はマルテで……」

「ダメです、ノーラ。その子に答えさせなければ。今までは人見知りだとか、恥ずかしがりやと言えば大丈夫だったのかもしれませんが、神殿の孤児院で貴族が尋ねたことに答えない場合は反抗したと見なされます。貴族に反抗すればその場で処分されてしまう。それが神殿の普通なのです」

「そんな……」

愕然《がくぜん》とした顔でノーラが周囲を見回す。けれど、今周囲にいるのは言葉遣いが不快だと眉間《みけん》にくっきりと皺《しわ》を刻んだフェルディナンドと、貴族に対する態度ではないと苛立《いらだ》ちを感じているけれど、わたしが対応しているので口を噤《つぐ》んで我慢している護衛騎士の二人だ。フランとニコラは手早く食事を摂っているし、貴族への対応がなっていないノーラ達の味方をすることはない。

「わたくしは下町の平民と交流がありますから、ノーラ達の言い分も理解はできます。けれど、貴族として生活しているので受け入れることはできません。貴族には絶対服従《ふくじゅう》。それを覚えておかなければいつ死んでもおかしくはありません。さぁ、名前と年を教えてちょうだい」

完全に悪役っぽい立場だなぁ、と思いながら、わたしはマルテの顔を覗き込む。ノーラに押し出されるように前へと出されたマルテは泣きそうな顔で小さな声を絞《しぼ》り出した。

「……マルテ、八歳」

「よくできたわね。今までと全く違う生活になるから慣れるのは大変だと思います。けれど、誰かに売るようなことはしませんし、食事も準備します。生活はできる限り保障するから、二人もできる限り努力してちょうだい」

「はい」

わかってもらえたようだ、とホッと息を吐いた途端、トールとリックが血相を変えて走ってきた。

「姉ちゃんとマルテに何をする気だ⁉」

「何もしていません。止まりなさい」

こちらに向かって突っ込んでくる二人をダームエルとブリギッテが軽く打ち払う。突き飛ばされるようにして転がり、椅子にするために置かれていた木箱に派手にぶつかった。

「トール！　リック！」

「貴族に向って突っ込んでくるなんて……命知らずにも程があります。他の貴族相手なら死んでいましたよ、二人とも」

周りに貴族がいない生活だからこその無謀《むぼう》ぶりだと思うけれど、これは危険だ。あっという間に死ぬかもしれない。

「二人とも、何か気に入らないことがあっても、貴族相手には我慢が大事ですよ。平民同士の町長に反抗するのとはわけが違うのです。殴られて終わりではなく、問答無用で切り伏せられますから、その命が終わります」

わたしを守るように立ち、武器を覗かせた護衛騎士に四人の顔色がさっと変わる。

「ノーラとマルテにも聞いたのだけれど、貴方達二人の名前と年を教えてちょうだい」

「オレはトール、十一歳だ」

姉であるノーラを守る位置から退《しりぞ》こうとしないトールが姉と同じ青い目でわたしを睨んだ。ノーラとトールは色彩も顔立ちもよく似ている。綺麗な顔をしたノーラは今までにも色々な男から狙われ、それを守ってきたのだろう。その正義感と家族愛は微笑ましいし、大事にしてほしいとは思う。

……わたしの護衛や側仕えが怒らない程度でね。

「リック、十二歳。マルテの兄だ」

リックとマルテの二人も色彩がよく似ている。二人とも深緑の髪に、灰色の瞳だ。顔立ちは違う。リックは眉も太くて凛々しい顔をしているが、マルテは内気な性格がそのまま出たようなおとなしくて可愛らしい顔立ちをしている。

「わたくしはローゼマイン。先日、洗礼式を済ませ、エーレンフェストの神殿長となりました。これからよろしくね。では、部屋への案内は後回しにして昼食にいたしましょう。ギルはこちらで食事を摂ってちょうだい。ご苦労様」

食事を終えたフランが席を立ち、そこにギルが座る。灰色巫女がギルに食事を運んでくれて、ギルは急いで食べ始めた。

ギルが食べ終わるのを見計らうように、灰色神官達の食事が始まる。今日は連れて来る孤児の数が少なかったので、昼食がたっぷりあるのだ。

「いつになったら、食べられるんだよ⁉」

「……お腹、空いた」

お腹を鳴らして見ている四人には可哀想《かわいそう》だけれど、神殿のやり方に慣れてもらうしかない。

「ギル、神殿内での順番を教えてあげてちょうだい」

側仕えの中で一番下町のことを知っているギルに説明を任せると、ギルはコクリと頷いて、四人に説明し始めた。

「神殿では食事は神の恵みと言われています。貴族である青色神官が食べて、その側仕えが残った分を食べ、その残りが孤児院に運ばれます。孤児院でも順番があって、先に成人した神官や巫女が食べて、その次が見習い、最後に洗礼前の子供が食べることになっています」

「四人とも見習いの年だから、しばらくの間は食事を摂る時間がバラバラになることはないので、その点は安心してちょうだい」

見習い達の食事の番となり、四人の前に食事が出される。本来ならば、自分で配膳するのだが、常識が違う子達は何をするのか予想できないので教えてからにしようと決まった。

「まだですよ。神々への感謝のお祈りをしてからです」

ガッと食べ始めた四人を制して、お祈りを復唱《ふくしょう》させる。これも神殿では当たり前なので慣れてもらうしかない。わたしも通った道だ。

四人は目をギラギラとさせて、無言でガツガツと口に食事を流し込んでいく。手づかみで食べているし、次々と口に放り込んでいくのだからお行儀も何もあったものではない。

わたし以外の皆が驚いたように見ている。フェルディナンドは不快な表情を隠そうともしない。わたしも初めて井戸の周りでご近所さんが集まって食事をしている風景を見た時は、あまりのマナーの悪さにドン引きしたことを思い出した。

「ずいぶんと飢えていたのでしょう。神官長には不快でしょうが、教育を受けていない者はこのようなものです。ゆっくり教えていくしかありません。青色神官が不快にならないように教育されている孤児院の子供達の優秀さと教育の大切さがよくわかりますね」

「……そうだな。正直、これほどひどいとは思わなかった。私が知っている下町の者はギルベルタ商会の関係者くらいだからな」

ぼそりと呟いたフェルディナンドに、わたしは軽く溜息を吐いた。それは比べる対象が悪い。貧民街ではこんなものだ。

何度かお替《かわ》りをして、大きく膨れたお腹を苦しそうに押さえながら、満足の笑みを浮かべる彼等に孤児院の案内をする。食堂にいたので、最初は女子棟の部屋からだ。普段は男子禁制だが、男女に待遇差がないことを知らせるためにも、お互いの環境を見せておいた方が良いだろう。

階段を上がって、一番手前のドアを開けた。

「ここが見習いの部屋になります。成人した巫女は奥で一人の部屋を使いますが、見習いは複数人で一つの部屋です」

「これだけ広さがあれば、皆で寝られるな」

笑顔のトールにわたしは首を横に振った。

「皆では寝られませんよ」

「なんでだよ⁉」

トールとリックが自分の姉妹を守るように前に出た。それと同時に側仕えや護衛が警戒《けいかい》の体勢を取る。わたしは双方を押さえるように軽く手を挙げると、説明をした。

「女子棟は男子禁制です。男性が入って良いのは食堂までです。今日は男子棟と女子棟のどちらにも設備に差がないことを知らせるために案内しましたけれど、本来、ここに男性は入れません」

トールがキッと青い瞳を怒りに閃《ひらめ》かせる。

「オレ達は姉弟だぞ⁉」

「知っています。けれど、それとこれとは話が別です。ここは女子棟ですから、家族であっても男性の立ち入りは認めていません」

今まで姉弟二人、なるべく離れないようにお互いの存在を拠り所にして生きてきたのだろう。胸は痛くなるけれど、許可はできない。

「他の灰色巫女にとってはトールもリックも家族ではない余所《よそ》の男です。トールがノーラを守りたいと思ったように、わたくしは自分の巫女を守りたいと思っています」

「トールもリックもそんなことをする子ではないわ」

わたしの言葉にノーラが薄い紫の髪を揺らして首を横に振った。わかってほしいと訴えるように、必死に二人を弁護する。

「えぇ。わたくしの灰色神官達もそのようなことをする人達ではありません。ですが、そう聞いたからといってノーラは受け入れられますか？」

ぐっと言葉に詰まったようにノーラは息を呑んでゆっくりと俯《うつむ》くと、緩く首を横に振った。

わたしもトールとリック、二人の姉妹を守りたい気持ちは理解できるけれど、女子棟に男性を入れるわけにはいかない。

「どうしても男女共に過ごしたいというならば食堂の片隅で寝るしかないでしょう」

「それでもいいな。食堂の片隅にオレ達の部屋を作ろうぜ」

明るいトールの言葉にノーラとマルテは不安そうにわたしを見た。「部屋は作れますか？」と問われて、わたしは首を横に振った。

「寝る時に貸すだけです。食堂は誰でも入れる場所ですから、トールとリックが入れるように他の男性も出入りできます。貴方達の部屋ではないので、立ち入りの制限はできません」

あれもダメ、これもダメだと却下《きゃっか》されることに苛立ちが抑えられなくなったのか、トールが柳眉《りゅうび》を逆立てて怒りを露《あら》わにした。

「これだけ広いんだから、食堂にオレ達の部屋を作るくらいいいじゃないか！　お前には家族と離れたくないという気持ちがわからないのか⁉」

わたしが自分の胸元をぎゅっと握ったのと、バシッ！　と痛そうな音と共にトールの頬が叩かれたのは、ほぼ同時だった。神殿育ちでいかなる時にも暴力はいけないと言っていたフランの平手打ちに、わたしは目を丸くしてフランを見上げた。

「……フラン？」

フランは濃い茶色の瞳に怒りを湛《たた》えて、冷ややかにトールを見下ろしている。周りの温度が下がりそうな怒り方は完全にフェルディナンドと一緒だ。

「ローゼマイン様ほど、その気持ちをご存知の方はいらっしゃいません」

怒りの籠った目をしたフランが、ずいっと一歩前に出た。気圧されるようにトールが「な、何だよ……」一歩後ろに下がる。その一歩をまたフランが詰めた。

「ローゼマイン様はその能力を認められ、洗礼式で家族と離れることを決意し、領主の養女となりました。そして、今は神殿長に任じられたことにより、城と神殿を行き来しながら家族と会えぬ寂しさを胸に生活していらっしゃいます」

驚愕《きょうがく》に目を見開いた四人が一斉にわたしを見た。フランはその視線からわたしを守るように、少し体の位置を変える。

「姉を売られずに済み、寝る部屋が男女で異なるとはいえ、同じ孤児院で生活ができるようにしてくださったのはローゼマイン様です。これ以上の無礼《ぶれい》はたとえローゼマイン様が許しても、筆頭《ひっとう》側仕えの私が許しません」

……どうしよう。フランの堪忍袋《かんにんぶくろ》の緒が切れた。

デリアのことで甘いと叱《しか》られた時も、ギルとの距離感で叱られた時も、こんな怒り方はしていなかった。フランがわたしによく仕えてくれていることはわかっていたけれど、まだフランにとってはフェルディナンドの方が上で、わたしに対する孤児達の無礼にフランがここまで怒ると思ってい

なかった。トールの顔に明らかな怯えの色を見つけて、わたしは慌ててフランを止める。

「フラン、そこまで。もう十分です」

「ですが、ローゼマイン様」

二人の間に割って入ったけれど、フランはまだ怒りが収まらないのか、一歩前に出ようとする。

「わたくしのために怒ってくれたのはわかっています。ありがとう。手、痛かったでしょう？」

今まで暴力を振るったこともないフランに手を挙げさせてしまったのは、わたしの落ち度だ。わたしはフランの袖《そで》を握って止めると、赤くなっている手のひらを両手で包み込んだ。

フランの視線が自分の手に移ったのを見て、わたしはフランに叩かれた頬を押さえているトールと皆を守ろうとするリックに声をかける。

「トール、リック。貴方達の家族を守りたいという気持ちは痛いほどわかります。そして、自分の常識が全く通じない世界にやってきた心細さも不安も、わたくしは理解できるつもりです」

麗乃《うらの》時代とこの世界の違い、職人と商人の違い、下町と神殿の違い、平民と貴族の違い、神殿と貴族街の違い、常識や見方の違う世界をわたしはいくつも見てきた。何をどうすればよいのか全く分からない手探りの状態がどれほど不安で、新しい価値観と今までの価値観をすり合わせていくのがどれほど大変か知っている。

「でも、貴方達は一人ではないでしょう？　一緒に眠らなくても一緒に過ごせるでしょう？」

わたしが「ノーラやマルテが売られることはないのだから」と続けるとトールが顔を上げた。今になって初めてその言葉を実感したようにトールが青い目をゆっくりと瞬く。

「どうしても一緒が良いならば食堂でも良いのですよ？　でも、誰でも入れる食堂で眠るより、男性が絶対に入れない女子棟の部屋で休む方が今のノーラとマルテは安心できるのではないかしら？二人はどう思って？」

トールが姉を守るために必死で主張しているけれど、肝心《かんじん》のノーラとマルテの意見は聞いていない。わたしが二人の方を見るとノーラは一度そっと長い睫毛《まつげ》を伏せた。

「トール、わたし、女子棟で眠るから二人は男子棟に行きなさい」

「姉ちゃん⁉」

「食堂は嫌。知らない男がうろつくかもしれないところじゃ眠れないのよ。……久し振りに安心して寝たいの。わかって」

ノーラの淡い笑みに浮かぶ疲労の蓄積《ちくせき》を見れば、どれほど緊張の毎日を過ごしてきたか、すぐにわかる。トールが少し悔しそうに唇を噛んだ。

「わたしも……ノーラと寝るよ、お兄ちゃん」

くいくいとリックの袖を引きながら、マルテが必死の顔でそう言った。自分の主張をするのが珍しいことのようで、リックは驚いたように目を丸くしてマルテを見下ろす。

「大丈夫か？」

「……うん、ここはそんなに怖くない」

マルテは小さく笑ってリックの袖から手を離す。ノーラとマルテの二人が女子棟で寝たいと言えばトールもリックもそれ以上は何も言えないようで、すんなりと納得したようだ。

「では、他の施設の説明を……」

丸く収まって良かった、と思いながら、女子棟の地階へと向かおうとしたが、「お待ちください」とフランの手がわたしの言葉を止めた。

「まず、謝罪を」

「え？」

「ローゼマイン様は神殿長です。神殿長に無礼な態度を取った謝罪を要求します」

……おおぅ、まだ怒ってる⁉

フランの静かな怒りはしつこく長いようだ。わたし個人としては、もういいじゃん、と流してしまいたい。けれど、それを絶対に許さない、とフランは表情と態度に出している。そんなフランを見るのは初めてで、わたしには止めることもできない。

フランの怒りに顔色を変えたのはわたしだけではなかった。ノーラが息を呑んでグッとトールの頭を無理やり下げる。弟をその場に跪かせ、その横に跪いたノーラがわたしに向かって謝罪した。

「すみません。ほら、トールも謝って！」

「……すみません」

謝ってくれたし、もういいよね？　と心の中で訴えながら、わたしはフランを見上げる。

わたしと目が合ったフランは、フッと微かに笑みを浮かべた。いつもの穏やかな笑みではなく、もっと、こう、底冷えのするような笑みだ。

「ローゼマイン様、施設の案内はギルとニコラにお願いしましょう」

「あの、フラン？」

「折り入ってお話ししたいことがございます。ギル、ニコラ、四人を連れて行きなさい」

フランに促《うなが》されたギルとニコラは「は、はい！」と歯切れの良い返事をすると、逃げ出すように四人を急かして階段を下りていく。

……待って。置いて行かないで！

心の中で叫んでみたものの、フランの冷気に回れ右をするとさっさといなくなってしまった。残ったのは、フランとわたしと護衛騎士の二人とフェルディナンド。フェルディナンドもフランと同じような底冷えのする笑みを浮かべている。ぶわっと冷たい汗が噴き出してきた。

「さて、ローゼマイン様。お部屋でゆっくりとお話しいたしましょう」

「そうだな、しっかりと言い聞かせておかねばなるまい」

「は、はひ」

……この元主従《しゅじゅう》、似すぎていてマジ怖い。誰か助けて！

もちろん、助けてくれる人がいるはずがない。こんな時こそ守ってほしいが、護衛騎士の二人は目も合わせてくれなかった。

孤児の扱いと町の調査

院長室にある魔力で開ける隠し部屋には全く近付こうとしないフランなのに、怒りが頭の大半を占めているのか、場所が違うから平気なのか、躊躇い一つ見せず、顔色一つ変えずに中へ入る。

そして、開口一番、フランは厳しい顔で言った。

「孤児に無礼な態度を許してはなりません」

ただでさえ幼くてなめられがちなのに、無礼な態度を許せば相手は更につけ上がる、とフランは言った。それに関しては護衛騎士の二人も同意見なのか、少し顎を引くようにして同意を示す。

「領主の養女であるローゼマイン様が無礼を許すことで、相手が思い上がって増長し、結果としてローゼマイン様の機嫌《きげん》を損《そこ》ねることを私は一番恐れているのです」

「君が怒ると魔力が暴走するからな。周囲の被害が大きい」

フランの言葉を補足したフェルディナンドに反論もできず、わたしはしょぼんと項垂《うなだ》れる。新入りに親切にしているつもりだったが、それではダメだったようだ。

「何に関しても最初が肝心です。優しさは美点ですが、甘さと履《は》き違えてはなりません」

「……以後気を付けます」

フランが今後他の誰かに手を挙げなければならないような状況を引き起こさないように、フェルディナンドが二人並ぶような恐ろしい怒りを浴びないように、気を付けたいと思う。

「ローゼマインの対応の甘さも改善《かいぜん》していかなければならないが、あの孤児達の教育の方が急務であろう。何だ、あの言葉遣いは？　食べ方も見るに堪《た》えぬ」

食事の時を思い出したのか、不快そうにフェルディナンドの眉が寄る。下町の貧民街ならば特に珍しくもないが、それを理解してほしいとは言えない。彼等は神殿に入ったのだから、彼等を教育するしかないのだ。

「あそこまでひどいとどこから手を付ければよいのかわからぬが、君には何か教育方針があるのか？　ギルベルタ商会ではどうしている？」

フェルディナンドは自分が知っている下町について質問するが、ギルベルタ商会は下町の中では大店で、貴族と接することがあるような店の子弟《してい》しか基本的には預かっていない。今回引き取った孤児達と同じレベルだったのはルッツくらいだが、ルッツの目的意識や学習能力の高さを基準に考えては彼等が可哀想だ。

フランがハッとしたように顔を上げた。

「小人数なのですから、神殿へ連れて行った方が良いのではないでしょうか？」

ここではなく、神殿の孤児院へと連れて行けば周囲が全てしていることなので覚えるのではないか、と提案した。教育環境という意味では良いかもしれないが、もう少し神殿の特異性に慣れた後でなければストレスが溜まるだけだ。

わたしも神殿に入ったばかりの頃は常識の違いに頭を抱えていたけれど、帰れる家があった。愚痴を聞いて甘えさせてくれる家族とルッツ達がいた。理解不能！　と叫んで同意してくれる存在は大事だ。逃げ場所もなく、家族も同じように環境の変化によるストレスを抱えていたら、甘えさせてくれる対象になるのかどうかもわからない。

「神殿に連れて行くのはもう少し待ちましょう。住み慣れた土地で少し神殿のやり方に慣れてからの方が良いと思います。今のままでは神殿での衝突も多いでしょうし、どうしても無理だと思ったら町長のところへ戻れる道を残しておいた方が良いと思うのです」

「ローゼマイン様？」

神殿から出ることを考えたことがないフランは、不思議そうに首を傾げる。

「皆が神殿のやり方に馴染《なじ》めるかわからないでしょう？　女の子達は売られたくないから神殿の方が良いと言っても、男の子達は町長のところの方が自由があって良いと思うかもしれません」

わたしが作ってあげられた孤児院の自由なんて、森へ採集と紙作りに行くくらいだ。多分ここの町長のところの方が自由に動ける部分は大きいと思う。

「収穫祭が終わった後、全員が残ることを選択したら冬は神殿に連れて行けばよいと思います。その頃にはここでの生活にも慣れているでしょうから」

「では、どのように教育していきましょう？　小さい子供ならともかく、あのように大きくなってから孤児院に入ってくる者は滅多《めった》にいませんから、どのように教育すればよいのかわかりません」

下町では洗礼式を終えた子供ならば、基本的に皆が就職している。見習いとして働いているので、両親が亡くなった場合は住み込み見習いという形になるけれど、店が面倒を見てくれるのだ。親族が引き取らなかった洗礼前の幼い子供が孤児院に預けられることはあっても、見習いとなってしまっている年の子供が孤児院に入ってくることはほとんどないらしい。

「この辺りの子供達は見習いとして仕事をしないのかしら？」

「親が農民ならば死んだ時点で畑は接収《せっしゅう》される。未成年に与えられる畑だけでは食べていけないのかもしれぬ。詳しいことはよくわからぬが」

フェルディナンドはそう言って軽く息を吐いた。税収の関係で書類を見ているだけで、実際に農民の生活を見たことがないので孤児達の生活に関してはよくわからないと言う。

「……とりあえず、何も知らない子供に教えるように、最初から丁寧に教えるしかありませんね」

「最初から、とは？」

「配膳でも……多分今までとやり方が違うと思います。神殿は貴族の館に準じていることが多いですから。カトラリーの扱いから丁寧に教えなければわからないでしょう」

下町では手づかみで食べることも珍しくない。見苦しくないように食器の扱いを教えられる孤児院の方が珍しいのだ。

「それから、掃除の仕方も、ですね。神官達の掃除は効率《こうりつ》的で早くて綺麗だとルッツが絶賛していました。あの町長のところの掃除方法は神殿では通用しないでしょう」

ルッツはギルに掃除の仕方を教えてもらって、それをギルベルタ商会の見習い達に教えたと言っていたはずだ。

「ただ、何を教えるにしても四人一緒に教えるようにしてください。森へ採集に行く時も、紙作りについて教える時も、料理の仕方を教える時もバラバラにせず、まとめて教えてくださいね」

孤児は四人、神官と巫女は六人いるのだから、個人個人に担当を付けようとしていたフェルディナンドが「それは何故だ？」とわたしに説明を求める。

「一緒の方が成長しやすいからです。一緒に学ぶ者がいた方が競争心も芽生えますし、お互いに教え合うこともできます。集団の力は馬鹿にできないのですよ」

競い合って覚えた子供達のカルタの話を出すと、フェルディナンドが、む、と目を細めて「貴族院に行くと伸びるようなものか……」と呟いた。そして、わたしを見ながら不穏な笑みを浮かべる。

何やら妙な計画が立ち始めた気がするのだけれど、気のせいだろうか。

「とにかく生活に慣れることを一番に考えましょう。神殿は特殊ですから外の人にはすぐに馴染めないということを念頭《ねんとう》に置いて、丁寧に教えてあげてちょうだい」

「かしこまりました。灰色神官達にはそう伝えましょう」

フランの表情が元の穏やかなものに戻った。

「では、神殿に戻ってハッセの町についてもう少し調べてみるとしよう」

「え？　もう調べましたよね？」

文官とギルベルタ商会の面々が調査したし、その調査結果を教えてもらったはずだ。わたしがそう言うとフェルディナンドはトントンとこめかみを人差し指で叩きながらわたしを見た。

「馬鹿者。前に調べたのは工房を作るという観点で、土地や人口、主産業などを調べただけではないか。そうではなく、どのような貴族の後ろ盾があり、あの小物が増長しているのか、どれだけの影響力があるのか、排除するならばどこからどこまでの関係者をどのように排除するのか、排除した穴を埋めるにはどうするか……。工房を作る上では調べなかったことを調べるのだ」

黒いフェルディナンドが暗躍《あんやく》するらしい。よくわからないので任せておこうと思う。わたしには向かない。そんな頭を使う仕事。

話を終えて部屋を出ると、心配そうに顔を曇らせたギルとニコラがこちらの様子を窺《うかが》っていた。大丈夫だよ、と笑ってみせると二人はホッとしたように表情を緩める。こちらの様子を気にしていたのは孤児の四人も同じだったようで、フランの表情が元に戻っていることに安堵《あんど》の表情を見せた。

「次は五日後に様子を見に来ます。その時までにここの町長がどこの貴族とどのような繋がりがあるのか、どれほどの影響力があるのかなど、調べてきます。食料についてはベンノとグスタフに頼みますから、結果がわかるまでは小神殿からあまり出ないように気を付けてちょうだい。新しく入った孤児達だけではなく、貴方達も十分に注意してくださいね」

灰色神官達に後を頼むと、彼等は「かしこまりました」と跪いたまま丁寧に答える。今はあの四人も同じように跪いてじっとしている。

「……小神殿は守りの魔術が効いていますから、町長がやってきてもここにいる限りは大丈夫です。出ると守れませんから気を付けてちょうだい」

わたしの言葉に、実際の町長を知っている孤児達の方が緊張感に満ちた顔でこくりと頷いた。

神殿に帰るとすぐにフェルディナンドがベンノを呼び出した。町長を始めとするハッセの町について、詳しく聞くためだ。呼び出されるのがわかっていたかのような早さで、ベンノは神殿へとやってきた。

「孤児を引き取ってきた。ずいぶんな対応だったが……ベンノ、其方はそれを知っていたな？」

「えぇ、いつもずいぶんな対応でした。ハッセの町だからこそ、の対応でしょう」

ベンノはそう言って唇の端を上げる。どうやら「神官長と神殿長が孤児を引き取りに行く」と伝えなかったのは意図的なもので、こうして話をする機会を窺っていたようだ。

ベンノによると、ハッセの町は特殊で町長の権力が非常に強いそうだ。

エーレンフェストから馬車で半日もかからないので、エーレンフェストを出発した貴族の宿泊地はハッセを通り過ぎたディンケルの町になる。そのため、祈念式と収穫祭以外に貴族が立ち寄ることはないのだ。徒歩の旅人はいても、普通の貴族はハッセに立ち寄らないらしい。

また、エーレンフェストと近いので商人の価値が余所に比べて低いのだそうだ。エーレンフェストの市場に買いに行こうと思えば行けるし、地方からエーレンフェストへ向かう商人がハッセの町を必ず通るので品物を買い取ることもできる。そのうえ、ハッセには冬の館がある。祈念式や収穫祭が行われるのがハッセの町であり、周辺の農村から冬になると人が集まってくるのだ。それだけの人を相手に采配《さいはい》を振るうのが町長なので、周辺での影響は大きいそうだ。

「貴族は騎獣で門を通らず行き来できます。あの町長がどのような貴族とどのように通じているのか私はわかりませんが、かなり高位の貴族と繋がりがあるようです」

「ふむ。確実なのは前神殿長だな」

「またあの神殿長ですか？」

わたしはげんなりとしてしまった。顔を合わせないように神殿で生活していた時より死んでからの方が、神殿長が色々なところで関わってきて鬱陶しい。

「騎獣を持っていない前神殿長が動けたのは馬車で行き来できる範囲内だ。領主の叔父である地位を振りかざし、やりたい放題していたに違いない。やり口が同じで、新しい神殿長と神官長に反抗したことからもそれがわかる。何かあっても神殿長にすがれば大丈夫だと計算したのであろう」

祈念式で青色巫女見習いとして冬の館に立ち寄った時にわたしとフェルディナンドの姿を見ていたはずなので、わたし達を前神殿長の下に就《つ》いている者だと認識したのだろう、とフェルディナンドは語った。神殿長の腰巾着《こしぎんちゃく》をしていた青色神官にも虎《とら》の威《い》を借る狐《きつね》のようにフェルディナンドを下に見る者がいたそうだ。

「あの町長はおそらく前神殿長が捕えられたことも知らないのではないか？　ベンノ、下町に前神殿長の情報はどれほど出ている？」

「全くありません」

ベンノの即答にフェルディナンドは軽く目を見張った。その後、眉間に皺を刻んだ難しい顔で口を開き、言いにくそうに言葉を探す。

「……全くということはないであろう？　神殿長が変わったのだぞ。少しは何か……」

「新しい神殿長が幼い領主の娘で、本物の祝福が与えられる聖女だという噂は広がっておりますが、前神殿長に関しては全くありません。年だから引退したのだろう、とか、役職が変わったのだろうくらいの認識だと思われます」

本当にわたしの聖女伝説が巷《ちまた》に広がりつつあるらしい。神殿長に就任する以上、箔付《はくづ》けに必要だと前もって聞かされてはいたけれど、恥ずかしくて居《い》た堪《たま》れない。

「町長と繋がりがある貴族として、私はあの文官も相当怪しいと思っています。我々が町長の屋敷を出た後も何やら密談《みつだん》をしていたようですから」

ベンノから色々な話を聞いた後、フェルディナンドは何やら考え込んでいた。眉間にくっきりと皺を刻み、こめかみをトントンと叩きながら黙ってじっと考え込む。しばらく考え込んでいたフェルディナンドが口を開き、小さく呟いた。「死んだ後まで厄介な……」と。

神殿の守り

「ヴィルマ、冬籠りの間、孤児院に人が増えても大丈夫かしら？」

わたしはノーラ達を含めて十人の受け入れ余地があるかどうかをヴィルマに尋ねた。そうですね、とヴィルマは去年の分の資料を取り出して捲《めく》り始める。

「冬支度を去年より増やすことになりますが、部屋数は特に問題ありません。ただ、布団や食器などの生活用品は足りません」

元々灰色神官や灰色巫女としてエーレンフェストの孤児院にいた六人の分はともかく、新しく増える四人の分が足りないと言う。冬籠りを一緒にするのは神殿の生活や教育のためなので今年だけだ。来年はハッセで冬籠りしてもらうなら、生活用品は買い足すより運び込んだ方が良いだろう。

「そう、何人になるか、まだはっきりとはしないのですけれど、十人増えることを考慮して冬支度を進めてください。今年はお金も時間も余裕があるので大丈夫でしょう。ヴィルマのお手柄ですよ」

「神官長に禁止されたのは残念でしたね。ふふっ」

フェルディナンドのチャリティーコンサートでの売り上げがあるので、今年は懐《ふところ》が温かい。ポッカポカである。ヴィルマの描いたフェルディナンドのイラストが完売したおかげだ。他の町にも同じように孤児院と工房を作るつもりでいるので無駄遣いはできないけれど、孤児院の冬支度に使うならば使い道としては問題ないと思う。

「それから、夏の眷属の絵はどうなっていますか？　そろそろできるかしら？」

「えぇ、ほとんどできました。あと一枚、仕上げが残っていますけれど、仕上がった分に関しては今日から印刷を始めているようですよ」

本文の印刷が終わったという報告はギルから受けていたが、絵の印刷も始まったようだ。早ければ数日で印刷が終わって製本に入るだろう。

「……ねぇ、ヴィルマ。冬の社交界までに秋と冬の眷属の絵本も作れないかしら？」

「それは少し難しいと思われます。冬支度もありますし、時間が足りません」

絵本の主な購買層《こうばいそう》は富豪と貴族である。冬の社交界が良い販売所になると思ったが、間に合わないのでは仕方がない。別に全部売らなくても、来年の商品にすれば良い。

「ローゼマイン様、冬の手仕事に関してはいかがでしょう？　今年も去年と同じでよろしいのでしょうか？」

「えぇ。木工の制作は誰でもできますから、多分、トランプもリバーシも大量に売れるのはあと数年でしょう。皆が真似して作りだす前に大量に作って、売って、また別の物を考えましょう」

わたしが考えて作っている物なんて簡単な物ばかりだ。すぐに真似されるだろう。真似されることも計算した上で、新しい物を売れば良いのだ。

「ローゼマイン様は神殿長になられても、金策《きんさく》が大変ですのね」

保護者の名誉のために言っておくならば、自分の生活費も稼《かせ》がなければならなかった青色巫女見習いの時と違って、今は生活するだけならば十分な予算をもらっている。わたしの金策は孤児院のため、そして、印刷業を広げて、わたしの本を作るためだ。

「孤児院の運営費は孤児院で稼がなくてはなりませんもの。貴族の出資に頼ると、いなくなった時に元通りですから。わたくしがいなくなっても、孤児院がこのままの生活を続けられるようにしておくことが、神殿長であるわたくしのお仕事です」

「頼もしいお言葉、嬉しく存じます」

「そういうわけで孤児院での受け入れは大丈夫そうです。もう一つ相談があるのですが……」

フェルディナンドにヴィルマとの話し合いの報告をするついでに、絵本をお城で売れないか相談してみることにした。

「神官長、聖典の絵本をお城で売っても良いですか？」

「……待ちなさい。城のどこで売るつもりだ？」

勝手にイラストを売ったことで、販売に関しては更に神経質になったフェルディナンドが薄い金色の瞳でじとりとわたしを見る。

「城のどこかで売りたいと考えているだけです。絵本を購入する人は、下町ならば文字を読めなければ困る商人などの富豪層に限られていますけれど、貴族は全員でしょう？　冬の社交界でお子様のいらっしゃる貴族相手ならば売れるのではないかと思っただけです」

わたしの言葉にフェルディナンドはこめかみを指先で叩く。「妙な絵を売られるよりは良いか」と呟いた後、冬の終わりに城で売る許可を取ってくれると約束してくれた。

「領地に戻る際の手土産として城で売ると良い。冬の間は最初に作った大神《おおがみ》の絵本とカルタで子供の興味を引き、帰り際に新しい絵本を見せれば親も駄目だとは言えまい。君の絵本は内容の割にかなり安いからな」

まさかフェルディナンドに商売関係の意見をもらえるとは思わなかった。

「……ただし、子供が文字に興味を持ち、教育の役に立つと判断されなければ難しいであろう。余計な物にかける値段としては高いからな」

「冬の社交界には子供も来るのですか？」

冬の間に絵本とカルタで興味を引けと言ったのだから子供がいるのだろう。わたしは親を相手に絵本の営業をするつもりだったが、子供がいるならば成功率が上がりそうだ。

「洗礼式を終えた者は来る。幼いうちから交流を持たせ、貴族としての序列を教える場となる。君にとっては将来の側近を探し、育てる場でもある」

……うわぁ、面倒臭い場になりそう。

絵本の営業のことだけを考えていれば良いわけではなさそうだ。冬も忙しそうだな、と思った瞬間、去年の冬の仕事を思い出した。

「あれ？　冬は神殿で奉納式《ほうのうしき》ですよね？　わたくしに社交界なんて関係ないのでは？」

「どちらにも参加するのだ。私は毎年そうだぞ」

万能フェルディナンドは毎年城と神殿を行ったり来たりしていたらしい。でも、体力がない虚《きょ》弱《じゃく》なわたしに同じことを求められても困る。去年だって体調管理ができるフランが見張る万全の状態で神殿に籠っていたのに、何度も薬を飲む羽目になったのだ。城と神殿の往復なんてできない。

「神官長、わたくし、冬の間に死ぬかもしれません」

「案ずるな。そう簡単に死なせはしない。薬の準備はしておく」

薬は準備してくれても負担を減らしてくれることはないようだ。ひどい。

「……あんまり苦くない薬にしてくださいね」

真面目な顔でどのくらい準備しておくか、フェルディナンドが検討し始めた瞬間、ざわりと二の腕の辺りに鳥肌が立った。

「……ひゃ⁉」

寒かったわけではない。ぞわぞわとしたものが背中を駆け上がっていくような感じがして、何だか急に気持ち悪くなった。それと同時に、頭の中にふっとハッセの小神殿という言葉が浮かぶ。

「神官長、今、何だか変なことが……」

自分に起こった異常にわたしがフェルディナンドの方へと振り向くと、フェルディナンドも何かに気付いたように顔を上げて立ち上がった。

「……ハッセの小神殿に押し入ろうとしている者がいるようだ。守りの陣にわずかな干渉《かんしょう》が感じられる。君も守りの魔術具に魔力を込めたから、同じように感じられるはずだ」

創造の魔術で小神殿を作ったフェルディナンドと守りの魔石に魔力を込めたわたしには、小神殿に攻撃を加える者がいると感知できるようになっているらしい。

「ローゼマイン、来なさい」

フェルディナンドはそう言って寝台の奥にある隠し部屋へ歩いていく。ハッセの小神殿が攻撃を受けているならば、すぐに向かった方が良いはずなのに何をするのだろうか。

「神官長、ハッセに行くのではないのですか？」

「大した干渉は受けていない。先に様子を見た方が良かろう」

フェルディナンドがそう言って扉を開けたので、わたしは急いで隠し部屋に入った。お説教以外で入るのは久し振りである。

ごちゃごちゃと大量にテーブルの上に置かれた実験道具のような物の中から、フェルディナンドは八角形の黒っぽい木で作られた盆のような物を持ってきてローテーブルに置いた。黄色の魔石が八つの角に付いていていて、魔法陣のように複雑な文様が彫られていることからも魔術具とわかる。

フェルディナンドが一つの魔石に手をかざして魔力を流していくと、魔石から出てきた黄色の光が文様の上を走り始める。左右に分かれて流れ出した光が魔石と魔石を繋ぎ、文様を浮かび上がらせて魔法陣を完成させた。次の瞬間、盆の底からゆらゆらとした液体のようなものが湧《わ》き上がってきて中を満たしていく。

フェルディナンドがシュタープを取り出して「シュピーゲルン」と揺れる水面《みなも》に当てると、水面に映像が浮かび、ハッセの小神殿が見えた。わたしはいつものように長椅子に座るのではなく、立ったままで盆の中を覗き込んだ。まるで監視カメラのような魔術具だ。

「……神官長、これってどこでも覗けるのですか？」

「まさか。自分の魔力が籠った守りの魔石がある建物だけだ。基本的には領主一族が街や領地を守るために使用する物で、どこでも覗けるわけではない」

覗き趣味でもあるのかと思ったが、違ったようだ。わたしがホッと胸を撫で下ろしていると、「一体何を考えた？」と怖い笑顔で凄《すご》まれた。

「何も考えていません。それより、ハッセの小神殿をよく見せてくださいませ」

水面に映るハッセの小神殿に農具を持った十人足らずの男達が押し入ろうとしているところが見えた。多分、町長に命じられた男達だろう。町長の姿はなく、比較的若い男ばかりだ。ノーラ達を取り戻しに来たのだとわかって、背筋が震える。

「神官長、すぐに助けに行かなくちゃ……」

「貴族もいないようだ。わざわざ向かう必要はない。見ていなさい」

男達が乱暴な動作で扉を開けようと手を伸ばした瞬間、驚いたような顔で彼等は手を引いた。何度か手を伸ばしてはひっこめる。まるでネコが動くおもちゃを警戒しながら、前足を出しているような姿だった。どこからどう見ても攻撃しているようには見えない。

「……あの人達、何をしているのでしょうか？」

「悪意ある者を入れぬように小神殿は守りをかなり強化している。扉に触れた途端、激痛が走るのであろう。何度も挑戦しても結果は同じだが、懲《こ》りぬようだな」

セキュリティレベルが変えられるなんて想像以上に便利だと思いながら、わたしが映像を覗き込んでいると、フェルディナンドが創造の魔術について少し教えてくれる。

「ジルヴェスターではなく、私が小神殿を作ったのは街と小神殿で守りの強さを変えるためだ。領主が作ると、小神殿と共に街の守りも一緒に強化することになる。どう考えても支障《ししょう》が多い」

領主が設定しているエーレンフェストの守りは魔力攻撃を弾くものだそうだ。中にいる者に悪意を持つ者を弾く小神殿とは全く違う。エーレンフェストの街全体に小神殿と同じ守りをかけると、親子喧嘩や夫婦喧嘩をして森へ採集に出かけた者が帰れなくなる可能性もあるらしい。

「夫婦喧嘩で家に入れないくらいなら笑い話で終わるけど、街に入れないのは洒落《しゃれ》になりませんね」

母さんと喧嘩した父さんが門で右往左往しながら「仕事はできるのに家に帰れない！」と嘆く姿を想像して、思わず笑ってしまう。けれど、その笑いは中途半端なところで固まった。

「……農具を振りかざしましたね」

扉に触れられないと理解したらしい男達は手に持っていた農具を振り上げて、扉に向かって大きな動作で振り下ろした。次の瞬間、男達は全員吹き飛ばされて無様《ぶざま》に転がっていく。

「祈念式の襲撃《しゅうげき》で君の風の盾に守られた馬車の様子によく似ていると思わないか？　小神殿の守りには同じような作用を組み込んである」

「フランやロジーナは傷一つなく守られましたものね。風の盾なら安心です」

吹き飛ばされた男達は驚愕に顔色を変えながらもう一度突進した。結果は同じだ。何度攻撃しても、小神殿の扉には傷の一つも与えることができない。怪我をするのは自分達だ。次第に攻撃する腕にも勢いがなくなり、段々と顔色が悪くなっていく。不気味な物を見るように、小神殿を見上げていた男達は一人、また一人と逃げるように帰っていくのが見えた。

「問題なく守りが作用しているようだな」

ふむ、とまるで実験結果を確認するように呟くと、フェルディナンドは何やら木札にメモをし始めた。「もう少し弱めても大丈夫だろうか」と恐ろしいことを言いだす。

「守りはこのままでいいですからね。勝手にいじっちゃダメですよ！　それより、小神殿に皆の無事を確認に行きましょう」

わたしの言葉にフェルディナンドは木札に書き込みを続けながら、「今は駄目だ」と即答した。

「下手に動くと、ヴォルフの時のように町長が消される」

フェルディナンドの静かな言葉に、わたしはびくっとして、部屋を出ようとしていた足を止めた。

ヴォルフはインク協会の会長だった人だ。わたしが知らないところで亡くなった、顔も知らない人なので記憶から零《こぼ》れそうな相手だが、貴族にとっての平民の価値を目に見える形で突き付けてくれたという点で印象深い。ヴォルフは貴族と後ろ暗い繋がりがあり、フェルディナンドとカルステッドが貴族との関係を洗い出そうとしたことで口封じに殺されたのだ。

あの時と同じように下手に動けば即座に殺されるぞ、とフェルディナンドが忠告する。貴族が平民の命を何とも思っていないことはわかっているつもりだが、はっきりと明言されると心が震えた。ハッセの町長は嫌な人だとは思っているが、死んでほしいと思うほどの相手ではない。少なくとも自分が動くことで死ぬようなことになれば後を引きずりそうだ。

「……やっぱり、命は大事ですものね」

「あぁ。色々と証言を握っていそうだから、あれは生きたまま確保したい」

フェルディナンドにとって大事なのは、町長の命ではなく握っている情報らしい。すっぱりと割り切った思考回路は本当に為政者《いせいしゃ》向きだと思う。わたしのように情に流されてフラフラしたり、本のために暴走して失敗したりしないのだろう。根本的なところが全く違うことに軽く息を吐いた。わたしはいくら貴族らしく振る舞おうと思っても貴族にはなりきれないようだ。メッキが剥《は》がれたら、ただの小市民である。

「様子を見に行く予定の日まで待ちなさい。いきなり襲われても問題ないことはわかったはずだ」

わたしはじりじりした気持ちで待っていた。あと三日で約束していた日になる。もちろんその三日間をぼんやりと過ごしたわけではない。孤児院の冬支度に必要な物とその量をヴィルマとモニカに計算してもらい、フランにはわたしの部屋の分を計算してもらえるように指示を出した。ギルとルッツには去年の手仕事の数から今年の分の数を決めて、板作りをインゴの工房に依頼し、インク工房にインクの手配をしてもらうことになっている。

リヒャルダから冬の衣装を仕立てなければならないので一度城に戻ってくるように、とオルドナンツが飛んできたし、ベンノからはイタリアンレストランを開店させたいから料理人を返してほしい、と頼まれた。ついでに、今年は臭いの少ない獣脂《じゅうし》の蝋燭《ろうそく》を使いたいから、蝋工房に臭いが軽減できる塩析《えんせき》の技術を売り飛ばしたいと言われたのである。


そんな中、孤児院にいたはずのモニカが布の包みを持って部屋に戻ってきた。下町に通じる裏門の門番から手紙を預かったらしい。孤児院にいる者が門番から一旦預かって貴族区域まで届けてくれることはよくある。手紙と言ったけれど、実際にモニカが持っているのは木札だ。

「ローゼマイン様、こちらのお手紙は、神殿にいないことは知っているけれど前神殿長に届けて欲しいと言われたそうです。故人宛てのお手紙はどうすればよいのかと門番が困っていたので、こちらにお持ちしました」

「前神殿長宛て、と明言されたのは初めてですね」

神殿長宛てに、便宜《べんぎ》を図《はか》ってほしいことをにおわす招待状はちょくちょく届く。大抵はエーレンフェストの市が立つ日に合わせてやってくる農民や商人が手紙を預かってくるので、市が終わってすぐのこの時期に手紙が届くのは珍しい。それに、「神殿長宛て」の手紙は何度も受け取ったけれど、「前神殿長に」と言われた手紙を受け取るのは初めてだ。この街以外にも神殿長が交代したことが広がり始めたということだろうか。

神殿長が交代したことは知っていても、前神殿長が亡くなっていることは知らない誰かが手紙を送ってきたのだろう。貴族街の者はともかく、余所では前神殿長が失脚《しっきゃく》してすでに亡くなっていることを知る者はまずいない。

「貴族街のご実家に送られますか？」

モニカの質問にわたしはゆっくりと首を横に振った。本来ならば、それがよいのかもしれないが、前神殿長に実質的な実家はもうない。前神殿長の姉にあたる領主の母親は、外との連絡を一切断たれた状態で幽閉《ゆうへい》されているし、異母兄弟が継《つ》いだ生家《せいか》があるようだが、代替わりしているうえに元々仲が悪かったようだ。領主の母はともかく、洗礼式もしなかった前神殿長は一族の数に入っていない、と当主より明言されているらしい。フェルディナンドが言っていた。

「前神殿長への手紙はこちらで処理するしかありませんね。いつも通りに処理します。明日、返事を取りに来てくださるように使者にお伝えしてちょうだい」

「かしこまりました」

モニカが退室するのを見ながら、わたしは布に包まれた手紙——木札を手に取った。布を解いて目を通す。書き慣れていないことが容易にわかるガタガタの字で手紙を送ってきたのは、なんとハッセの町長だった。

フェルディナンドが推測した通り、町長は前神殿長が失脚し、すでに死亡していることを知らないようで、「小神殿を何とかしてほしい」「貴方の部下が横暴極《おうぼう》まりないことをしている」「文官のカントーナ様に売り渡す契約をした孤児を奪われた」など、つらつらと書いている。小物だとは思っていたが、あまりにも残念すぎて言葉にならない。口から出てくるのは溜息だけだ。

「フラン、神官長のところに行きましょう」

わたしは貴族との繋がりを示す有力な手掛かりとなる木札を持って、フランと一緒にフェルディナンドを訪ねた。

「神官長、こんなお手紙が届きました。お返事、どうしましょう？」

わたしが木札を手渡すと、フェルディナンドはあまり上手ではない文字を睨むようにして解読し、わたしと同じように疲れ切った顔になった。

「……前神殿長は亡くなりました、と返事をしておけば良い。その後どのように動くかで判断する。敵対しなければしばらく放置しておいてよい。こちらには大した影響はないだろう」

これから先の態度や行動でわたし達の祈念式の行動を決める、とフェルディナンドは言った。

「祈念式ですか？　収穫祭ではなく？」

「農業を主とする町で神の加護《かご》が得られなければ、収穫に明確な差が生まれる。数年は何とかなってもどんどん土地が痩《や》せていくのだ。ハッセを守ってくれる神殿長ならば誰でも良いのか、ちょっとした悪事で小金を稼げる貴族が欲しいのか……。選ぶのはあの町長だ」

フェルディナンドはそう言って軽く手を振った。

「選択を間違えれば日々の糧《かて》を得られなくなる町民や農村の者によって、ハッセの町長は勝手に失脚するだろう。それより、せっかく名指しされているのだ。カントーナを優先して調べていこう」

「よろしくお願いします」

木札をフェルディナンドに預けると、わたしは部屋に戻ってハッセの町長に返事を書いた。前神殿長はもう亡くなってしまったので、もういません。これから、どうするのですか、という内容をフランの指示で貴族らしく婉曲《えんきょく》に飾って書いた。果たして町長は解読できるのだろうか。

新しい課題と冬支度の手配

ハッセへの返事を使者に渡した。ハッセまで半日もかからないのだから、明後日、わたしが小神殿に向かうまでには届いているだろう。手紙を読んで、状況を把握して、おとなしくしてくれれば良いけれど一体どうなることか。

「神官長、放置しておいても大丈夫なのですか？」

「今は放置するしかあるまい。排斥《はいせき》するだけならば簡単にできるが、大事なのはその後だ」

貴族としての権力を使えば、町長のような小物を捕えるのも、首を物理的に飛ばすのも簡単だ。けれど、その後のハッセの町を考えると、町長を飛ばすだけでは不十分になるらしい。

「でも、悪いことをする小物は少しでも早く排斥した方が良いのではないのですか？」

「ローゼマイン、悪いこととは何だ？」

「だから、孤児を売ったり、前神殿長や文官に『袖の下』……えーと、金品を渡したり……」

わたしが指折り数えていると、フェルディナンドは意外そうに眉を片方だけ上げた。

「それは、別に悪いことではないであろう？」

思ってもみなかった言葉にわたしは目を瞬いた。お互いに不思議そうな顔になって首を傾げ合う。

「孤児の面倒を見る代わりに、孤児の所有権を持つのだ。売るか否かは町長が決めることだ。そして、貴族に金品を贈って融通《ゆうづう》を利かせてもらおうとするのは当たり前だ。ベンノとて、私と初めて会う時には贈り物を持ってきたではないか。心証を良くしようとするのは当然ではないか」

孤児の所有権は面倒を見ている者にあり、賄賂《わいろ》を渡すのは当然のことで悪いことの範疇《はんちゅう》には入らないらしい。常識の違いに混乱しながら、わたしは頭を抱えた。

「あれ？……では、町長のやらかした、悪いことは何ですか？」

「貴族である私の命令に従わなかったことと、許しもなく立ち上がろうとして我々の決定に異議《いぎ》を唱えたことに決まっている」

たとえ多少の不正をしていても、孤児を売り飛ばしていても、それが町の利益となっていた場合、町の者にとっては良い町長で、孤児を売った金で町を潤《うるお》すことができるのならば、ハッセの者は町長を支持するらしい。

「冬の館に集う農村の者を入れると千人程がいるハッセの町民と数人の孤児ならば守られるべき対象は町民だ。我々が孤児を守って町長を力技で退《しりぞ》ければ、こちらが町民から憎まれる対象となる」

フェルディナンドの思ってもみなかった言葉にわたしの心臓が嫌な音を立てる。

「えーと、つまり、ハッセの人にとっては、わたくし達が悪なのですか？」

「今の時点ではそうだろう。貴族に売り飛ばすはずだった孤児を勝手にさらって行き、手を出せない小神殿に入れて、税を納める町民ではなく、数人の孤児だけを大事にしているのだからな」

売られかけた孤児を救うことが悪いことだと他の人に認識されるとは思ってもみなかった。呆然としてしまったわたしにフェルディナンドは平然とした顔で続ける。

「全てを自費で賄《まかな》っていた青色巫女見習い時代と違って、領主の娘である今の君は領民の税金で生きている。孤児と納税者、どちらを大事にしなければならないか、わからないか？」

新しく印刷業を始めるためには他の仕事に就いていない者が必要で、孤児院はとても都合が良かった。だから、各地に孤児院を立てて印刷業を発展させていくことを考えたし、領主からも許可が出たはずだ。それが町民にとってそれほど困ることだとは思いもしなかった。

「領主の許可が出たのは、今まで税金を納めていなかった孤児を正式な仕事に就かせることができれば彼等からも税金が取れると判断されたからだ。ただの慈悲《じひ》だけではない」

首筋がひやりとした。自分の能天気さと視野の狭さを突き付けられて、自分の中の常識がまた一つ突き崩されて泣きたくなる。

「……悪事に対する認識がここまで違うとは思わなかった。あの小物は君の良い教材となるだろう。町長に対する反対派を作り、育て、町長を孤立させなさい」

「……はい？」

「町長を取り除いてもハッセの町が順調に動くような後釜《あとがま》を作っておけと言っているのだ。こちらに賛同する従順《じゅうじゅん》な駒を育ててから町長を排除すれば全ては丸く収まる。やってみなさい」

どうせ、処分すると決まっているのだから存分に利用すればよい、と事もなげにフェルディナンドがとんでもないことを言い出した。人を陥《おとしい》れるという課題を出されて、奥歯がカチカチと小さく鳴る。本のために暴走して、結果的に周囲に迷惑をまき散らすことはあったけれど、こうして意図的に誰かを陥れるために行動したことは今までない。人を陥れるのは悪いことで、してはならないことだ、と教えられて育ってきたのだ。

……怖い。嫌だ。そんなことできない。したくない。

わたしが小さく首をふるふると振りながら尻込《しりご》みすると、フェルディナンドは我儘《わがまま》を言う子供を宥めるように軽くわたしの頭を叩く。

「ローゼマイン、君がしっかりしなければ小神殿の孤児達は森に出かけることもできない。そうすれば、工房での仕事ができないくせに神の恵みだけは一人前に食べる邪魔者になるだろう。ハッセの町だけではなく、孤児院の中でも疎《うと》まれる対象となるぞ。勝手にさらってきて、その上で疎まれるような環境に彼等を置くのは君の本意ではないだろう？」

「……でも、人を陥れる方法なんて存じません」

わたしの精一杯の抵抗に、フェルディナンドはその場に膝《ひざ》をついて視線を合わせると、ぞっとするほど甘い笑みを浮かべる。

「初めてだからな。やり方は教えよう」

綺麗な笑顔にたっぷりと含まれた毒が自分の中に流れ込んでくるのを感じて、わたしはぐっと奥歯を噛みしめた。

フェルディナンドの毒気に当てられて、その夜はよく眠れず、寝不足に加えて、気が重いまま、わたしは城に向かうことになった。冬の衣装を仕立てるための採寸《さいすん》と注文は早く済ませなければならないようで、昨日はリヒャルダから一日の間に三回もオルドナンツが飛んできたのだ。あまりにも急かされて辟易《へきえき》したフェルディナンドによって、わたしは強制的に連行されることになった。あまり気分が良くないので休息が欲しいけれど、許してもらえない。

……鬼畜《きちく》神官長め。

仕方がないので、城へ行くついでにフーゴを返してもらおうと思う。約束の期限は過ぎているから問題ないはずだ。

「ギル、今日はお城に行ってきます。フーゴを返してもらう、とルッツに伝えてくださいね」

「かしこまりました。今日中に一冊は仕上げておきますから、元気を出してください」

「ありがとう、ギル。ギルはそのまま真っ直ぐに育ってね」

素直で無邪気な笑顔に心底癒《いや》される。どこぞの誰かの毒々しい笑顔の後には尚更《なおさら》だ。ウチの側仕えは皆可愛い。

「ローゼマイン、どうした？　顔色が良くないぞ」

「自分が人を陥れなければならないことを考えたら眠れなかったのです」

誰のせいだよ、と思いながら元凶《げんきょう》であるフェルディナンドを睨むと、彼は驚いたように目を瞬いた。「そんなことでは、領主の娘として生きていけないのではないか？」と。

「神官長にとっては初級者向きの課題だったのかもしれませんけれど、わたくしにとっては難題《なんだい》すぎます。神官長の言うままに課題を達成した暁《あかつき》には不眠症になりそうです」

「その程度で眠れなくなるのか。……弱すぎるな、君は」

肉体的にも精神的にも自分が脆弱《ぜいじゃく》なことはわかっている。わたしがコクリと頷くと、軽く溜息を吐き、フェルディナンドが何かを考えるように一度目を伏せた。

「……今、考えても仕方がない。ひとまず出発しよう」


レッサーバスで城に行き、出迎えてくれるノルベルトに生温かい目で見られるのにも慣れてきた。フェルディナンドは「料理人の件をアウブに伝えてこよう。君は忙しいだろうから」と胡散臭《うさんくさ》いほど爽《さわ》やかな笑顔でそう言って、バサリとマントを翻《ひるがえ》すと颯爽《さっそう》と去って行った。絶対にリヒャルダから逃げたかっただけだと思う。

「ローゼマイン姫様、お帰りなさいませ。針子《はりこ》はすでに準備済みですよ」

出迎えてくれたリヒャルダに急かされて、針子を待たせてある応接室に向かう。たくさんの温かそうな布が巻かれて積み上げられていて、毛皮も種類豊富にたくさん揃えられていた。こうして生地から選んで仕立てるのは初めてだ。わくわくする気分が自分の中に確かにあるのに、気分がちっとも浮き上がってこない。

「ヴィルフリート坊ちゃまもローゼマイン姫様も今年の冬が初めてのお披露目《ひろめ》ですからね。どのような衣装を揃えるのか、よく考えなければなりません」

リヒャルダは今まで男の服ばかりを揃えてきたのでとても張り切っているらしい。エルヴィーラやフロレンツィアと一緒に、すでに何点かの冬服は注文済みだと言う。

「夏の寸法で一応作らせてはいるのですけれど、子供は成長が早いですから採寸はきちんとしておいたほうがよろしいと思いますよ」

……わたし、なかなか大きくならないんだけどね。

魔力を体に満たしておかなければならないから成長しにくいだろう、というのがフェルディナンドの見立てだ。最近は魔力を使う機会も増えているし、ご飯もたっぷり食べているので、少しは成長していると信じたい。

採寸した結果としては少し成長していた。同じ年頃の子に比べると、ほんの少しだけれど。

「姫様はどのような衣装にいたしますか？　ヴィルフリート坊ちゃまの衣装がこちらですので、それに合わせた衣装にいたしましょう」

ヴィルフリートの衣装のデザインについて書かれた木札を見せられ、リヒャルダがお揃いの生地と色を勧めてくる。小さい兄妹がお揃いの服を着ているのを見るのは微笑ましいと思うけれど、自分が着るとなると微妙な気分だ。しかし、リヒャルダの中では生地と色を揃えることは決定しているようだ。あとはデザインの決定だけ。それも、すでに候補が絞られている。

「こちらとこちら、姫様のお好みはどちらですか？」

わたしの場合、服にこだわりはそれほどないので、周囲が機嫌良く仕えてくれて、恥をかかない服ならば別に構わないのだけれど。

「では、こちらでお願いいたします」

お披露目の衣装が決定したので終わりかと思えば、冬の普段着に下着に靴など一式注文を終えるまで解放してもらえなかった。せっかくなので、神殿で過ごすための服や敷物なども合わせて注文しておく。去年の冬支度では服を揃えるのが大変だったので大助かりだ。

「リヒャルダ、わたくし、養父様に料理人の件でお話があるのですけれど……」

「姫様の連れて来られた料理人は、今や城では人気が高いですよ。誰もがレシピを知りたがっているのに、ジルヴェスター様が許可を出さないと伺《うかが》っております」

どうやらフーゴは城で確実に人気を伸ばしているらしい。わたしは少し誇らしい気持ちになりながら、「皆でおいしい物を食べた方が良いでしょうに」と文句を言うリヒャルダに小さく笑う。

「養父様もお金を出してレシピを購入しておりますからね。簡単には教えられないと思いますよ。冬の社交界で貴族達を驚かせるのだそうです」

「わたくしもジルヴェスター様の昼食に一度お招きいただきましたけれど、驚きましたもの。これは冬が楽しみですね」

……その料理人ね、今日連れて帰るんだ。ごめんね。

心の中でリヒャルダに謝りつつ、わたしは領主との面会時間を取ってもらえるようにお願いする。

「突然は難しいと思われますよ」

「フェルディナンド様がお願いしてくださっているはずなのです。養父様に伺ってみてください」

「かしこまりました、姫様。少々お時間がかかります。こちらを読みながらお待ち下さいませ」

リヒャルダが一冊の本を取り出してわたしの前に置いてくれた。ぱぁっと顔が輝いていくのが自分でもわかる。重かった気分が一度奥へと押しやられ、本を読める喜びに満たされていく。

「嬉しいです、リヒャルダ」

「いい子で待っていてくださいませ」

わたしはリヒャルダに笑顔で頷くと、早速本を手に取って読み始めた。フェルディナンドが揃えてくれていた魔術の本で、魔石の色と神の関係について書かれた本だった。神の貴色と関係していて、使いやすい魔術が違うそうだ。水の女神とその眷属に関係する魔術に使われるのは、緑が一番魔力効率は良いというようなことが載《の》っていた。わたしはすでに聖典で神の名前も、眷属の名前も、それぞれが何を司《つかさど》っているのかも知っているので、それほど混乱はなく読めたけれど、全ての神とその眷属に関する話が一度に出てくるので、この本だけで教えられれば頭が混乱するかもしれない。

おそらくこの本は大人向けなのだろう。言い回しも難しく、文章が長くてわかりにくかった。付け加えるならば、文章自体が古くて読みにくい。芸術的な絵が載っているが、内容とあまり関係がないので意味がないような気もする。

……これが貴族にとって必修の内容だとすれば、わたしが作っている眷属の絵本って、かなり需《じゅ》要《よう》があるんじゃない？

冬の商売の成功に確信を抱きながら本を読み進めていく。リヒャルダが軽く肩を叩いて、五の鐘のお茶の時間ならば面会できる、と教えてくれた。

リヒャルダがもぎとってくれた面会時間まで、わたしは本を読んで過ごした。ジルヴェスターとの面会よりも本を読んでいたいと思ったのは秘密である。

五の鐘が鳴って、わたしは領主が執務《しつむ》をしている本館の表に向かう。移動していると、脱走中にランプレヒトに捕まったらしいヴィルフリートがこちらへ連れて来られている姿が目に入った。

「ローゼマイン、こちらに来ていたのか？」

「ヴィルフリート兄様、ごきげんよう」

「どこへ行くのだ？」

「……どこかしら？　行く先は存じませんの」

わたしばかりが父親と話をするのがずるいと言っていたヴィルフリートに、「養父様とお茶をする」とは言えなくて言葉を濁《にご》す。

「本館の二階にある休憩室ですわ、ヴィルフリート坊ちゃま」

「……なんで、ローゼマインばかりが父上と」

ぐっと唇を噛みしめたヴィルフリートが憎悪《ぞうお》の籠った目でわたしを睨んだ。

「ずるいぞ！　バカ！　ローゼマインなんか嫌いだ！」

普段なら何ともない顔で通りすぎただろう。でも、新しい課題に心が荒《すさ》んでいる今のわたしには聞き流せなかった。勉強から逃げ出して好き勝手しているヴィルフリートの姿は、自分のやりたいことだけをしていればよかったマインの頃を思い出させて、それだけでも苛立ちを感じさせるのに、何故こちらが非難されなければならないのか。

「バカはヴィルフリート兄様です。ご自分は本が読める環境で本を読まずに勉強から逃げ回り、周りに迷惑ばかりかけてらっしゃるのに、わたくしの何がずるいのですか？　さっさと基本文字くらい覚えてくださいませ。こちらは勉強ができる時間を今か、今かと待っているのです。ヴィルフリート兄様が文字を覚えてわたくしの勉強時間が増えていたら、フェルディナンド様から無茶な課題など出されなかったのですよ！」

最後は完全に八つ当たりだ。けれど、言い返さなければ気が済まないくらいイライラしている。これ以上、突っかかってこないでほしい。

まさか言い返されると思っていなかったのか、ヴィルフリートは深緑の目を丸くしてわたしを見た。ヴィルフリートの護衛についているランプレヒトもぎょっとしたように目を見開いているし、リヒャルダも目をぱちくりとしている。

「な、な……生意気だぞ！」

「領主の子として為すべき勉強もせずに逃げることばかりを考えている卑怯者《ひきょうもの》はどなたです？　わたくしに生意気なことなど言わせないくらい立派な行動を心掛ければよろしいでしょう」

特に今はどんどん雁字搦《がんじがら》めになっていく今の自分の立場を嫌悪したくなっているせいで、同じ領主の子という立場で好き勝手しているヴィルフリートを見ていると張り倒したくなる。わたしの課題をお前もやれよ、と怒鳴りつけたい。

「ローゼマイン様！　抑えてください！」

ダームエルに肩を揺さぶられてハッとした。苛立ちのあまり、ヴィルフリートを軽く威圧《いあつ》してしまったようだ。この場はさっさと退散《たいさん》しよう。これ以上、ヴィルフリートと顔を合わせているのはお互いのために良くない。

「わたくしは課題が山積みで忙しいので、失礼いたします」

身を翻して動き出すまでは良かったが、領主の城は無駄に広い。わたしには自室から執務室が遠すぎる。寝不足もあって途中で息切れしてきた。足の進みが遅くなってきたわたしを見てコルネリウスが顔を曇らせる。

「リヒャルダ、ローゼマイン様の顔色が良くないように見えるが……」

護衛騎士として領主の館にいる間はきちんとわたしを様付で呼ぶが、心配する表情は兄のものだ。リヒャルダがわたしを覗き込んだ後、抱き上げて歩き始めた。まずい。頭がくらくらする。

「姫様、面会前に倒れないようにお気を付け下さいませ」

「ごめんなさい。……もういっそ城の中で一人用のレッサーバスを動かせればよいのですけれど」

「ジルヴェスター様に提案してみましょう」

休憩室に到着した時にはお茶の時間は始まっていて、ジルヴェスターはフェルディナンドや側近達と共に寛《くつろ》いでいた。

「遅かったではないか、ローゼマイン」

「自室からここまでが遠すぎて、姫様は途中で倒れかけたのです。城の中で騎獣に乗る許可をいただけませんか？」

リヒャルダがそう言うと、ジルヴェスターは少し腕を組んで考え込んだ。

「城で騎獣に乗るには羽が邪魔ではないか？」

「姫様の騎獣には羽がございませんし、大きさも自由に変えられます。邪魔にはなりません」

リヒャルダの言葉にジルヴェスターが深緑の目を好奇心で輝かせた。

「ちょっと見せてみろ。羽のない騎獣など見たことがないぞ。面白かったら許可してやる」

「わかりました。城の中で乗るなら一人用だから、これくらいの大きさで……」

わたしは魔石を取り出して一人乗りのレッサーバスを作り出した。わたしの一人サイズに小さくなると完全に子供のおもちゃだ。乗り込んで人が歩くくらいのスピードで部屋の中を動いてみる。

「それが騎獣か⁉　何だ、それは⁉　わはははははは！　面白い！　さすがローゼマイン。我々には全く思いつかないことをしてくれる」

レッサーバスを指差しながらジルヴェスターは腹を抱えて笑い始めた。

「面白いので採用する。ローゼマインはそれで移動をしても構わぬ」

「ちょっと、待て。ジルヴェスター！」

「何だ、フェルディナンド？　常に側仕えや護衛に抱き上げられて移動するより良いだろう？」

領主のお墨付《すみつ》きをもらえば、怖い物なしだ。わたしは館での移動手段を得てホッと息を吐く。

席を勧められ、お茶が準備されると、ジルヴェスターがちらりとわたしを見た。

「それで、ローゼマインの用件は何だ？」

「フェルディナンド様からお話があったと思いますが、料理人のフーゴを引き取って帰ります」

わたしがそう言うと、ジルヴェスターはバッと振り返ってフェルディナンドを見た。

「……フェルディナンド、聞いてないぞ」

「え？　フェルディナンド様は一体何の話をしていたのですか？」

「料理人のことより緊急の話があったのだ」

フェルディナンドはこめかみを叩きながら、「どうせ期限は終わっているのだ。連れて帰ることに何の問題もないだろう」と言いながら、わたしとジルヴェスターを見た。

わたしは何の問題もないけれど、ジルヴェスターはそうではないようだ。

「嫌だ。せっかく料理の味が安定してきたのだ。もう少し延長してくれ」

「嫌です。これ以上は延長できません。イタリアンレストランが開店できなくなってしまいます」

わたしとジルヴェスターが睨み合っていると、フェルディナンドが「料理人を呼んで来い。本人に選ばせればよいだろう」と手を振った。簡単に言ってくれるが、一介の料理人が領主の命令に逆らえるはずがない。選べるわけがない。

連れて来られたフーゴは土気色《つちけいろ》の顔をしていた。本来、料理人は平民の下働きなので貴族の部屋に連れて来られることなどない。わたしがエラに直接レシピを教えるのを、フランが嫌がっていたことからもわかるように、平民の下働きが地階から出ることは滅多にないのだ。

「大儀であった」

跪いたフーゴに言葉がかけられる。俯いているフーゴの表情は見えない。

「其方、このまま宮廷料理人となる気はないか？　このまま城で雇いたいと言えばどうする？」

「……それは……」

嬉々《きき》として受けるのではなく、フーゴが躊躇いを見せた瞬間、わたしは拒否だと受け取った。

「養父様、フーゴはギルベルタ商会から借り受けているだけですので、一度は必ず返さなければなりません。その上で、お誘いするのは養父様の自由だと思います。できれば後任を育てる時間がいただければ嬉しいと思いますけれど、この場で引き抜くのはお止めくださいませ」

わたしがそう言うと、領主らしい顔を崩さぬまま、ジルヴェスターは軽く肩を竦《すく》めた。

「ふむ、残念だ。ならば、また食事処に食べに行くとしよう」

「心よりお待ちしております」

フーゴを連れて馬車で帰ることにしたわたしは、フーゴと一緒に挨拶して領主の前から退出する。

部屋を出た瞬間、フーゴが小さく息を吐いた。

「ローゼマイン様、助かりました。結婚したい相手がいるのでこのまま宮廷料理人になるのは少し困るところだったのです」

去年の星祭りではタウの実を持って駆けだしていたけれど、とうとうフーゴにも恋人ができたらしい。それは、早く下町に帰りたいだろう。貴族街と下町の間には、平民が簡単に使える連絡手段が存在しないため、遠距離恋愛よりずっと大変なのだ。

「では、結婚したらフーゴは貴族街に移るのかしら？」

「……彼女次第ですが、できれば」

星祭りを終えたら宮廷料理人になるのもいいかもしれない、とフーゴはにやけた顔で呟いた。

イタリアンレストラン開店

考え込んで眠れない夜が続き、頭がぼんやりしている。「反対派を作って町長を孤立させる」という課題が達成できなければ、町長と連帯責任で処分される町人が増えるぞと脅されてからは、フェルディナンドの笑顔にうなされるようになり、ますます胃が痛くなってきた。

今日はやっと孤児院へ様子を見に行ける日である。わたしは布団と食料の詰まった箱と印刷の版紙を数枚レッサーバスに積み込んでもらい、フランとギルとニコラとブリギッテを乗せて、ハッセへ出発した。フェルディナンドとダームエルは相変わらず何とも言えない顔でレッサーバスを見ているが、もう文句は言ってこない。

「ローゼマイン様、ようこそいらっしゃいました」

灰色神官と灰色巫女が跪いて出迎えてくれた。新入りの四人も見様見真似で跪いて、挨拶の言葉を復唱している。側仕え達に荷物を運び出してもらい、わたしはレッサーバスを片付けた。

くるりと見回してみると、ここへ連れてきたばかりの時は疲労困憊《ひろうこんぱい》という顔だったノーラとマルテの顔色がずいぶん良くなっている。トールとリックも元気そうだ。

「町民の襲撃があったけれど、大丈夫だったようですね。ノーラとマルテの顔色がずいぶん良くなっているわ」

ノーラが顔を上げて、「お話ししてもいいですか？」と言いにくそうな慣れない口調で許可を求める。わたしが頷くと、ノーラはホッとしたように表情を緩めた。

「あの人達、何もできなかったの。入ることもできなくて、棒や農具を振り回しても吹き飛ばされるだけで……。ビックリしたけど、すごく安心したわ。ありがとう、ローゼマイン様。わたし、ここに来られてよかった」

わたしの呼び方は「ローゼマイン様」だと、この数日の間に教え込まれたようだ。下町の子供達と同じような言葉遣いの中に突然混じった敬称《けいしょう》が面白い。

ノーラの言葉を聞いていたトールも顔を上げて口を開く。

「オレも、その、姉ちゃんが絶対に連れて行かれないんだってわかって、すごく嬉しかった。それに、いつもご飯がちゃんと食べられるんだ。孤児院をこうしたのはお前なんだって、他の奴ら全員が言ってた。お前、小さいけど、すげぇんだな、ローゼマイン様」

興奮した様子で早口に話すトールの言葉遣いは相変わらずだけれど、その青い目は前のように気を張ったものではなく、尊敬《そんけい》と好意が見てとれる。一緒に並んで跪いている灰色神官達は、二人の言葉遣いに「あぁぁ」と言いたそうに頭を抱えているけれど、警戒心丸出しだった四人にたった数日で敬称を教えられているのだ。とても頑張ってコミュニケーションをとっていると思う。

「リック、神殿は今までと色々なことが違うと思うけれど問題はないかしら？　町長のところの方が自由はあると思うのだけれど……」

「自由より安全が大事だ。マルテに笑顔が戻ってきただけで、オレは嬉しい。ありがとう、ローゼマイン様」

リックがマルテを見て目元を和《やわ》らげ、マルテもはにかむように小さく笑う。

やっぱりこの笑顔は大事にしたい。わたしがこの子達を引き取ったのは間違いではないはずだ。領民と孤児達、両方にとって良い結果になる方法を探したい。でも、町長を孤立させて、追い落とすなんて、どうすればいいのか全くわからないし、正直、やりたくない。

……お腹、痛い。

ハッセの様子を見に行った次の日は、ギルベルタ商会との会合だ。フーゴ達が戻ったことで、イタリアンレストランが開店されることになり、その日取りやメニュー、わたしの挨拶などの打ち合わせをすることになっている。ついでに、ベンノを代理人に立てて、蝋《ろう》工房に塩析の方法を売る契約をしてしまう予定だ。

「ローゼマイン様、お顔の色が良くありません。本日の会合は中止なさいますか？」

朝食を運んできたフランが、心配そうにわたしの顔を覗き込んだ。会合を中止した方が良いと思うほど、顔色が悪いらしい。わたしはふるふると首を横に振った。

「会合には行きます。ルッツに会いたいのです」

「では、それまでの時間は、本を持って参りますので、休憩して過ごすようにしてください」

「ありがとう存じます、フラン」

フランが甘やかしてくれたので、会合の時間までは本を読みながらゴロゴロと過ごした。本を読んでいると頭の中が空っぽになるというか、嫌なことを考えずにいられるので、とても心安らかな気分になれる。

そして、三の鐘が鳴った。

「危ない！」

ブリギッテの声が響くと同時に肩をつかまれて、後ろへと引かれた。驚いて目を瞬くと、自分の目の前に太い柱がある。ぶつからないように止めてくれたらしい。

「あ……、ありがとう存じます、ブリギッテ」

「突然ふらふらと柱に向かうので、驚きました。本日の会合は延期された方が良いと存じます」

護衛騎士が予定に口を出さずにいられない程、ひどい状態に見えるらしい。でも、だからこそわたしはルッツに会いたいのだ。唇を噛んだわたしの前にフランが膝をついた。

「ローゼマイン様、抱き上げてもよろしいでしょうか？　お気持ちは変わらないようなので、せめて、孤児院長室まで運ばせてください」

「お願いします」

途中からフランに抱き上げられて、わたしは院長室へとたどりつく。睡眠不足がかなりまずい状況までできているようだ。フランに抱き上げられて運ばれているだけで寝そうになる。そのくせ、目を閉じると毒気を含んだフェルディナンドの笑顔が浮かんで胃が痛くなってくる。深い眠りに落ちることができないのだ。

わたしが院長室に着いた時には、すでにギルベルタ商会の面々が到着していた。ルッツとベンノとマルクが跪いて待っていたので、挨拶を交わして二階へ上がるように声をかける。三人が顔を上げた瞬間、揃って眉を寄せた。何だろうと思っていると、フランが「今日は先にあちらの部屋へご案内いたします」と商売関係の話をする前に、隠し部屋に案内し始めた。いつもなら「大事なお話を終わらせてからです」と言うフランが珍しい。軽く背中を押して促すフランを見上げると、フランは痛々しそうにわたしを見つめて、「私の力不足で申し訳ございません」と呟いた。


「何があった？　ひどい顔をしているぞ」

中に入るや否や、ルッツがわたしの両方の頬に手を当てて、じっと顔を覗き込んだ。「全部喋るまで許さないからな」と言いながら緑の目がきつく細められる。

「ルッツ……」

何を言っても受け止めてくれると思える安心感に目の奥が熱くなってきて、ぼたぼたと涙が流れていく。わたしはみっともなく泣きながらルッツにしがみついた。

「神官長に新しい課題を出されてね、それが難しいの。やりたくないんだけど、やらなきゃいけなくて、考えるだけで気持ち悪くて嫌なんだよ」

わたしは孤児を引き取った時から手紙が届いて、フェルディナンドに課題を課せられるまでの話をぐすぐすと泣きながら語り、人を陥れて死に向かわせることを考えたら怖くて、フェルディナンドの毒々しい笑顔にうなされて眠れなくなった、と訴えた。

孤児より領民優先だとか、ハッセの町長を孤立させて追い落とせだとか、フェルディナンドに言われたことを話すと、部屋の中の反応は二つに分かれた。ルッツは「お前には無理だろ、そんなの！」と憤《いきどお》り、ベンノとマルクは「ずいぶんと甘い対応だな」と目を丸くする。

「甘い対応って何ですか⁉　全然甘くないですよ！　わたし、もう死にそうですよ！」

わたしが吠えると、ベンノは「落ち着け。そっちのことじゃない」と手を振った。

「神官長が教師として付いているなら優しい対応だと思うが、甘いのはハッセに対してだ。その町長なんて、最初の命令違反の時点で殺されて当然だし、領主が作った小神殿を攻撃した時点でハッセの住人全員が焼き払われていてもおかしくないだろう？」

「……え？　住人全員が焼き払われる？」

考えもしなかった言葉に、わたしは目を丸くした。町長はともかく、ハッセの住人全員が焼き払われてもおかしくないというのが、どういうことなのかわからない。

「小神殿は領主が養女の要請《ようせい》で作った白の建物だ。そこに攻撃を仕掛けるのは領主一族に攻撃するのに等しい。領主一族に攻撃した者がどのように扱われるか、わからないか？」

わたしはゴクリと唾《つば》を呑み込む。他領の貴族だったビンデバルト伯爵《はくしゃく》は、領主の養女であるわたしに攻撃したことが最大の罪として投獄《とうごく》された。記憶を探ることで余罪がぼろぼろと出てきたようだが、一番の決め手となったのは領主一族への攻撃だった。

貴族が処罰《しょばつ》されるのに平民がその対象にならないはずがない。ハッセの町民はノーラ達を取り戻そうと小神殿に悪意を持って攻撃を仕掛けた。貴族が捕えられるほどの重罪を平民が犯しているのだ。攻撃されたのは建物だったし、扉一つ傷がついていないくらいの無傷だったし、どちらかというと被害が町民側に出ていたので、特に何も思わなかった。けれど、小神殿への攻撃が領主一族への攻撃と見なされるならば、ベンノの言う通り、ハッセの町民達はいつ消されてもおかしくない。

「小神殿に攻撃したことを公に知られた時点で、ハッセは終わりだ。何の罰もなく済まされるはずがない。襲撃されたと知っているのがお前と神官長だけで上に報告されていないから、ハッセはまだ存在しているだけだ」

わたしの教材にするために、放置してひとまず現状維持だとフェルディナンドが決めたからそのままになっているだけで、フェルディナンドの思いつきの課題がなかったら、すでに消されていてもおかしくない。そう思い至ってぞっとする。

「神官長は良い教材だと言ったんだろう？　確かにその通りだと俺も思う。本来ならば一瞬で消し炭になっていてもおかしくない所業だ。お前がどう失敗しても問題ない。存分にやれ。反対派を作って煽《あお》るくらいは商人だってやっている。領主の娘ならいずれ学ばなければならないことだ」

犯罪者相手に罪悪感など必要ないとベンノは言い切るが、わたしはそこまで思い切れない。黙り込むわたしを見て、マルクは何かを思い出すように少し目を細め、苦い笑みを浮かべた。

「旦那様の言う通りだと私も思います。教えてくれるはずの先達を成人してすぐに亡くした旦那様は、それこそ手探りで様々な失敗を積み重ねて参りました。教師が付いている時に経験できるならば、今のうちに経験しておいた方が良いのではないでしょうか」

二人の言う通り、領主の娘として生きていく以上、このような画策《かくさく》も必要になるのだろうとは思う。ただ、自分が実行するのが怖い。

「そんな簡単にやれ、って言われても、わたし、人を陥れるような画策って考えただけで、気持ち悪くて……無理」

ルッツにしがみついたまま頭を振ると、ルッツがぽふぽふと頭を叩いた。

「だったら、考え方を変えればいいじゃん」

目を丸くして見上げるわたしに、ルッツはからかうような笑みを浮かべた。

「町長を陥れるって考えるから、気分が悪くなるんだ。神官長とお前が領主に漏らした時点で消し炭になってもおかしくないハッセを救うって、考えたらどうだ？　お前はハッセの人達を陥れるんじゃなくて、救うんだよ。エーレンフェストの神殿長は本物の祝福が使える聖女なんだからさ」

目から鱗《うろこ》が落ちた。町長を陥れるのではなくて、いつ処刑されてもおかしくないハッセの領民達を助けるのだと考えれば全く気持ちの持ちようが変わる。何とかできるように考えようという前向きな気分になれた。

「町長を孤立させて、反対派を育てて、町を安定させろ、って神官長に言われたんだろ？　お前が神官長の課題を達成できれば、ハッセは町長一人の犠牲で終わるってことじゃん。犠牲者を一人でも少なくするにはどうすればいいのか、一緒に考えようぜ」

「うん！」

わたしが小神殿に孤児を連れ出したことで町民には悪感情を抱かれているかもしれないから、その改善から取り組みたい、と話し始めた途端、ベンノがわたしとルッツをべりっと引き剥がした。

「ちょっと待て。ハッセの案件に期限が切られていないなら、しばらくは現状維持だ。考えるのはイタリアンレストランの開店の後にしろ」

「……ベンノさんも協力してくれるんですか？」

「領主の養女の頼みなら断れないだろう。断ったら、殺されてもおかしくない」

そう言ってベンノはからかうようにニヤリと笑う。

「協力してやる代わりに、思い悩むのは後回しにしろ。イタリアンレストランの挨拶が先だ。その顔では人前に出せん。まず、体調を整えろ」

「ローゼマイン様はあまり器用ではありませんから二つのことを同時にすると、両方が失敗に終わる可能性があります。皆で手伝えるように先にイタリアンレストランに全力を尽くしましょう」

マルクがニコリと笑いながら、そう言った。難題を一緒に考えてくれると言ってくれる人がいて、体調を心配してくれる人がいる。ホッと安堵の息を吐くと、重く圧し掛かっていたものが吐き出されていくような気がした。

「安心したら、眠くなってきちゃった」

「寝るのは会合の後だ、阿呆《あほう》。蝋の契約を終わらせて、イタリアンレストランの話し合いだ」

契約はフランもいるところでしよう、と隠し部屋から出ると、フランがわたしを見て少し安心したように口元を緩めた。

予定通りに蝋工房に関する契約を済ませ、イタリアンレストランの打ち合わせに取り掛かる。開店日は大店の旦那様を集めるられるように商業ギルドの会議の日になったらしい。招待状はほとんどが出席で返ってきているようだ。

「メニューはどうするつもりですか?」

「季節のもので何か良いのがあれば、と思いまして……」

ベンノは愛想《あいそ》良く笑っているけれど、つまり、わたしに考えろということだ。

「領主相手に出したようなものではなく、少し手を抜いた感じで良いのではないかしら?」

「それは何故でしょう?」

「人は慣れるからです。少しずつ美味しくできるように余裕を持っておいた方が二度目の来店で更に驚かせることができるでしょう?」

わたしは季節の野菜を思い浮かべながら、メニューを考える。

前菜はカブのような野菜を薄くスライスしてお酒と塩にしばらく漬《つ》けて、メリル油とハーブを散らしたマリネとポメと蒸《む》し鶏のミルフィーユにドレッシングを回しかけて飾りにする。

スープは普通の野菜スープに見えるミネストローネ。一口食べたらコンソメの味に驚くというのでどうだろうか。塩の味しかしないようなスープしか飲んでいない人達なので、別にダブルコンソメを作る必要はないと思う。

主菜の一つ目は季節のキノコがたっぷり入ったホワイトソースのスパゲティ。ホワイトソースは領主を始めとした貴族の方々にも人気が高かったので、きっとおいしく食べてもらえるはずだ。

主菜の二つ目はトンカツ。子牛よりも豚肉の方が季節的にも手に入りやすいので、トンカツの方が作りやすい。もっと予算を下げたい時はチキンカツになる。胸肉も塩とお酒に漬けて下味を付けておくと柔らかく食べられておいしい。揚《あ》げ物は高価な油をたっぷり使う贅沢《ぜいたく》料理だ。ちなみに、トンカツはカルステッドのお気に入り料理である。

デザートはイルゼの新作である季節のフルーツのカトルカールとビルネのパイでどうだろうか。

わたしがメニューを上げていくと、ベンノとマルクが次々と書字板に書き込んでいくのが見える。

メニューが決まったら、当日の行動についての打ち合わせだ。

「ローゼマイン様には最初の挨拶に来ていただくので問題はございませんか？　時間は四の鐘が鳴ってから神殿に向けて馬車を回します」

あまり早く着かれると困るということだろう。わたしは書字板に「四の鐘の後、ゆっくり」と書き込んだ。

「わたくしは挨拶だけで神殿に戻るので、やるべきことは多くありませんね」

「ですが、くれぐれもご自愛《じあい》くださいますよう」

顔色が悪いから当日までにきちんと体調管理をしろ、と遠回しに言いながら三人は帰っていった。

やるべきことは変わらないけれど、気持ちを切り替えることができて、気分が浮上したので、その日の夜は何日かぶりにぐっすりと眠れた。すっきり爽快《そうかい》で目が覚めたその日からイタリアンレストランの開店する日までの数日間は、体調の回復を最優先に、比較的まったりとした時間を過ごす。

新しい絵本の本文を作成したり、収穫祭に向けた準備に取り掛かったり、「絵具が欲しいと、ウチの絵描きが言っています。一枚は無料で描きますよ」とエルヴィーラに手紙を書いたりしていた。

……ヴィルマの絵を印刷するな、とは約束させられたけれど、ヴィルマに絵を描かせるな、とは言われていないもん。わたし、約束は破ってないよ。ふふーんだ。


イタリアンレストランの開店当日は早目の昼食を摂った。空腹でイタリアンレストランに行ったら、ぐるるんとお腹が鳴って大変恥ずかしいことになってしまう。昼食を終えると、モニカに上級貴族のお嬢様らしい格好へと整えてもらい、儀式の時のような豪華な簪を挿す。

四の鐘が鳴った後、下町に向かう服に着替えたフランが馬車の到着を伝えに来た。

「では、いってまいります」

「お早いお帰りをお待ちしております」

イタリアンレストランに到着すると、扉をくぐったばかりのホールに二十名弱の大店の店主達が揃って跪いているのが見えた。彼等が跪いていることで目の高さがちょうど合う。

ずらりと並んだ店主達は噂では聞いていても、本当にわたしが幼いことに驚いたのか、神殿長の服をまとっていないために本人かどうか疑っているのか、驚きと疑いが混じった目をしていた。

「風の女神シュツェーリアの守る実りの日、神々のお導きによる出会いに祝福を賜《たまわ》らんことを」

先頭に跪いていたギルド長が頭を垂れて、貴族にむける挨拶を述べる。わたしは指輪に軽く魔力を込めて祝福を返した。

「新しき出会いに風の女神シュツェーリアの祝福を」

指輪から溢《あふ》れた魔力が黄色の光を放って挨拶の祝福となる。貴族にしか扱えない祝福を貴族の館で受けたことがある者ばかりなのだろう。疑わしそうだった表情が一気に変わった。表情が目に見えて引き締まり、体に力が入る。

「アウブ・エーレンフェストより神殿長を拝命《はいめい》いたしました、ローゼマインと申します」

孤児院を救うために工房を作る時の縁からベンノの作るイタリアンレストランにも出資したこと、これから領主の命により領地内に印刷業を広げる予定であることをアピールしておく。

「印刷業を広げるためにベンノとグスタフにも協力いただいております。今日の繋がりから他の皆様にもご協力いただくことになるでしょうけれど、その節はよろしくお願いいたしますね」

ニコリと笑うと商魂に燃えるギラリとした目がこちらに向けられたのがわかった。ベンノとギルド長、それから、ギルド長の息子とフリーダにも値踏《ねぶ》みするような、どこから食いつこうかと考えるような強い視線が向けられている。商人同士の緊迫した雰囲気をどことなく懐《なつ》かしく思いながら、わたしはイタリアンレストランの一見さんお断りのシステムについて説明した。

「当店は紹介制で、選ばれたお客様しかお招きしておりません。神殿長であり、領主の娘であるわたくしが出入りするため、信用できるお客様のみが出入りできる店となっています」

完全予約制で一見さんお断りの面倒くさいシステムは全部わたしのためだ、と言い張って厳守《げんしゅ》を約束させる。貴族の怖さをよく知っている店主達はこぞって頷いて恭順《きょうじゅん》を示してくれた。

「こちらのメニューが貴族の料理であることは、メニューを決めてレシピを授けたわたくしが保証いたします。どうぞ、ご賞味くださいませ」

わたしの言葉と同時に給仕が料理を乗せたワゴンを押して、入ってくる。本日の前菜はわたしもさっき食べた物だ。軽く目を見張って給仕されていく皿を見つめる店主達を見回して、わたしはある程度の手応えを感じていた。

「わたくしがいると料理の味がわからなくなってしまいそうですから、ここでお暇《いとま》させていただきます。これからも、ぜひご贔屓《ひいき》くださいませ」

挨拶を終えたら、さっさと退散である。ベンノとマルクに見送られ、フランと一緒に馬車で神殿へ戻った。

「大成功だったぜ。皆が味に驚いてたし、神殿長との伝手《つて》を欲しがって旦那様に擦《す》り寄ってた」

次の日、報告にやってきたルッツがそう言ってニカッと笑った。一年以上の準備期間をかけて開店したイタリアンレストランだ。このまま順調に進んでくれれば良いと思う。

「客は大喜びしていたんだが……」

ベンノが複雑そうな顔で笑う。何か問題があったのか、とわたしとルッツは揃ってベンノを見た。

「何かあったんですか？」

「フーゴがすぐにでも宮廷料理人になりたいそうだ。何でも領主から誘われているんだって？　後任が決まって教育が終わったら、その方向を考えてほしいと言ってきた」

「確かに直々にお誘いされてましたよ。でも、すぐにでもって？　星祭りの後って……あ！」

結婚したい女性がいるから、星祭りが終わってから考えたいと言っていたフーゴのにやけた顔が、ガラガラと崩れていくのを感じた。恋人にふられたんですね、とは言いにくくて、言葉を探していると、ベンノはそれを察したように苦笑する。

「……まぁ、そういうことだろう。他の料理人が育ったら、俺は宮廷料理人になる。もう女はいい。俺は料理を極めるんだ、と言っていた」

……フーゴ、ふられちゃったらしい。遠距離恋愛は難しいから、仕方ないね。

ハッセ改革の話し合い

イタリアンレストランが片付いたので、次はハッセの町に関する課題を片付けていきたいと思う。孤児院長室の隠し部屋でわたしはギルベルタ商会の面々に改めて協力をお願いした。

「何から始めれば良いと思いますか？　ハッセがいつ消されてもおかしくないと言われたら、気になるじゃないですか」

わたしの主張に、ベンノは赤褐色《せきかっしょく》の目を一度伏せて顎をゆっくりと撫でる。

「ハッセの一番の問題点はあそこの町民が貴族を知らなすぎることだ。自分達がどれほど重罪を犯したか知らない。それが問題だろう」

貴族に娘を殺されても文句も言えずに呑み込むのが当然だと考えるエーレンフェストの平民ならば、自分の生活にそれほど関係のない孤児を取られたくらいで文句は言わない。ましてや、領主の建物に攻撃を仕掛けるような馬鹿な真似はしない。

「ただ、お前にも落ち度はある。町長がすでに文官と孤児の売買契約をしていたのならば、ずっと貴族にねちねち言われたり、今までの融通が利かなくなったりするはずだ」

「孤児を売ったお金で町が冬を越すのだとしたら、なければ困るお金ですし、孤児の売買が失敗して貴族との繋がりが切れるのは平民にとって死活問題にも繋がります」

ベンノの言葉を補足するマルクの言葉に、わたしは町民側の意識が少しずつ理解できるようになってきた。そういう点で考えれば、孤児を取り上げたわたしはとてもひどい権力者だ。

「これは、オレが神殿の孤児院に出入りしてたから、比べられることかもしれないけどさ……」

そう前置きをしたルッツによると、神殿の孤児とそれ以外の孤児は違うようだ。神殿では灰色巫女から生まれた子供が孤児院で育てられ、それに洗礼式前に親を失った子供が加わる。けれど、神殿以外の孤児院は、共同体の中で親が亡くなった子供が集められる場所であり、共同体の子供しかいない。彼等は町の権力者が養っているのだそうだ。町のお金で養い、働かせていて、お金が必要な時には売り払うこともできる共同体の財産の一部だと考えられているらしい。

「それ、神官長から聞いたよ。町長が孤児を引き取って養ってきたのだから、売り払う権利があるって。神殿においては神殿長がその役を担うんだって」

だから、神殿の孤児院はわたしがどのように扱っても構わないらしい。甘やかして堕落《だらく》させようと、経費削減のためにギリギリまで生活を切り詰めさせようと、フェルディナンドには苦言を述べることしかできず、最終的な決定権は神殿長にあるそうだ。だからこそ、前神殿長の下ではフェルディナンドにもできることはほとんどなかった。

「あとさ、神殿の孤児は灰色神官や灰色巫女になって、成人しても孤児院にいるじゃないか」

貴族の下働きとして買われていったり、青色神官や青色巫女の側仕えとなったりする者もいるが、孤児院にいるままの者も多い。

「でも、ハッセでは男が成人したら畑も与えられるんだってさ」

ハッセの孤児は成人と同時に町の一員として独立するそうだ。ただ、女は与えられる畑の面積が小さいため、一人で生きていくのは難しく、結婚相手が必要となる。親がいない男性を取り込むのは、自分の娘を手元から離さずに一族の数が増えるという意味で歓迎されるが、親のない女性は結婚資金もないため、悲惨な結婚になることが多いらしい。看護の必要な老人の後添えになったり、乱暴な扱いをされたりすることも珍しくないと言う。

「後ろ盾がなければ、苦しくなるのはどこも同じだ」

ベンノは嫌な過去を振り切るように首を横に振ってそう言うと、表情を改めてわたしを見据えた。

「お前は領主の娘だから、孤児を取り上げたところで対外的には全く問題はない。だが、孤児を商品に置き換えると、今まで投資をしてきた商品を貴族の権限で取られたようなものだからな。表立って文句は言わなくても恨《うら》みは募《つの》る。後腐《あとくさ》れがないようにしておけ」

領主の娘の立場を利用して文官に話を回し、契約を最初からなかったことにしたり、町長に孤児達の代金を払ったりして禍根《かこん》を断っておけ、とベンノは言った。貴族の視点だけで最低限の説明しかくれないフェルディナンドより、ずっとわかりやすくて理解しやすい。わたしは自分がしておかなければならないことを、書字板にメモしていく。

「後は、一人で考え込んで悩んでいないで、神官長にきちんと尋ねろ。自分なりに考えた答えを持っていけば、修正なり、助言なりしてくれるはずだ。やり方を教える、と言ったんだろう？」

わたしは書字板とベンノとルッツとマルクを順番に見て、ゆっくりと頷いた。

「それから、お前は虚弱であまり外に出ていなかったせいか、もともと常識に疎《うと》いところがあった。その上に、商人の常識が混ざり、神官の常識が混ざり、今、貴族の常識が混ざろうとしている。お前の常識はどの階層から見てもどこか歪《いびつ》だ。その辺りをきちんと話し合わなければ、お前の考えていることは神官長に通じないぞ」

わたしの考えが通じないように、貴族の世界しか知らないフェルディナンドの常識もわたしに全く通じない。言葉を尽くせ、と言われた。回りくどい貴族の言い方でそんな話ができるはずがない。隠し部屋で話し合わなければならない案件だ。

「とりあえず、ハッセの町を何とかするのはいつまでなのか、期限を確認する。今回の最適解《さいてきかい》として町長一人を犠牲に町を救うことができるか尋ねる。孤児を買おうとした文官に話を付ける。町長に孤児の代金は気前よく払っておく。それが終わってから町の人間と話を付けるようにしろ」

「はい」

フェルディナンドと話し合うことを箇条書きにしていると、ベンノが「もう一つ」と付け加えた。

「商人を使って、噂を流すのは良いのかどうか聞いてくれ」

「どんな噂ですか？」

「そうだな。小神殿を攻撃したことでハッセの町全体が危険に晒《さら》されているが、襲撃に加わっていない町民まで巻《ま》き添《ぞ》えになるかもしれない、と慈悲深い神殿長が憂《うれ》えている、というものだ」

ベンノの言葉を聞いてマルクがにっこりと笑った。

「神殿長の慈悲深さを強調した上に貴族の怖さと町長の愚《おろ》かさを付け加えて、誰が責任を取ることになるのでしょうという心配と、巻き込まれたくないからハッセとは関わりたくないという一般的な意見を混ぜておけば、不安感を煽りながら貴族への恐れを伝えることができると思われます」

ばらまく噂の内容を考えるマルクが、何だか必要以上に生き生きしているように見える。

「大店の店主達に噂を流して、東門から出る隊商には、ハッセのいざこざに巻き込まれないように気を付けろって注意すれば、あっという間に小さい隊商まで話が回ると思う。……商人の情報網ってすげぇから」

ルッツも考え込むように顎に手を当てて、その状況を思い描いているようだ。

「大店の旦那方ともイタリアンレストランで顔を合わせたところだし、新しい神殿長が懇意《こんい》にしているギルベルタ商会からの情報なら信憑性《しんぴょうせい》は高いと判断されるんじゃねぇかな?」

早速こんな形で大店の店主達との繋がりが生きてくるとは思わなかった。おぉ、と目を輝かせるわたしの前でベンノが「ちょっと待て」と軽く手を挙げる。

「ルッツの言う通り、噂を流すことは容易《たやす》い。……ただ、噂になるとハッセが小神殿を襲撃したことも公になる。それを神官長が良しとするか否かが問題だ」

「神官長が良しとした時は、すぐにご連絡ください。このような情報戦は私の得意とするところです。あの町長を相手にするならば遠慮も義理もございません。腕が鳴ります」

生き生きと目を輝かせつつ、マルクがフッと黒い笑みを浮かべた。素敵執事のマルクが浮かべる怖い笑顔に驚いて、わたしが目を見開いていると、ベンノは仕方なさそうな笑みで「町長の無礼な態度が相当腹に据えかねていたようだな」と呟いた。そういえば、文官と町長の態度がひどかったと言っていた。マルクにとっては報復《ほうふく》する絶好の機会のようだ。

ハッセの町について話がまとまったので、ついでに今年の冬支度についても話をすることにした。

「今年はギルベルタ商会の冬支度と一緒に孤児院の冬支度も行いたいと思っているんですけど、いいですか？」

「こっちは別に構わないが、孤児院の支度は早目じゃなくていいのか？」

ベンノが去年を思い出すように顎を撫でながらそう言ったので、わたしは首を横に振った。

「去年は神殿長や青色神官から隠れてしなければならなかったので、収穫祭の間に終わらせてしまおうと必死だったんです。でも、今年はわたしが神殿長なので日付を気にしなくても大丈夫です」

今年はギルベルタ商会に合わせて冬支度しますよ、と言うと、マルクは書字板に予定を書き込みながら頷いた。

「ローゼマイン工房の者は働き者なので、手伝う人数が増える分には問題ありません。去年必要となった数を人数の増減に合わせて計算し、連絡してくだされば対応いたします」

有能で仕事の早いマルクに任せておけば問題はなさそうだ。

「ありがとうございます。それから、収穫祭辺りで小神殿へ馬車を出してください。ハッセの神官

達もこちらで冬籠りすることになっているので、本格的な冬支度を始める前にこちらへ連れてきてほしいんです。護衛の兵士も付けますから」

「……忙しい時期だが、まぁ、いいだろう。小神殿もイタリアンレストランも一段落したんだ。ここ最近の忙しさに比べれば少しはマシだろう」

うーん、と唸《うな》っていたベンノが請《う》け負《お》ってくれた。確かに忙しさでピリピリしていた雰囲気が少し緩んでいる。ようやく大忙しのピークが過ぎたようだ。


ギルベルタ商会の面々と話し合った結果を紙に書き写し、自分がしなければならないリストを作成した。その上でフェルディナンドとの話し合いに臨む。

「今日のお話はあちらでよろしいですか？」

わたしが隠し部屋へと視線を移すと、フェルディナンドは一度目を伏せた後、「良いだろう」と立ち上がって、扉を開いてくれた。いつも通り長椅子に腰かけて、自分のリストに視線を落とす。

「フランの報告よりずいぶんと顔色が良いではないか」

フェルディナンドがわずかに眉を寄せて呟いた。わたしの体調を心配したフランがどうやら神官長に報告したらしい。

「フランの報告は別に嘘ではありませんよ。数日間は本当に眠れなくて、護衛騎士から予定変更を切り出されるくらい体調が悪かったんです。ルッツ達と会って、話をして、見方が切り替わったので、やっと寝られるようになったんです」

「……そうか」

力なくそう言ったフェルディナンドの方が、今のわたしよりよほど体調が悪そうに見えて、わたしは首を傾げた。わたしにも薬を多用するフェルディナンドだが、本人も薬で体調を無理やり整えていることが多々あることを知っている。弱っているところを見せれば付け入られる、と言い切るフェルディナンドが体調の悪そうな顔を見せることは珍しい。

「神官長の方が何だかげっそりしているような気がしますけれど？」

「君への教育が厳しすぎると、周囲から厳重注意を食らったのだ」

わたしが不眠でフラフラになっていることを相談したフェルディナンドは、ジルヴェスターとカルステッドに「やりすぎだ」と怒られて、フランからは遠回しな苦言をもらったらしい。

「あの二人に、本以外で君の機嫌を取って来いという難題を押し付けられたが、回復したようだし、もう良かろう」

本以外が全く思い浮かばなかったらしい。フェルディナンドが投げやりな口調でそう言いながら視線を逸《そ》らす。何でも涼しい顔でこなしてしまう万能なフェルディナンドの困りきった姿というのは、実に珍しい。

……いやいや、こんな楽しい機会を逃すはずがないでしょう。

「良くないです。機嫌を取ってください。ほら」

「全く必要ないと判断した。何か思いついたら報告しなさい」

じろっと睨まれたので、わたしはむぅっと唇を尖らせた後、ベンノやマルクから説明を受けてハッセの町がいかに危険な立場にあるのか知ったことや、ルッツに教えてもらった孤児院の違いを述べる。

「待ちなさい。……まさか、君は小神殿襲撃の意味に気付いていなかったのか？」

「だって、建物だし、こちらは無傷だし、襲撃があるなら孤児達を守らなきゃ、とは思いましたけれど、反逆罪に該当するような事態だったとは全く考えていませんでした」

フェルディナンドに驚愕されたので、わたしはベンノに指摘された常識の違いを口にする。

「ベンノさんが言っていたんですけれど、わたくしは常識が違うんです」

「どういうことだ？」

「ベンノさんは、わたくしが虚弱で外に出られなくて常識知らずだったところに、貧民、商人、神殿、貴族の常識を少しずつ混ぜたせいだって、言っていたんですけれど……。本当は前の、ここと は違う常識が基本になっています」

魔術具で麗乃時代の記憶を覗いたフェルディナンドなら、全く常識が違うことがわかるはずだ。

「わたくしがこの世界で意識を持って動き始めてそろそろ三年なのですけれど、その間に兵士の娘として生き始めて、商人を目指して商人の世界に片足を突っ込み、青色巫女見習いになりました。今、上級貴族の娘として領主の養女になったけれど、貴族の常識だけじゃなくて、ここの住人なら当たり前に持っている意識や常識が全くないんです」

「……意味がよくわからぬ。どういうことだ？」

貴族社会から出たことがないフェルディナンドに他の価値観がわかるはずがない。わたしは何かわかりやすい例え話がないか、うーんと考えて、小神殿で文化の違いに顔をしかめていたフェルディナンドを思い出した。

「神官長が下町で暮らせと突然下町に放り出されたらどうするか、考えてください。カトラリーを使わない孤児を見て、顔をしかめてましたよね？　そんなふうに礼儀作法も言葉遣いも全く違う中で自分の方が間違っているのだと思いながら、周りを見て自分を合わせて生きていくんです」

孤児達の様子を思い出したのか、フェルディナンドは不快そうに唇の端を下げる。

「汚いなぁ、嫌だなぁ、何でそんなことをしてるんだろう、意味がわからないよ、って思いながら、手づかみで食事を摂って、言葉遣いや生活習慣を合わせて生きるんです。少なくともわたくしはそうして下町で生きてきました」

「……それは大変だったな」

下町での生活の大変さが想像できたのか、今までフェルディナンドから聞いた中で一番実感の籠った労い言葉だった。小さく笑いながらわたしは緩く首を横に振りながら否定する。

「今も大変なんです。下町で暮らすより、生活環境は良くなって暮らしやすいですけれど、貴族の常識もわたくしの常識と違うんです」

「記憶を見たところ、良い暮らしをしていたように思うが、君は上級貴族の娘ではなかったのか？」

なんとフェルディナンドはわたしの記憶を見て、麗乃のことを上級貴族の娘だと思っていたらしい。確かに日本における暮らしぶりだけを見ると、一般市民でも貴族のような生活だったから「貴族街のようなもの」とわたし自身が言ったような気もする。

「身分制度自体がなかったんです。……商人でも大店と露天商や旅商人で差があるように、よく見ると小さな差はたくさんあるんですけれど、わたくしの生活圏内に貴族がいませんでした」

「それは……根本から教育計画を見直した方が良さそうだな」

フェルディナンドがこめかみを押さえて深い溜息を吐いた。どうやら、わたしが上級貴族の娘としてある程度の知識があることを前提に教育計画を立てていたらしい。道理でスパルタなわけだ。

「それで、君が考えたハッセの分断計画はどうなった？　無理ならば、こちらで処理するが……」

「ダメですよ！　ベンノさん達とせっかく考えてきたんですから」

わたしがビシッとリストを見せながらそう言うと、フェルディナンドが「やりたくないと不眠に悩んでいた者の言葉とは思えないな。私は怒られ損ではないか」と嫌そうに呟く。

「申し訳ありません。でも、やりたくなかったことも、眠れなかったのも本当ですから」

ベンノの見解やマルクの意見を取り込んだリストを読み上げていくと、フェルディナンドは興味深そうに身を乗り出してきた。

「……下町との繋がりが深い君ならではの解決法だな。面白い。商人を使って噂を流すのは許す。そのままやってみなさい。貴族街でカントーナに話を通すことに関しては、君に貴族の扱い方を教えるためにも私が同行しよう」

本来の貴族のやり方とは違うが、様々な方法が採れるのは強味になるのでどんどん練習しろ、とフェルディナンドは言った。ハッセの町をわたしの練習台としてとことん利用するつもりらしい。

「あの、神官長。わたくしだけではなく、ヴィルフリート兄様にもこのような練習をさせた方が良いのではありませんか？　わたくしは養女なので、ヴィルフリート兄様の嫁にされることがあっても領主になることはないでしょう？」

フェルディナンドは「そうだな」と言いながら、ゆっくりと溜息を吐いた。

「君も知っている通り、ヴィルフリートはジルヴェスターによく似ている。顔立ちだけではなく、気性もそっくりだ。ならば、あの者を補佐できる者を育てなければならぬ。君への教育はそのためだ。領主の子となったのだから、領主の不足を補えるようにならなければならぬ」

最後の言葉は完全にフェルディナンドの生き方だった。領主の母に疎まれる異母弟として生きてきたフェルディナンドが自分の立場を得るために領主の不足を補おうと躍起《やっき》になったのか、周囲に求められ続けてそうなったのか、知らない。けれど、その生き方をわたしに押し付けられても困る。

「神官長、それはおかしいと思います」

「何？」

「似ていても同じ人物ではないのですから、ヴィルフリート兄様が養父様のように領主の顔ができる大人に育つかどうかなんて、今の時点では誰にもわかりませんよ」

わたしの言葉にフェルディナンドは、む、と言いながら先を促すように少し顎を動かした。

「領主になれるように厳しく育てられた上で、不足を周囲が補うのは当たり前だと思います。けれど、あんなふうに勉強から逃げ出して、野放しにされている子供を領主にする必要がありますか？兄弟がいるのですから、きちんと教育された者を領主にすれば良いではありませんか」

厳しい教育を受けて真面目に努力して頑張っている領主を補うならば、わたしも領主の養女である以上、できるだけの協力はする。せめて、ジルヴェスターのようにきっちりと領主の役割を果たす顔を知っていれば敬うことはできるけれど、今のヴィルフリートはただの我儘な子供だ。洗礼式が終わって見習いとなる下町の子供よりも責任感も何も感じていない。逃げ出してばかりの馬鹿な子供に敬意なんて持てないし、彼のためにわたしが必要以上に課題を課されるのは納得できない。

「神官長も血縁者として、わたしの教育よりヴィルフリート兄様の教育を優先した方が良いですよ」

立場が等しいフェルディナンドならばヴィルフリートが相手でも椅子に縛り付けたり、トラウマをどんどんと植え付けたりしながら熱血教育が行えると思う。ヴィルフリートは一度そうして自分が今までどれだけ甘やかされてきたか、思い知ると良いと思う。

わたしの主張にフェルディナンドはゆっくりと首を横に振った。

「残念ながら、それはできぬ」

「……何故ですか？」

わたしが首を傾げると、フェルディナンドは至極《しごく》真面目な顔ではっきりと言った。

「私は愚かな怠《なま》け者が大嫌いだ。努力もしない、逃げ出してばかりのヴィルフリートを見ると心胆《しんたん》寒《さむ》からしめ、恐怖の谷に突き落としたくなる。以前ジルヴェスターにそう言ったところ、頼むから近付いてくれるな、と言われた」

親の立場に立てば、確かにこのトラウマ生産機を可愛い我が子に近づけたくない気持ちになるのは理解できる。けれど、領主ならばもっと厳しくしなければならないだろう。何とかフェルディナンドをヴィルフリートの教師にできないものか、と考えていると、フェルディナンドがわたしの不眠の原因となった毒々しいほど甘い笑みを浮かべた。

「ヴィルフリートに引き換え、君は実に鍛《きた》え甲斐がある。結果は出すし、予想外の意見が出てきて実に興味深い。あれもこれもやらせてみたくなる」

「い、嫌ですよ。わたくしは最低限をこなしたら、本が読みたいのです」

「最低限……か。ふむ。本のためならば何でもする君の原動力がどこから来ているのかも、興味がある。実に面白い」

……おかしいよ！　ヴィルフリート兄様じゃなくて、わたしの心胆が寒からしめられてない⁉

どうやら、この毒気のある怖い笑顔は、とても機嫌が良いフェルディナンドの笑顔だったらしい。どう考えても子供が懐《なつ》くはずがない。ぞわりとする二の腕をさすりながら、わたしはフェルディナンドから少しでも離れられるように長椅子の上をじりじりと移動する。

……神官長は人間味のない無表情が一番優しい顔だよ。笑顔、怖いからっ！

入れ替わり生活

「おかえりなさいませ、ローゼマイン様」

ノルベルトが出迎えてくれた。ハッセや収穫祭の分担について報告するように、とジルヴェスターから呼ばれて、フェルディナンドと一緒に城へやって来たところである。この後、指定された時間までわたしは自室で読書をして過ごすけれど、フェルディナンドは城にある自分の執務室で片付けなければならない仕事があるそうだ。

……どこに行ってもお仕事だなんて、神官長はホントにお仕事が好きだよね。

「ブリギッテとダームエルは護衛を交代し、休憩してくださいませ。神殿に戻る時には同行してもらわなければならないから、本当に少しの時間になるでしょうけれど」

「恐れ入ります」

移動の時間になり、リヒャルダに本を取り上げられたわたしは護衛騎士のコルネリウスとアンゲリカ、筆頭側仕えのリヒャルダを伴《ともな》って部屋を出る。階段を下り始めたところで、ヴィルフリートが歩いてくるのが見えた。

……あ、ヴィルフリート兄様だ。また面倒な言いがかりをつけられなきゃいいんだけど。

わたしが養女として入ったことで、ヴィルフリートは多分自分のテリトリーを侵されているような気分を味わっているのだろう。養女といっても他人だ。実子である自分よりも養女であるわたしの方が優遇《ゆうぐう》されているようで、ヴィルフリートもわたしの存在を不快に思っているのかもしれない。

ヴィルフリートを見なかったことにしたいなと思っていたら、どうやら勝手に視線を逸らしていたらしい。ヴィルフリートの尖った声が響いた。

「其方、また父上のところか？……ずるいぞ」

ヴィルフリートは嫌な顔をしているけれど、「また」と言いたいのはこちらの方である。存在自体を完全に無視して通り過ぎたくなる気持ちを抑えつつ、わたしは少し考える。

……別にわたしが優遇されてるわけじゃないって、わかってもらうのが一番なんだよね。

「ヴィルフリート兄様、ずるい、ずるいと、そこまでおっしゃるのでしたら、一日、わたくしと生活を入れ替えてみませんか？」

わたしはうんざりとした気分を作り笑いで包み、優雅《ゆうが》に見えるようにゆっくりと首を傾げた。同じ方向にヴィルフリートも首を傾げる。

「う？　どういうことだ？」

「わたくし、今日はこれから養父様にご報告することがございます。それが終わったら昼食をいただいて、神殿に戻る予定だったのですけれど、今日はヴィルフリート兄様がわたくしの代わりに神殿長として神殿に向かうのです」

パッと思いついただけだけれど、意外と良案ではないだろうか。神殿でわたしの生活を経験すれば、少しは自分の立場がわかるだろう。

……ヴィルフリート兄様も神官長に心胆が寒からしめられるといいよ。

「期間は本日の昼食から明日の昼食までにいたしましょう。今日の昼食を食べながら打ち合わせをして、明日の昼食をご一緒しながら反省会を行うのです。わたくしはヴィルフリート兄様の代わりにお勉強いたしますから、ヴィルフリート兄様は神殿長のお勤《つと》めに励んでくださいませ」

「おぉ、ローゼマイン。それはいい考えだ！」

「ヴィルフリート様！　ローゼマイン様！」

城を出られる解放感でいっぱいなのだろう。ヴィルフリートは満面の笑みで賛同してくれたが、勝手なことをするな、と言わんばかりの剣幕《けんまく》でランプレヒトは怒鳴った。ヴィルフリートの護衛騎士であり、わたしの兄でもあるので歯止め役としては適役だろう。けれど、邪魔はさせない。わたしは顔を合わせる度に「ずるい」と言われることに本気でうんざりしているのだ。

「ランプレヒト兄……いえ、ランプレヒト。口で言ってもわからない人には一度体験させた方が良いのです。それに、ヴィルフリート兄様が望んでいらっしゃることですよ」

以前ヴィルフリートに歴然《れきぜん》とした差を見せつけてほしいと言ってきたのはランプレヒトではないか、と言外に含めてニコリと笑う。止めたければ自分の主を止めれば良い。

「わたくしは養父様にお話に参ります。ヴィルフリート兄様はお召替《めしか》えをされてからいらっしゃれば、退屈な報告が終わる頃合いになるでしょう」

わたしはさっさとこの場から逃れたくて、騎獣を取り出して乗り込んだ。

「何だ、これは⁉」

「わたくしの騎獣です。館の中で倒れそうになるので、養父様に許可をいただきました」

「私はまだ騎獣を持っていないのに、ローゼマインばかり、ずるいぞ！」

……またずるいが出たよ。

溜息を呑み込んで、わたしは騎獣を動かし始める。

「早く着替えてくださいませ。養父様の執務室でお待ちしておりますから」

領主の執務室に到着すると、すでに約束の時間になっていたようだ。側近達は人払いされていて、部屋の中にいるのはジルヴェスター、フェルディナンド、カルステッドの三人だけになっている。わたしの側近も退室するように言われて退室していった。

「遅かったではないか、ローゼマイン」

扉が閉まった途端にフェルディナンドから叱られたわたしは、先程のヴィルフリートとの会話と本日の思い付きを語った。

「少なくともヴィルフリート兄様がどれほど怠《なま》けているのか、そして、どれほどお門違《かどちが》いな文句をわたくしに言っているのかくらいは理解してほしいと思っています。余計な文句さえ言ってこなければ、面倒を起こさないように近付かないことくらいはできますけれど、しつこく同じような文句を言われたら、その時の機嫌によっては我慢できません。先日は危うく威圧するところでした」

「溢れた魔力を吸い取る魔術具を付けていない君の威圧を無防備な状態で食らうのは危険だな」

わたしの威圧を食らったことがあるフェルディナンドの言葉にジルヴェスターが目を剥いた。

「だが、ヴィルフリートを神殿に向かわせるだと？　フェルディナンドと一日過ごさせる気か？　いくら何でも可哀想ではないか」

「養父様、わたくしはずっとフェルディナンド様と一緒ですけれど？」

納得がいかない。フェルディナンドの教育を受けて課題を次々と積み上げられたり、恐怖の谷に突き落とされたりしているわたしは可哀想ではないのか。

「フェルディナンドに懐いている変わり者の其方は良いのだ」

「……待ってくださいませ。わたくし、変わり者の養父様に変わり者扱いされていませんか⁉」

「ぬ⁉　私が変わり者だと⁉」

わたしがジルヴェスターと顔を見合わせて睨み合うと、カルステッドが「まぁ、落ち着け。どちらも変わり者だ」と間に入って来た。何とも許容しにくい仲裁《ちゅうさい》だと思ったけれど、カルステッドは顎を撫でながら、わたしの援護《えんご》をしてくれる。

「ローゼマインの言い分も理解できる。いくら言ってもヴィルフリート様が聞き入れてくれない、とランプレヒトも言っていたことだし、神殿に向かわせるのは良いのではないか？　ランプレヒトは何度か神殿に出入りしているので其方の側仕えとも面識がある。今回の護衛騎士には適任《てきにん》だ」

カルステッドという味方を得て、わたしはフェルディナンドを振り返る。この調子でフェルディナンドを味方にできたら完璧だ。期待を込めて見上げると、ひやりした冷たい目で見下ろされた。

「ヴィルフリートのことなど、どうでもよろしい。君はさっさと報告を済ませなさい」

「……はぁい」

ハッセについて報告をしていると、ヴィルフリートがやって来た。珍しそうに部屋の中を見回していることからも初めてここに来たことがわかる。

「ヴィルフリート、其方、本気でローゼマインと生活を入れ替えるつもりか？　止めておけ」

部屋に入るなり反対されたヴィルフリートが目に見えてムッとした顔になった。わたしは一歩前に出てヴィルフリートの後押しをする。

「養父様、ヴィルフリート兄様が望んでいらっしゃるのです。叶えて差し上げてください」

「……ローゼマイン」

ヴィルフリートが感動したようにわたしを見ているが、わたしはヴィルフリートを陥れる気満々である。ちょっとだけ胸が痛む。けれど、わたしの平穏のためには心を鬼にしなければならない。

わたしははフェルディナンドを見上げた。

「わたくしの機嫌を取ってくださる、とフェルディナンド様が約束してくださったのです。そして、フェルディナンド様にそう命じたのは養父様ですよね？」

ジルヴェスターが嫌そうに顔を歪めた。それを見ていたフェルディナンドがニヤリと唇の端を上げる。どうやらヴィルフリートの件をジルヴェスターの難題に対する報復の手段にすることを思いついたらしい。

「一日ヴィルフリートを神殿で預かることで、無理難題をこなせるならば私に異存はない」

ジルヴェスターは本格的に苦々しそうな顔になり、フェルディナンドは満足そうに笑っている。

神殿にヴィルフリートを送る上で一番重要になるのはフェルディナンドだ。彼の協力が得られるならば、とても充実した入れ替わり生活になるだろう。わたしはニコリと微笑んだ。

「フェルディナンド様の許可もいただいたことですし、養父様も許可をくださいませ。孤児院を見て、自分の立場なり、なすべきことなり、そろそろ自覚された方が良いと思います。今のうちに教育方針の見直しをしなければ取り返しのつかないことになりますよ」

「……フェルディナンド、これは其方の教育か？　笑顔で毒を吐くようになりおって」

げんなりとした顔でジルヴェスターがわたしとフェルディナンドを見比べる。わたしはフェルディナンドと顔を見合わせた。

……え？　そんなの、わざわざ聞かなくてもわかるよね？

「元々であろう」

「教育の成果です」

何故かフェルディナンドとわたしの答えが合わない。おかしいなと首を傾げていると、呆れた顔でジルヴェスターが軽く手を振って退室を促した。

「もういい。わかった。ヴィルフリートが望むならば、一日交換してみると良い。私は止めたからな。……話は終わりだ」


「ヴィルフリート兄様、昼食をご一緒して打ち合わせを行いましょう。わたくし、神殿の側仕えに指示を出さなければなりません。ヴィルフリート兄様は神殿へ行く着替えの準備が必要です」

領主の執務室を追い出されたわたし達は北の離れに戻ってきた。神殿に持っていく物を述べると、わたしは一人乗りのレッサーバスで階段を駆け上がる。騎獣を消して自室に入ると、身体中の力が抜けていくのを感じた。

「大丈夫ですか、ローゼマイン様？」

コルネリウスが心配そうにわたしを見つめてきた。コルネリウスは洗礼式でわたしがヴィルフリートに顔面を擦りおろされてから妙に過保護《かほご》になった気がする。

「少し疲れただけです。大丈夫ですよ」

ヴィルフリートにわたしのレッサーバスに乗ってみたいから交代しろと迫られ、乗ったら乗ったで動かないではないかとか文句を言われたのだ。魔力が違うのだから仕方がないと思う。神殿には聞き分けのない子がいないせいで、対処に疲れてしまったけれど、ぐったりしているわけにはいかない。ヴィルフリートを受け入れることになるフランに対して指示を出さなければならないのだ。

「リヒャルダ、手紙を書きたいので紙とペンを準備してくださいませ」

「姫様、ヴィルフリート坊ちゃまを神殿へやるなど、何をお考えなのですか？」

紙とペンを準備しながらリヒャルダが不安そうに尋ねてくる。

「大したことは考えていません。わたくし、普段は神殿で過ごすでしょう？　普通の領主の子がどのような生活をしているのか、知りたくなったのです」

リヒャルダに大したことは考えていないと言いながら、昼食の間にいかにヴィルフリートから言質《げんち》を取ればよいのか考える。遊びに行くのではなく、神殿長としての務めをしに行くということ。それから、わたしの側仕え達からの扱いに文句を言わないということ。

「ヴィルフリート兄様、神殿では領主の息子ではなく神殿長です。きちんとお仕事してくださいね。それから、わたくしの側仕えにも神殿長として扱ってもらえるように伝えておきますから、甘やかしてもらえるとは思わないでくださいませ」

「其方が言うな。私は別に甘やかされてなどないぞ」

ムッとしたように言っているところを見ると、どうやら甘やかされている自覚はないらしい。

「では、わたくしの側仕えが甘やかさなくても特に問題ありませんね」

「もちろんだ」

売り言葉に買い言葉というわけでもないが、ヴィルフリートは胸を張って請け負った。護衛騎士として彼の背後に付いているランプレヒトはわたしの言葉の裏に気付いたのか、心配そうに「ローゼマイン様、それは……」と呟いたけれど、笑顔で押し流す。

「神殿に護衛用のお部屋はありますが、貴族階級の側仕えのためのお部屋はございません。ですから、ヴィルフリート兄様のお世話はわたくしの神殿の側仕えが行います。男女共にいるので、神殿生活に不足はないでしょう。ヴィルフリート兄様と神殿へ向かう護衛騎士はランプレヒトにお願いしますね。わたくしの兄として何度も神殿に来ているので慣れていますし、神殿へ同行する護衛にはダームエルとブリギッテもいますから」

他の側近達は神殿に同行する必要はないと言うと、ヴィルフリートの側近達はあからさまにホッとした顔を見せた。そんな中、ランプレヒトだけは不安そうだ。わたしが親切で言い出したわけではないことくらいは気付いているだろう。嫌な予感がしているのではないかと思う。

「生活を入れ替えるのですから、わたくしもヴィルフリート兄様のお部屋を使います。兄様の側仕えは殿方《とのがた》ばかりですから、筆頭側仕えのリヒャルダを入れることをお許しくださいませ」

「うむ、良いぞ」

実に楽しそうな笑顔でヴィルフリートが頷き、昼食を終えた。

リヒャルダに頼んでダームエルとブリギッテにオルドナンツを飛ばしてもらい、神殿へ戻る時間を伝えてもらう。皆の準備はすぐにできて、わたしは神殿に戻る皆の見送りをする。

「フェルディナンド様、くれぐれもフランには、わたくしと思ってヴィルフリート兄様を指導するように、とお伝えくださいませ。こちらが一日の予定表です。わたくしの代わりの計算係にランプレヒトを付けておりますので、フェルディナンド様のお仕事が滞《とどこお》ることもないと存じます」

フェルディナンドに手紙を預け、わたしの穴埋め要員としてランプレヒトを差し出すと、フェルディナンドはちらりと二人を見た後、毒々しい笑みを浮かべた。

「わかった。では、ヴィルフリート。これから、君を一日神殿長として扱う」

何を考えているのか知らないけれど、相変わらず怖い笑顔だ。わたしはそっと一歩後ろに下がる。

「今日は騎獣で移動するつもりだったので、馬車の準備はしておらぬ。ヴィルフリートはランプレヒトの騎獣に同乗するように。行くぞ！」

フェルディナンドが白いライオンの騎獣を出し、それに乗ると大空に向かって駆け出した。ランプレヒトが同じように騎獣を出す。ランプレヒトの騎獣は大きな羽のついた狼っぽい動物だ。ヴィルフリートがランプレヒトに抱き上げられて騎獣に跨《またが》ると、大きな狼がバサリと大きく羽を広げて大空へ駆けだした。


「一晩とはいえ、殿方のお部屋で生活するのはどうかと思いますけれど……」

「わたくし、ヴィルフリート兄様の普段の生活を知りたいのですもの」

見送りを終えると、わたしは苦言を呈するリヒャルダと一緒にヴィルフリートの部屋へ行った。

リヒャルダは部屋の設備に大きな違いがないことを確認すると、ヴィルフリートの筆頭側仕えを呼んで、教師が来る前にテーブルに勉強の準備をさせる。

「オズヴァルト、早く準備しなければモーリッツ先生がいらっしゃるでしょう？」

「ヴィルフリート様はいつも逃げ出しますから、勉強道具を揃えても使われることが稀《まれ》なのです。このように普通の側仕えらしい仕事ができるのは嬉しいものですね」

「何を呑気《のんき》なことを言っているのですか？　逃げ出したならば捕まえなければならないでしょう。護衛騎士にきちんと仕事をさせなさい」

ジルヴェスターを育てたリヒャルダがキッと目を吊《つ》り上げた。オズヴァルトは失敗したと言わんばかりに肩を竦めて勉強道具を準備する。そうこうしているうちに教師はやってきた。

「風の女神シュツェーリアの守る実りの日、神々のお導きによる出会いに祝福を祈ることをお許しください」

「許します」

「風の女神シュツェーリアよ、新しき主に祝福を。……お初にお目にかかります。姫様方の教師を拝命しております、モーリッツと申します。以後、お見知り置きを」

早速わたしは勉強しようと、わくわくしながらモーリッツを見上げた。

「ヴィルフリート兄様はどのような勉強をされているのですか？」

「今は基本文字の練習をしております」

「まあぁぁ！　では、まだ基本文字も書けないというのですか⁉　計算が得意で、そちらばかりに比重が偏《かたよ》っていらっしゃるの⁉」

　わたしはヴィルフリートが文字を書けないことを知っていたけれど、リヒャルダはヴィルフリートの勉強の進度を知らなかったようだ。つかつかと大股で歩いてモーリッツに詰め寄る。

「……いえ、どちらも、まだ……」

　モーリッツが非常に小さい声で答えにくそうに呟くと、リヒャルダはカッと目を見開いて特大の雷を落とした。

「オズヴァルト、モーリッツ！　其方達は一体何をしているのです⁉　ヴィルフリート様をお育てする気があるのですか⁉　全員そこに整列なさい！」

　そこからはリヒャルダ無双《むそう》だった。側仕えと残っていた護衛全員を集めて、リヒャルダのお説教が始まる。リヒャルダの怒り具合を見ても、ヴィルフリートの放置度合いは最悪なのだと思う。

　側仕えや護衛達の言い訳がましい言葉はリヒャルダに一蹴されていたけれど、それを掻《か》き集めてみたところ、ヴィルフリートの環境には大きな問題点があることがわかった。簡単にまとめると「ほとんどジルヴェスターのせい」だ。

　ジルヴェスターは年の離れた姉と争って領主の地位に就いたらしい。けれど、その姉弟間の争いが嫌で、自分の跡継《あとつ》ぎをヴィルフリートに決めたそうだ。自分が嫌だったことをさせないように、というジルヴェスターなりの親心なのかもしれないが、それが完全に間違いだったのだ。

　本来ならば正式に結婚した妻から生まれた領主の子には等しく相続権があり、魔力の量と本人の資質により選ばれる。そのため、領主の子に付いた側仕えや教師は皆が一丸となって子育てをするのだ。自分が仕える主が領主となるかどうかで自分の将来はもちろん、一族の繁栄に大きな差が出るのだから当然だろう。だから、ジルヴェスターが幼い時は勉強から逃げ出そうとすればカルステッドが本気で追いかけて捕まえたし、リヒャルダは目を吊り上げて叱りつけていた。成長のために必要なことは本人が嫌がってもやらせるのが当たり前だった。

しかし、ヴィルフリートはすでにジルヴェスターの意向で、次期領主となることが決まっている。ならば、誰が本気で対応するだろうか。子供を叱れば嫌がられるに決まっている。やりたいことをさせて機嫌を取っておく方がよほど簡単で自分達の将来のためになるのだから、誰もヴィルフリートを叱らない。「困った方です」で済ませてしまう。

「オズヴァルト、一体何のために領主の子の筆頭側仕えに、領主と血縁関係のある上級貴族が付けられると思っているのですか!?　身分を振りかざそうとする子供の我儘を毅然《きぜん》と止めるためでしょう！　ヴィルフリート様にはランプレヒトも付けられていたはずなのに何をしているのです!?」

たとえ逃げ出しても捕まって勉強させられていたジルヴェスターと、逃げ出せば好き放題ができるヴィルフリートでは同じように逃げ出していても身についている教養や知識が全く違う。いくら気性が似ていようと、同じように育つはずがない。

おまけに、リヒャルダが怒りに任せて語り始めた過去のお話によると、ジルヴェスターはフェルディナンドという異母弟が城に入ってきて大きく変わったらしい。末っ子だったジルヴェスターは、初めての弟にちょっとイイところを見せようと頑張ったそうだ。年が離れているためにフェルディナンドがいくら優秀でもすぐに抜かれるということはなく、ジルヴェスターの成長へと繋がった。

けれど、年の近い弟妹がいるヴィルフリートの場合は同じようには行かないはずだ。ずっと怠けていた兄はあっという間に弟妹に抜かれてしまうだろう。このままではヴィルフリートがいじける未来しか見えない。

「リヒャルダ、これ以上側仕え達を叱っても根本が変わらなければ意味がありません。側仕えではなく、養父様や養母様と教育方針や勉強計画についてお話をした方が良いのではないかしら？」

お説教されている側仕えや護衛騎士が全員魂の抜けたような顔になっている。これ以上言っても頭に入らないだろうし、時間の無駄だ。まずい状況ならば早急に改めた方が良い。

「えぇ、姫様。ジルヴェスター様はご自分が逃げ出していたから、勉強から逃げようとしたところで大したことはないだとか、勉強が好きな子供がいるわけもないから当たり前だとか、そのような甘い考えをしているのでしょう。未だに基本文字も読み書きできないというヴィルフリート様のひどい現実が見えていらっしゃらないようです。わたくし、すぐに面会の手続きをして参ります」

リヒャルダが怒り心頭で鼻息も荒く退室していくのを、魂が抜けたような顔で側仕えと護衛騎士が見送っている。彼等もヴィルフリートを甘やかすことが日常となりすぎていて、ここまで叱られることだと認識していなかったのだろうが、これはいくら何でも職務怠慢《たいまん》だと思う。

「では、モーリッツ先生。ヴィルフリート兄様の教育計画を立てましょう」

「姫様のお勉強は……」

「わたくしは領主の子がどのようなお勉強をするのか楽しみにしていたのです。けれど、モーリッツ先生が持っていらっしゃる教材は基本文字の一覧表と数字の表と簡単な計算式だけではないですか。わたくしが面倒を見ている孤児院の子供達でも簡単にこなすような物……今更《いまさら》、わたくしの勉強にはなりません。洗礼式を終えたら働く孤児より領主の子の方がのんびりですね」

せめて、わたしが読んだことがない本の一冊くらい準備しておいてよ、という本音は心の中だけで付け加えておく。

「ヴィルフリート兄様も冬までに基本文字と数字くらいは読み書きできるようになっておかなければ困るのでしょう？　今からならば何とか間に合うかどうか、というところでしょうか」

「……ローゼマイン姫様、お言葉ですが、数年かけてできなかったことが冬までにできるようになるとは思えません」

自分の腕が悪いのではなくヴィルフリートが逃げ出すのだから仕方がない、というようなことを遠回しに言っているが、数年かけても読み書きができないのはやり方も悪いと思う。何故モーリッツは教え方を工夫して興味を持てるようにはしなかったのだろうか。

「わたくしが面倒を見ている孤児院の子供達は一冬で全員が基本文字の読み書きと簡単な計算ができるようになりました。必要なのは興味が持てるやり方と競争相手でしょう」

わたしがフェルディナンドに渡した予定表通りに事が進んでいれば、今頃ヴィルフリートは孤児院で子供達とカルタをして惨敗《ざんぱい》しているはずだ。当初の予定では冬の社交界で貴族の子供達を相手に、じゃじゃーん！　と絵本とカルタとトランプを持ち込んで営業するつもりだったが、一足先にヴィルフリートに与えればよい。本当にジルヴェスターと気性が似ているならば、勝つために必死で覚えるだろう。

「リヒャルダにオルドナンツを飛ばしてもらって、フェルディナンド様に教材を持って来ていただきましょう。明日の午前の勉強時間にはその教材の使い方をモーリッツ先生に教えることにいたしますね」

そして、子供の集中力は続かないものだから、一つの教科に飽き始めたら違う教科にする。毎日少しずつ確実にやらせる。小さな課題をたくさん作って、できた分だけを夕食の席で領主夫妻に報告して褒め言葉をもらうなどの教育の基本について話し合う。

モーリッツは目を白黒させていたが、段々と恐れの混じった目でわたしを見るようになってきた。

「……ローゼマイン姫様は……その、とても洗礼式を終えたばかりだとは思えません」

「フェルディナンド様の教育の成果でしょう。……それ以外にも秘密は色々ありますが、女の秘密を知ろうとすると碌な結果にならない、と神話や物語にございましてよ」

フフッと笑うと、今度こそモーリッツは完全にわたしを恐怖の目で見た。

……怖がらせるつもりじゃなくて詮索しないでね、ってくらいの軽い気持ちだったんだけど、失敗したっぽいね。

ここ最近はわたしを普通の子供扱いしない人達にばかり囲まれていたから、自分が異常だということをすっかり忘れていた。普通の子供は教師に向かって教育方法を説明なんてしないし、同じ年の兄の教育計画なんて立ててない。

「わたくしは普通の子供ではないとフェルディナンド様がおっしゃっていました。普通の子供であるヴィルフリート兄様に、わたくしと比較するような発言はなさらないでくださいね。やる気を削《そ》ぐだけですから」

モーリッツは不気味な物を見る目でわたしを見ながらコクコクと頭を動かした。

五の鐘が鳴ってもリヒャルダは戻ってこない。面会予約を取るのに時間がかかっているのか、かなりヒートアップしていたからジルヴェスターを叱りつけているのか、どちらかだろう。

「オズヴァルト、この後は何をする時間かしら？」

冬までの教育計画を抱えてモーリッツ教師が退室したので、わたしはリヒャルダに叱り飛ばされて解任の危機に震えているオズヴァルトに声をかけた。

「自由時間でございます。ヴィルフリート様は剣の鍛錬《たんれん》をしたり、面会依頼が通っていれば本館の妹君や弟君に会いに行ったりしております。ローゼマイン姫様はどのように過ごされますか？」

わたしの自由時間の過ごし方など一つしかない。わたしはポンと手を打って、うふふふと楽しい笑みを浮かべる。

「この城にも図書室はございますよね？　案内してくださいませ」

オズヴァルトに案内されて、わたしは自分の騎獣で図書室まで移動する。今日はわたしについていなければならないヴィルフリートの側仕えや護衛騎士が、不思議な物を見るように何度も首を傾げたり、中を覗き込んだりしているが気にしない。図書室までの道中で文官と思われる貴族がぎょっとしたように、二、三度振り返るけれどそのうち慣れるだろう。

「この図書室、なんて広いのでしょう！」

たどり着いた城の図書室は、神殿の図書室よりずっと広かった。蔵書も多い。大きな本がいくつも並び、棚からはみ出そうな資料も詰まっている。ざっと見た感じだけれど、わたしには運べないくらい大型の本が数十冊、運ぶことができる大きさの本が数百冊はあると思う。資料室という意味合いが強かった神殿図書室と違って、ここは本当に図書室だった。古びた紙とインクの匂いが心地よくて、この空間にいるだけで元気が出てくる。

……んん～、いい匂い。

将来は聖女伝説を加速させて神殿図書室を私物化するつもりだったけれど、城の図書室で司書としてお仕事する方が良いかもしれない。ここを自由にできるならば領主になると言われているヴィルフリートの嫁になるのも一つの手段として考慮する価値がある。

「ハァ、幸せ……。こんなにたくさんの本に巡《めぐ》り合えるなんて。オズヴァルト、あの棚の一番左端の本を取ってくださる？　その後は他の仕事をしてくださっても結構です」

「……他の仕事でございますか？」

恭《うやうや》しい態度を崩さないまま、不思議そうな顔をするオズヴァルトにわたしは首を傾げた。

「筆頭側仕えはとても忙しいでしょう？　リヒャルダはいつも動き回っているもの。護衛騎士と側仕えを最低限だけ残して、お部屋に戻ってもよろしくてよ」

本を取ってくれたオズヴァルトが目を瞬くが、不思議そうにされる意味がわからない。神殿の側仕え達はわたしの世話以外にも大量の仕事を抱えていたし、リヒャルダもわたしに本を与えた後は部屋の中で忙しそうに動き回っている。やるべきことはたくさんあるはずだ。

「わたくしと共に読書したい方がいれば、その方を優先的に残してちょうだい。この幸福を分かち合うのも素敵だと思うの。それから、よほどの用がない限り、夕食の時間まで声をかけないでくださいませ」

言いたいことだけを言ってしまうと、わたしは本をパラリと開いた。初めて読む本に顔が自然と緩んでいく。読み始めたのは、吟遊詩人が歌う騎士の歌を集めた騎士物語集だった。これから先、わたしが本を作るうえでも、とても参考になる本だ。

……いいなぁ、ヴィルフリート兄様は。毎日自由時間があるなんて。

ここしばらくは忙しくて、フランが時々差し入れてくれた時くらいしか、ゆっくりと本を読む時間が取れなかった。ヴィルフリートと生活を入れ替えて良かったと心から思う。

紙の表面をそっとなぞり、インクの匂いにうっとりしながら、わたしは物語の世界へと意識を完全に落とし込んだ。視界は文字を追いかけるためだけに使われ、余計な音はシャットアウトされる。邪魔の入らない至福の時を過ごしていたわたしは、本に没頭《ぼっとう》するわたしの周りでヴィルフリートの側仕えと護衛騎士が戸惑った顔で立ち尽くしていることに全く気が付いていなかった。

「姫様、夕食の時間ですよ！」

リヒャルダに本を取り上げられて、わたしはハッと我に返る。父王を守って呪いを受けた姫を助けるために姫の護衛騎士が魔獣退治を始めたところだったのに、ここでお預けとは残念だ。

「リヒャルダ、この本を借りてお部屋に持ち帰ることはできるかしら？」

「えぇ、かしこまりました。手続きいたしましょう。オズヴァルト、この本の貸出し手続きをお願いします。わたくしは姫様にお召替えをさせて、食堂へお連れしますからね」

オズヴァルトに本を任せてリヒャルダは歩き始めた。ジルヴェスターと夕食時にヴィルフリートについて話をする約束を取り付けたようで、みっちり話し合わなければならないと息巻いている。

予想通り、約束を取り付ける段階で色々と意見を述べてきたようだ。

「リヒャルダ、フェルディナンド様にオルドナンツを飛ばしてほしいのです」

「おや、フェルディナンド坊ちゃまに一体何の用でしょう?」

「ヴィルフリート兄様のための教材を持って来ていただきたいの。夕食の時はフェルディナンド様も自分の部屋に戻るはずですから、六の鐘が鳴った後ならばヴィルフリート兄様に伝言内容を聞かれることもないと思うのです」

「六の鐘はとっくに鳴りましたよ、姫様」

リヒャルダが呆れたようにわたしを見ながら首を横に振った。なんと本に没頭しているうちに鐘は鳴ったらしい。知らなかった。

部屋に戻るとすぐにリヒャルダはオルドナンツを準備してくれる。魔力を帯びて形を変えた鳥にわたしは話しかけた。

「フェルディナンド様、ローゼマインです。養父様とヴィルフリート兄様の教育計画について話し合うので、フランにわたくしのカルタと絵本とトランプを準備させて、こちらに持って来て下さると助かります。兄様が寝た後でも結構ですから……」

「明日までにお持ちくださいませ、フェルディナンド坊ちゃま」

リヒャルダのダメ押しが入ったので、明日までには届くだろう。リヒャルダのシュタープの動きに合わせてオルドナンツが飛んでいく。

着替えをしている途中でフェルディナンドからオルドナンツが戻ってきた。

「フランに準備をさせて持っていくので、話し合いは私の到着を待つように。私の夕食はすでに終えたので必要ない」

冷ややかな怒りが籠った声で三回言ってオルドナンツは魔石に戻る。ヴィルフリートが一体何をしたのかわからないけれど、今日の神殿での様子が聞けるのであればちょうど良いかもしれない。

着替えを終えたわたしは、怒りがまだ継続中のリヒャルダと肩を落として胃の辺りを押さえているオズヴァルト、それから、リヒャルダの様子をこそこそと窺っているヴィルフリート兄様の護衛騎士達と一緒に食堂へ向かう。食堂には苦い顔をしたジルヴェスターと頭が痛そうな顔をしているカルステッド、穏やかな笑みを浮かべているフロレンツィアがいて、席に着いている。

「遅くなって申し訳ございません。お待たせいたしました」

「リヒャルダが執務室に怒鳴りこんできたが、其方の差し金か？」

席に着くなり、わたしはジルヴェスターにじろりと睨まれた。

「……リヒャルダでなくても、怒鳴りこみたくなると思いますけれど？　どれほどひどい状況なのか、ご存知でそうおっしゃっているのですか？」

わたしが首を傾げると、ジルヴェスターとカルステッドが揃って訝《いぶか》し気な顔になった。二人とも全く現状がわかっていないような顔をしている。わたしが何か言うよりもフェルディナンドの辛口批評を待った方が良さそうだ。

「後ほどフェルディナンド様がいらっしゃるので、ヴィルフリート兄様に関する話し合いは食後にして、先に食事をいただきませんか？」

ジルヴェスターは「フェルディナンドも来るのか」と心底嫌そうに顔をしかめた。

「ヴィルフリートのことはフェルディナンドから聞くとして、其方はヴィルフリートと生活を入れ替えてどうしていたのだ？」

食事が運ばれて食べ始めると、沈黙を破るようにジルヴェスターがわたしに問いかけた。カルステッドも興味深そうにこちらを見る。逆に、関わったリヒャルダは怒りを思い出したのを堪えるような顔になり、オズヴァルトは肩身が狭そうに俯いた。

「午後のお勉強の時間はヴィルフリート兄様の現状に怒ったリヒャルダのお説教が半分、もう半分は兄様の教育計画をモーリッツ先生と立てていました。兄様の教材にはわたくしの役に立ちそうな物が何一つなかったのです。今まで兄様に関する報告を聞いて何とも思わなかったのですか？」

側仕えや教師も都合が悪すぎることはやんわりと隠していた上に、自分の経験があったので、「今日も逃走して捕まった」と報告されれば、その後は当然勉強させられていると思っていたらしい。

カルステッドにしてもジルヴェスターが逃げ出すのが常だったので、ランプレヒトから「今日も逃亡した」と言われても「自分も通った道だ」と笑い飛ばしていたようだ。

「五の鐘の後は久し振りの自由時間でしたので、この城の図書室で読書を楽しみました。こちらの図書室は神殿図書室よりとても広くて、蔵書数も多くて、心が弾むというか、幸せというか……。至福の時間を過ごしました。わたくし、もうしばらくヴィルフリート兄様と生活を交換して、図書室に籠って端から順番に本を読んでいたいです」

今日の図書室がどれほど楽しかったのかをわたしが語ると、ジルヴェスターは理解できないと言うように頭を振った。

「全く理解できんが、本くらい自由時間に読めばよかろう？」

「……わたくし、今、自由時間などございませんよ？　朝食が終われば三の鐘までフェシュピールの練習で、それからお昼まではフェルディナンド様の執務のお手伝い。昼食後は工房関係者との会合があったり、ハッセを含めた孤児院の見回りをしたり、儀式に関することのお勉強をしたり、魔力を扱う訓練をしたりしておりますから」

「は？」

「勉強から逃げ回っている上に、これだけの自由時間があるヴィルフリート兄様がわたくしの代わりに神殿長として神殿に行っているのですから、今日はさぞかし大変でしょうね」

ニコリと微笑みながら付け加えると、ジルヴェスターが目を剥いた。

「いくら何でも子供がやる仕事量ではないぞ」

「その子供に仕事を振ったのは養父様ではありませんか。養父様のご命令だったイタリアンレストランの開店の前倒しや印刷業の拡大がなければ、わたくしはもっと楽だったのですよ？」

無茶振りしておきながら何を言っているんですか、とわたしが溜息を吐くと、ジルヴェスターは愕然とした顔でわたしを覗き込んだ。

「……其方、フェルディナンドに任せていないのか？　私はフェルディナンドが大半をこなす前提で割り振ったのだぞ？」

「え？　それは無理ですよ。フェルディナンド様は神官長としてのお仕事に、わたくしができない神殿長のお仕事が加わって、城に来れば養父様の補佐、騎士団にも時折顔を出しているのでしょう？　わたくしの教育も一手に引き受けていらっしゃるのに、一体どこに新しい事業に関わる余裕があるのですか？　フェルディナンド様に期待しすぎですよ。いくら優秀でも限度があります」

忙しすぎてフェルディナンド様が死にますよ、と思わず言ってしまったわたしにジルヴェスターは初めて気付いたような顔で呟いた。「……神殿の業務は大変なのか？」と。

……え？　今頃何を言っているの、この人？

「百名を超える組織をフェルディナンド様一人で動かしていると考えれば、その大変さがわかりませんか？　役割分担できる人材がいないのです」

「だが、神殿は暇で仕方がなくて何もやることがないから本を送れだの、魔術具を作るから道具を送れだの言ってきていたんだぞ？　やることができて良かった、と思っていたのではないのか？」

ジルヴェスターは神殿でフェルディナンドが暇だと思っていたらしい。もしかしたらそれは青色神官がたくさんいた頃の話ではないだろうか。今のフェルディナンドは一目でわかるくらい仕事が山積みで忙しい。けれど、無茶ぶりをしたがるジルヴェスターと、できないとは言いたがらないフエルディナンドの間では現状の報告が正確に伝わっていなかったようだ。わたしが今までジルヴェスターに報告していたことも、フェルディナンドの伝言や采配だと思っていたそうだ。

「養父様、印刷業に関してはわたくしが中心で進めております。今は本を読む自由時間さえないほど忙しいので印刷業に関してはもう少し余裕をいただけると嬉しく存じます」

「……わかった。其方の速度で進めよ」

ジルヴェスターは大きく息を吐いて手を振った。「気付かなくて悪かった」と小さく呟く。

……ベンノさん、マルクさん、ルッツ、ちょっと余裕ができたよ！　やったね！

わたしがグッと心の中でガッツポーズした時、食堂の扉が音を立てて開き、不機嫌極まりない顔のフェルディナンドが入ってきた。フェルディナンドの目が半眼になり、眉がきつく寄っている。食堂の空気が凍《こお》ったように冷たくなり、全員が自然と背筋を伸ばした。

真っ直ぐにジルヴェスターの元へ歩いたフェルディナンドが食堂内を見回してから口を開く。

「ジルヴェスター、アレは駄目だ。ヴィルフリートは跡継ぎ候補から外せ」

静かな怒りが籠った声に、ひゅっと息を呑む音がそこかしこで聞こえた。ヴィルフリートの筆頭側仕えであるオズヴァルトなど顔色がない。

「ジルヴェスター、私は其方を領主として認めている。書類仕事から逃げ出すことがあっても、肝心のところでは逃げ出すこともなく、きっちりと領主としての役目と責任を背負っているからな。だからこそ、ヴィルフリートも気性がよく似ていて教師から逃げ回っていると聞いても、似たようなことをよくしていた、と言う其方の言葉を信用してきた」

フェルディナンドは淡々と語る。その口調の静かなことが一層怒りを感じさせて怖い。神殿で一体何をしてヴィルフリートはフェルディナンドを怒らせたのだろうか。自分が怒られているわけでもないのに胃の辺りがきゅっと絞られるような感じで、反射的に「申し訳ありませんでした」と謝りたくなる。わたしが普段からフェルディナンドに怒られているせいかもしれない。

「ヴィルフリートが領主となっても優秀な補佐を付ければ問題ないと思ってきたが、ヴィルフリートはジルヴェスターではない。そして、ランプレヒトもカルステッドではない。気性や言動が似ていても違う」

「それは……親子と言っても別人だから、当たり前ではないか？」

カルステッドが顎を撫でながら、当然のことを言うフェルディナンドを不思議そうに見る。

「あぁ、別人なのだ。私はローゼマインに指摘されるまで、似ているから同じように育つと何となく思ってきた。だが、違う。領主だから責任を背負うジルヴェスターと、領主の子という身分を振りかざして課題から逃れようとするヴィルフリートが同じように育つとは考えられない」

「はい！　質問があります、フェルディナンド様」

きっぱりと断定したフェルディナンドに向かって、わたしはビシッと手を挙げる。凍った空気をぶった切るような行動だったようで全員が息を呑んでわたしを見た。注目を集める中、フェルディナンドは先を促すように軽く顎を動かす。

「フェルディナンド様はヴィルフリート兄様の何を見て、そのような答えを出したのですか？　跡継ぎ候補から外すというのは、貴族間でとても影響が大きいことだと思うので、ダメだと判断した理由を教えてください」

　わたしの質問に同意するようにジルヴェスターが大きく頷き、答えを求めて身を乗り出す。ふむ、とフェルディナンドは腕を組みながら、食堂内を見回して口を開いた。

「私がよく知る子供がローゼマインなので、ローゼマインと無意識に比べるからヴィルフリートが劣って見えるのかとこれまでは考えていたのだ。だが、そうではなかった。ヴィルフリートは孤児院の子供にも、工房で働く商人見習いやローゼマインの側仕え見習いにも劣っている」

　辛い評価にジルヴェスターとフロレンツィアが目を見張った。今まで耳にしていた教師や側仕えの評価と、フェルディナンドの評価では大きく違ったからだろう。それは言い過ぎでは、と小さく呟いたジルヴェスターの声にわたしはムッとする。言い過ぎでも何でもない。事実だ。

「劣っていて当然ではありませんか」

　わたしの発言に領主夫妻もヴィルフリートの側近達も目を剥いてわたしを見た。領主の子と孤児院の子供を比べるなど、という視線も感じる。けれど、わたしは発言を止める気はない。現状をきちんと認識してもらわなければ環境を整えることも、ヴィルフリートを戒《いまし》めることもできない。

「わたくしの孤児院の子供達は、いつ青色神官に仕えることになっても恥ずかしくないように厳しく躾《しつ》けられています。目的意識を持って常に向上しようと努力を重ねて日々を生きているルッツやギルと、周囲に全ての我儘を通して勉強も我慢も努力もしていないヴィルフリート兄様では比較対象にもなりませんよ。比べるなんて彼等に失礼です。……それにしても、フェルディナンド様がそこまで怒るなんて、ヴィルフリート兄様は何をしたのですか？」

わたしの追い討ちに項垂れたのは、ヴィルフリートの筆頭側仕えであるオズヴァルトだった。孤児にも劣ると二人から聞かされれば、ただの辛口批評ではないと少し認識を改めたようだ。

「ヴィルフリートは座って話を聞くこともできず、課題をこなせと言われてもやろうとしない。そこまでならばジルヴェスターで慣れているので我慢できた。だが、アレは領主の子であるという立場を振りかざして逃れようとした。身分を責任逃れに使う愚か者を領主とするわけにはいかぬ」

跡継ぎの候補から外せとフェルディナンドが冷たく言い放つ。それは本気の言葉で、全く取り付く島がない態度だった。フェルディナンドの譲《ゆず》らない本気を感じたジルヴェスターの顔色が変わる。

「待て、フェルディナンド。じきに改善する。それくらいは私が幼い頃も……」

「ジルヴェスター様！　貴方とヴィルフリート様では程度が違う、とわたくしが何度も申し上げたはずです。聞いていらっしゃらなかったのですか⁉」

息子を援護しようとした途端に落とされたリヒャルダの雷にジルヴェスターがぐっと口を噤んだ。すぅっとフェルディナンドの目が細められる。ジルヴェスターを見ながら他の誰かを見ているような少し遠い目になり、わずかに唇の端が上げられてひやりとするような笑みを形作った。

「領主の子として生きていくならば、努力して結果を出すのは当然ではないか。結果を残せないような役立たずなど、領主の子ではない。養育にかける費用が無駄だ。無能は生きている価値もない。役立たずの領主の子など城に置いておくことはできないのだから、放り出されたくなければ、それなりの成果が必要に決まっている」

わたしは「領主の養女となったのだから」「将来は領主の子として領主の補佐をするのだから」

と課題を課す時に、もう少し言葉は柔らかいけれど、似たような意味合いのことを言われたことがある。余所から入っていくわたしだから厳しいのかと思っていたが、フェルディナンドは領主の子ならば誰にでも同じことを要求するようだ。厳しいけれど、公平でわかりやすい。「さすが神官長」と頷いているわたしと違って、ジルヴェスターはこめかみを押さえて頭を振った。

「フェルディナンド、いくら何でもその言い分は七歳の子供に厳しすぎるだろう」

ジルヴェスターの言葉にフェルディナンドは笑みを濃くする。それは嘲《あざけ》りと失笑《しっしょう》が混じったような笑みだった。

「何を言っている、ジルヴェスター？　これは私が洗礼式のために城へ連れて来られた七歳の頃から其方の母親にずっと言われ続けてきたことだ。厳しすぎる？　おかしなことを言うな」

フェルディナンドの己にも他人にも厳しい成果主義の根源がわかって胸が痛くなった。幼い頃から常に厳しい態度と言葉で追い詰められ続けたことがわかる。弱みを見せられない、と薬で体調を無理やり立て直して生きてきたフェルディナンドから見れば、ヴィルフリートの現状など、甘すぎて吐き気がするだろう。

「領主の子であり、あの人に養育されてきたヴィルフリートならば当然この程度のことは弁《わきま》えているに決まっているではないか。その上であの態度なのだから、廃嫡《はいちゃく》にして城から出すのが適当だ。今は魔力が不足しているから神殿で預かっても良いぞ」

淡々と吐き出される言葉に深い恨みと怒りを感じて周囲がゴクリと唾を飲む。前神殿長やジルヴェスターの母親にフェルディナンドが疎まれていたのは何となくわかっていたけれど、ジルヴェスターと仲が良かったので楽観視していた。洗礼式直後に親から引き離され、厳しい言葉を浴びせられ、唇を噛みしめながら生きてきたとまでは思っていなかった。

反論しようがない正論の固まりにジルヴェスターがぐっと奥歯を噛んだ。そんなジルヴェスターの肩にそっとフロレンツィアが手を差し伸べる。救いを求めるように顔を上げたジルヴェスターは、フロレンツィアの顔を見てピキッと固まった。

「ジルヴェスター様、貴方、わたくしに何とおっしゃいました？　自分と同じように育てるから何の問題もない。お義母様にお任せしておいたら、少なくともご自身と同じ程度の領主には育つ、とおっしゃってヴィルフリートの養育をわたくしから取り上げてお義母様に任せたのですよね？」

嫁姑《よめしゅうとめ》戦争が激しく、「嫁いできたばかりでこちらの習慣も知らぬ嫁に子育ては任せられない」とフロレンツィアはヴィルフリートを姑に取り上げられたらしい。ジルヴェスターによく似た初めての孫であるヴィルフリートをジルヴェスターの母親は殊《こと》の外《ほか》可愛がっていたようだが、今の状況を見れば間違いだったとしか思えない。

……あの前神殿長を庇《かば》い続けた人だもんね。情は深いのかもしれないけど、ダメなタイプの甘やかし方をする人、ってことだよね？

身内には甘く、フェルディナンドやフロレンツィアのように余所から来た者にはひどく厳しい。ヴィルフリートにどんな教育をしていたのか、考えただけで頭が痛い。

我が子を強引に取り上げられ、その子が領主一族として役に立たぬ無能と断じられたのだ。母親であるフロレンツィアは笑顔に怒りをにじませてジルヴェスターを見つめる。

「お義母様に任せた結果がこの有様ですか？　このまま領主になってもヴィルフリートを誰が支えてくださると言うのです？」

「いや、それは……」

「言い訳は結構です。貴方はヴィルフリートに対して取り返しのつかないことをしたのですから」

笑顔の中で、怒りに燃えている藍色《あいいろ》の瞳がぎらりと輝いているように見える。その目がぐるりと食堂を見回し、わたしの背後に控えているオズヴァルトのところでピタリと止まった。

「オズヴァルト、貴方には失望いたしました」

「フロレンツィア様！　お待ちください！　私は……」

「怠惰《たいだ》の言い訳も、わたくし達に正確な報告をしなかったことに関する言い訳も、どちらも必要ありません。わたくしが知りたいのは正確な現状なのです」

フロレンツィアはおっとりとした笑顔をわたしに向けた。笑顔の下に誰に対するものかわからない怒りが透《す》けて見えている。怒って、泣いて、叫んで、責任者を罵《ののし》れば多少はすっきりするかもしれないのに、それを押し殺して先を見据える目が綺麗だ、と思った。

「ローゼマイン、貴女はどう感じたのかしら？　自分の側仕えや護衛騎士と比べてヴィルフリートを取り巻く環境やヴィルフリートの現状をどう思ったのか、正直なところを聞かせてくださる？」

「はい、養母様。……わたくしの工房に出入りする商人も、孤児院育ちの側仕えも、読み書き計算ができます。一冬でできるようになりました。それなのに、ヴィルフリート兄様は教師まで付けられているのに数年かかってもできないなんて信じられませんでした。今日一日、過ごしてみてヴィ

ルフリート兄様に目標と真剣さと環境が足りないのではないかと思いました」

「目標と真剣さと環境ですか？」

フロレンツィアの目が改善するべき点を探して、わたしを見ている。

「こうなりたい、と明確に目指す目標があれば人は努力します。次期領主と決まっているヴィルフリート兄様には目標がないと思うのです。目標がないから真剣に努力することもありません。そして、努力しないから努力して課題をこなして得られる達成感を知りません。それだけではなく、成功を褒めてあげて一緒に喜んでくれる身近な人、負けたくないと思えるような競争相手……成長するための環境が全く足りていないと思いました」

軽く頷きながら真剣に聞いているフロレンツィアの横で、ジルヴェスターが苦い顔になる。

「……競争は別に必要ないだろう。外の者とならばともかく、肉親間ではいらぬ」

「競争は成長する上で大事なことです。領主としての才能を伸ばすならば、跡継ぎは競争させて決めるべきだと思います。養父様は兄弟間の蹴落とし合いに辟易したかもしれませんが、それもまた身内に甘くなりすぎないようにするには必要な課題ではないのですか？」

ただでさえ、ここの一族は身内に甘いみたいだから、と心の中で付け加える。フロレンツィアはまるでその声が聞こえたかのように大きく頷いた。

「養父様、本気でヴィルフリート兄様を跡継ぎにしたいと思っているならば、どうしてリヒャルダをわたくしではなく、ヴィルフリート兄様に付けなかったのですか？　リヒャルダは養父様を育てた方ですから、リヒャルダが付いていれば機嫌取りなどせずに厳しく躾けたでしょう。未だ基本文字さえ読めない、数字も半分ほどしか読めないような状況にはならなかったと思います」

愛情を持ってカルステッドとジルヴェスターとフェルディナンドをまとめて叱り飛ばせる貴重な人材がリヒャルダだ。神殿にいることが多くて、城にいることが少ないわたしではなく、ヴィルフリートに付けるべきだったと思う。

「将来は嫌でも責任を負う立場になるのだ。子供時代くらいはのびのびと過ごさせてやりたいと思うだろう？　あまり締め付けがきつくては可哀想ではないか」

「このままの状態が続いて読み書き計算もできず、これから教育を受ける弟妹と比べられて馬鹿者扱いされるのは可哀想ではないのですか？　冬のお披露目の時に貴族が集まる前で一人だけフェシュピールが弾けずに恥をかく方がよほど可哀想だと思いますけれど、養父様はどう思っていらっしゃるのですか？」

自分が嫌だったことを取り除いてやりたい親の心情と言えば聞こえは良いけれど、実態《じったい》は優しい虐待《ぎゃくたい》だ。親心であり、自分がしていることが悪いことだと思っていないジルヴェスターに、わたしは近い未来に起こることを突きつけた。

「……それはそうだが、幼い頃から練習させているのだ。フェシュピールくらいは弾けるだろう？」

自分の子供時代を引き合いに出すジルヴェスターの前に、リヒャルダが目を吊り上げて、ずいっと進み出た。

「ジルヴェスター様、わたくし、本日ヴィルフリート様は練習が嫌で常に逃げ出しているため、未だに音階《おんかい》さえ押さえられない、と楽師《がくし》から伺いましたけれど、どのように弾くのです？　何年たっても基本文字がわからないのに、どのようにして領主の仕事をさせるのです？」
「今はできなくても、いずれできるようになる」
「嫌々でも必要なことを叩き込まれたジルヴェスター様と、叩き込む者がいないヴィルフリート様では基礎が全く違うと言っているのです。どこまで頑《かたく》ななのですか。執務の時のように問題点を直視なさいませ！」

ビシッと領主を叱りつける姿を見ていると、リヒャルダはやはり領主の血族の教育係にした方が良いと思う。

「ジルヴェスター様、もうお義母様もいらっしゃらないことですし、ヴィルフリートの教育に関することは全てわたくしに返していただきます。お義母様や前神殿長をギリギリまで断罪できなかったように、身内に関しては現状を認めようとしない貴方にヴィルフリートはお任せできません」

笑顔ですっぱりとジルヴェスターに役立たずの烙印《らくいん》を押したフロレンツィアが、ジルヴェスターに背中を向けるように少し座り直して、わたしを真っ直ぐに見た。

「ローゼマイン、孤児院の子供達に一冬で読み書き計算ができるようにした貴女ならばどのように環境を整えますか？　環境を整えれば、今なら、まだ冬のお披露目に間に合うかもしれません」

我が子を何とかしたいと思う母親の真剣な眼差しに、わたしはコクリと頷く。

「そうですね。まず、きちんと跡継ぎ争いをさせます。今の怠惰な状態では継がせられない、と本人に告げて危機感を持たせます。本人だけが危機感を持っても仕方がないので、側仕えや護衛騎士も真剣に取り組めない人はどんどん入れ替えます」

「すぐに全員を入れ替えるのではないのですか？」

フロレンツィアの言葉にわたしは苦い笑みを浮かべて首を横に振った。

「側仕えは生活に密接していますから、いきなり全員の顔ぶれが変わるのも落ち着かないと思います。慣れた顔ぶれを残す代わりに、監督役としてリヒャルダを付けます」

「リヒャルダを？　貴女の筆頭側仕えではないですか」

驚いた声を上げてフロレンツィアはわたしとリヒャルダを見比べる。

「わたくしはこれから収穫祭がありますし、孤児院の冬支度をしなければなりません。冬の社交界まではほとんど城にいる期間がないのです。その間、リヒャルダにヴィルフリート兄様の側仕えと護衛騎士を教育し直してもらえば良いのです」

わたしの部屋の雑事だけならば、他にも側仕えはいる。ヴィルフリートの教育も大事だが、それ以上に周囲の教育が必要なのだ。領主も頭が上がらないリヒャルダに、次期領主を育てるということがどういうことなのか徹底的に叩き込んでもらえば良い。

「それは……心強いですけれど、リヒャルダはよろしいのですか？」

「もちろんです、フロレンツィア様。ヴィルフリート様をそのままにはしておけませんからね」

じろりとオズヴァルトを睨むリヒャルダは完全に臨戦態勢《りんせんたいせい》だ。頼もしい。

「では、リヒャルダに主として命じます。わたくしが不在の時はヴィルフリート兄様のお部屋で監督役として、ヴィルフリート兄様の環境を整えることに全力を尽くしてください」

「確かに拝命いたしました」

リヒャルダがその場に跪き、首《こうべ》を垂れる。少し安心したようにフロレンツィアの笑顔から怒りが薄くなった。

「それから、成長のためには親の背中を見せると良いです。具体的には仕事をしている父親の姿を見て、将来はこのような仕事をするのだと目と心に刻み、目標にするのです。二、三日に一度、それほど長い時間でなくても良いので、養父様の執務室で机を並べてみるのはいかがでしょう？」

自分が担う仕事内容や責任がわからないから、簡単に身分を振りかざすのだ。領主になればしなければならないことを教えた方が良い。

「まぁ、それは素敵な考えだわ。執務室でヴィルフリートはお勉強を、ジルヴェスター様は執務をなさるのですね？」

「フロレンツィア……」

困ったような声で呼びかける微かなジルヴェスターの反抗は、フロレンツィアのやんわりとした雰囲気の笑顔に封じ込められる。

「息子のお手本となる方が、お忍《しの》びと称して下町を出歩くより大事ですもの。ジルヴェスター様も父親として協力していただけますよね？」

「……も、もちろんだ」

ジルヴェスターは「何故下町に出たことを知っている？」と言わんばかりの顔で了承する。情報を掻き集めておいて、すぐに問い詰めたり、禁止したりするのではなく、ここぞという時に効果的に使うフロレンツィアの手腕は見習った方が良さそうだ。

「他には何か思いつくことはございませんか？」

「……後は、護衛騎士でしょうか。ヴィルフリート兄様に手心を加えず捕まえて、躊躇いもなく椅子に縛り付けられるような人でなければ護衛騎士には向きません。ランプレヒト兄様より、エックハルト兄様の方が向いていると思うのですけれど……」

成人して一年半のランプレヒトよりも、成人して数年たっているエックハルトの方が色々な意味で立ち回りもうまいと思う。それに、フェルディナンドと年が近くて一緒にいる時間が多かったことからフェルディナンドを尊敬していると言っていた。きっとエックハルトは笑顔でフェルディナンドのように厳しく接することができそうなのだ。

「エックハルトは駄目だ。ヴィルフリート様の洗礼式の前に一応声をかけたが、断られている」

頭を振ったのはカルステッドだった。

わたしが「一応？」と首を傾げると、フェルディナンドが軽く肩を竦めた。

「ローゼマイン、エックハルトは神殿へ入る際に一度解任した私の護衛騎士だ。今は騎士団で新人の訓練や事務仕事をしているが、公的な場に出る時は未だに私の護衛騎士として付き従っている」

初めて知った。そうか、フェルディナンドも領主の子なのだから、護衛騎士がいてもおかしくない。神殿でも城でも付き従っているのを見たことがなかったので全く思いつかなかった。

「わたくしは神殿に護衛騎士を連れているのですから、フェルディナンド様も護衛騎士をお連れすればよいのでは？」

「いや、領主の養女として領主の命で神殿長となったローゼマインと、政治の世界と関わらないことを対外的に示すために自ら神殿に入った私では立場が違う」

そう言われれば「そういうものなのですか」と納得するしかない。けれど、フェルディナンドを冷遇してきたジルヴェスターの母親も失脚したのだから還俗《げんぞく》はしないのだろうか。いや、還俗して神殿からいなくなられると困るのはわたしだけれど。

「エックハルトはフェルディナンド以外に仕える気はないそうだ。次期領主の護衛騎士という立場を蹴って、神官となったフェルディナンドに今でも嬉々として付き従う変わり者だ」

そう言ってカルステッドが苦笑する。そこまでフェルディナンドに肩入れしているならば、フェルディナンドを冷遇してきた人に養育されたヴィルフリートに仕えるのは絶対に避けたいだろう。無理やり仕えさせたら、ヴィルフリートに変な八つ当たりをされそうだ。

「エックハルト兄様が駄目ならば、ランプレヒト兄様を鍛えるしかないですね」

「フン、いくら環境を改善したところで本人にやる気がなければ無駄だ。あれを排して、幼い弟妹の教育に力を入れた方が良い。役に立たぬ無能は早目に退けておけ。禍根《かこん》を残したら面倒だ」

何とかヴィルフリートの現状を改善しようとする流れが気に入らないのか、フェルディナンドは鼻を鳴らして冷たく言い放った。

「待ってください、フェルディナンド様。まだダメではありません。環境が悪かっただけならば環境を整えれば大丈夫です。先程フェルディナンド様が認めてくださったわたくしの側仕えは、孤児院一の問題児と言われたギルですよ。十歳でも本人にやる気があれば変われるのです。ヴィルフリート兄様は七歳ですもの。まだ間に合います」

変わろうと本人が思えば、目を見張るほどの成長も可能な年だ。ヴィルフリートを擁護《ようご》するわたしの言葉に、ジルヴェスターが希望の光を見つけたように顔を輝かせてわたしを見た。

「本当か、ローゼマイン!? まだ間に合うのか!?」

「もちろん本人のやる気と努力次第ですよ。何もせずにできるようになることなどありません」

希望を見つけたようなジルヴェスターに比べて、苦虫を噛み潰したようなフェルディナンドが対称的すぎた。そこまでヴィルフリートを廃嫡したいのかと思っていると、フェルディナンドは手を伸ばしてぐにっとわたしの頬をつねった。

「ローゼマイン、其方、自分があれだけ課題を抱えているのに、最初から逃げ出すことしか考えていない愚か者を更生《こうせい》するような余計なことに時間と体力を使うつもりか？　其方まで愚かになるし、そのような余裕はないだろう。止めておけ」

言葉は刺々《とげとげ》しいけれど、わたしの体調を心配してくれているのだと思う。とても前向きに考えると、多分。わたしはヒリヒリする頬を押さえながらフェルディナンドを睨み上げた。

「フェルディナンド様のおっしゃる通り、わたくしにはそんな余裕はありません。けれど、環境が悪いとわかっているのに、このまま放置なり、廃嫡なりになるのは気分が悪いのです。やっと母親であるフロレンツィア様が教育に口を出せるようになったのですもの。育てられるならば育ててあげれば良いではありませんか」

「ローゼマイン、私は感情に走って余計なものを抱え込むな、と言っているのだ。君の悪い癖だ」

物分かりの悪い生徒を眺めるような呆れを含んだ金色の目に見下ろされたので、うむむ、と反抗的に唇を尖らせて、わたしはフェルディナンドを見上げた。

「……じゃあ、ヴィルフリート兄様にやる気があれば良いのですね？」

「どういう意味だ？」

「わたくし、フランに渡した予定表の中で二つの課題を出しています」

わたしが指を二本立てると、少しばかり興味を持ったようにフェルディナンドがわたしを見た。

「祈りの言葉を覚えるというものと、フェシュピールの曲を暗譜《あんぷ》するというものです。ヴィルフリート兄様が課題をこなしていたら環境が悪いだけで、やる気はあるということです。フェルディナンド様も認識を改めて教育計画に協力してください」

「協力とは私に何をさせる気だ？」

無駄だと言いたげな冷笑に、わたしもニッコリと笑う。

「ヴィルフリート兄様に廃嫡の脅しをかけて危機感を煽り、周囲と一緒になって甘やかしていたランプレヒト兄様を一喝してくださいませ」

今までにほとんど触れ合いがない親から廃嫡の話を聞かされるのはヴィルフリートが可哀想すぎる。親は褒めたり、慰《なぐさ》めたり、ご褒美を与えたりする飴《あめ》の役に置いておきたい。鞭《むち》役にピッタリな人がいるのだから適材適所というやつである。

「後は……そうですね。ヴィルフリート兄様を椅子に縛り付けてでも勉強させるというのはどうでしょう？　後がない崖っぷちであることを頭と心に刻みつけていただきたいのです。フェルディナンド様はそういうの、お得意でしょう？」

「得意か、不得意か、と聞かれれば得意だが、やりすぎる可能性は否めぬ。構わないのか？」

心胆寒からしめて谷に突き落としたい、と言っていたフェルディナンドのやる気に満ちた凄みのある笑みに、わたしは心の中で二人に合掌《がっしょう》しながら頷いた。何も知らないところで廃嫡されるよりは、夢でうなされるくらいの危機感を持つ方がよほどマシだろう。

「それで、ヴィルフリートが課題をこなせなかった場合はどうするつもりだ？」

「課題をこなせていなくて、やる気がないのだと確証が得られれば、フェルディナンド様のおっしゃるようにヴィルフリート兄様は跡継ぎの候補から外して、弟妹の教育に力を入れます」

わたしの答えにフェルディナンドが「ほぅ」と意外そうな声を上げ、ジルヴェスターが「ローゼマイン、それではヴィルフリートがあまりにも……」と焦ったように立ち上がった。

「残念ですが、養父様達が甘やかしすぎた結果ですから、その時は諦めてください。勝負は冬のお披露目までなのです。失敗したら汚名と評価はずっと残りますから本当に時間がないのですよ」

こちらの方が仕事は多いのにやる気のない子の面倒なんて見ていられません、とわたしが言うと、ジルヴェスターがこめかみを押さえてドカッと座った。そんなやり取りをフェルディナンドは見遣《みや》り、わたしとジルヴェスターを交互に見ながら意地の悪い笑みを浮かべる。

「ローゼマイン、ジルヴェスター。五の鐘から六の鐘までヴィルフリートは祈りの言葉を覚えるという課題に手を付けようとしなかった。期待するだけ無駄だぞ」

絶望的な目をするジルヴェスターと違って、わたしはそれほど悲観していない。

「無駄でも交代が終わる明日の昼まで待ちます。孤児院の子供達や工房の様子、わたくしの側仕えを見て、本当に何も感じず、何も変わらなかったのならば冬までに挽回《ばんかい》するのは無理ですから、その時はきっぱりさっぱり諦めますよ」

「その言葉、忘れるな」

勝利を確信しているようなフェルディナンドに、わたしは笑って頷いた。

「忘れません。でも、絶対に大丈夫です。わたくしの読書時間を賭《か》けてもいいですよ」

読書時間を賭けると言った瞬間、フェルディナンドの口元がひくっと動いた。真意を探るような厳しい目でわたしを見下ろし、上から下まで見る。

「……君が読書時間を賭ける根拠は？　君もヴィルフリートと接した時間は少ないであろう？」

「わたくしの根拠にヴィルフリート兄様は関係ないのです」

今度こそ得意満面にわたしは腰に手を当てて、ぐっと胸を張る。

「わたくしの側仕えは優秀ですから。わたくしが出した課題を達成しなかったことがありません。ヴィルフリート兄様に課題をさせるくらいはできるに決まっています」

軽く目を見張ったフェルディナンドがこめかみを押さえて、溜息を吐いた。そして、腕を組んで、はるか高みからわたしを見下ろす。

「得意そうなところ悪いが、フランを教育したのは私だ」

「フランだけじゃなくて、ウチの子は全員優秀なのですっ！」

冷静なフェルディナンドのツッコミにわたしが力いっぱい吠えると、周囲から堪え切れなかったような笑い声が漏れた。

次の日の午前中にわたしはモーリッツやオズヴァルトを始めとしたヴィルフリートの側仕えとフロレンツィア、リヒャルダをヴィルフリートの部屋に集めた。そして、フェルディナンドが持って来てくれたカルタと絵本とトランプを見せて、教育というよりは遊びながら学ぶ方法を教える。

「これをローゼマインが作ったのですか？」

フロレンツィアが絵本を読み、カルタと見比べながら驚嘆《きょうたん》の籠った声で呟いた。

「作ったのは工房の者ですが、考えたのはわたくしです。絵本を読み、カルタで遊んで、トランプをすることで孤児院の子供達は冬籠りの間に読み書き計算ができるようになりました」

ついでに、神や眷属の名前はもちろん、何を司っているか、神具が何かも全部知っている。

「魔術を学ぶ上で神々についてよく知っていると有利だ、と護衛騎士から聞きました。この教材で冬の間に子供達が遊べば、領地の貴族全体の水準がグッと向上すると考えています」

「……えぇ、これを全て貴族院に入る前に知っていれば後の勉強がとても楽になります。ヴィルフリートには領主の子として他の貴族達に先んじて覚えておくように指導した方が良いですね」

フロレンツィアはカルタを見つめて丁寧な仕草で触れている。やはり、カルタも絵本も貴族に売れそうだ。冬の終わりまでに増版しておいた方が良いかもしれない。

「このカルタをヴィルフリート兄様が帰ってきた午後の授業で行いましょう。まず、カルタの絵札を見ながら、読み札を先生が読んで、兄様が覚えるまで復唱させます。それから、この部分の頭文字を読んで、書いて、練習します」

麗乃時代ならば「あひるのあ」と言いながらひらがなを書くような練習である。自分の名前に使われる文字など、すでに知っている基本文字が半分ほどあるので、その基本文字を中心に読み札と絵の結び付けから行う予定だ。

書く練習をしたらカルタで遊ぶ。たくさんあるカルタの中から、自分が知っている基本文字の絵札を見つけ、その日に練習した分のカルタを取れるように頑張るのだ。カルタの相手は側仕えで、最初は読み札を完全に読み終わって十秒たってから側仕えが手を伸ばすようにする。ヴィルフリートが慣れてきたら八秒、五秒と時間を減らしていけば手加減《てかげん》もそれほど難しくないだろう。

トランプはマークの数を読み、数字に親しむために七並べから始めるのが妥当《だとう》だろう。ヴィルフリートが数字を読めるようになることと、ゲームに負けても癇癪《かんしゃく》を起さない、負けを受け入れる我慢強さを教えることが目標だ。もちろん他のゲームをしても良い。

絵本の読み聞かせは寝る前でも良いから、一日に一度は読んであげる。本文を暗記するまで聞けば耳で覚えた言葉を絵本の本文で追いかけることができるようになるので、文字への興味も少しは湧くだろう。

「側仕えに真剣みがなければ困りますから、順位表を作り、最下位が三十回以上になる側近は入れ替わり候補にしましょう。ヴィルフリート兄様にカルタで勝つくらいは簡単ですものね？」

側仕えの顔が固まった。今までの職務怠慢に全くペナルティがないと思われては困る。色々なところで、これからどんどん篩《ふるい》にかけていくのだ。「次期領主の側仕えに無能はいらない。ただでさえ、領主が望み薄いのだからな」とはフェルディナンドの弁である。

「どのゲームに関してもそうですが、全勝しても、全敗しても成長はしません。勝ったり負けたりするのが真剣さの元になるので、うまく勝たせてあげ、時には完膚《かんぷ》なきまでに叩きのめし、ヴィルフリート兄様のやる気を引き出してあげてくださいね」

お菓子の数で足し算引き算をしたり、料理のソースで皿に字を書いて読めるまで食べられないようにしたり、生活の中にどんどん教育を取り入れていくと良いと付け加えると、リヒャルダが頼もしい笑みを浮かべた。

「任せてくださいませ、姫様」

そして、四の鐘が鳴って少し経った頃、ヴィルフリートとランプレヒトがかなり憔悴《しょうすい》したような顔で戻ってきた。どうやらトラウマになるほどフェルディナンドに脅されたようだ。少しすっきりしているようで、それでいて面白くなさそうな顔のフェルディナンドを見る限り、賭けはわたしの勝ちだと思う。フフッと笑うと、嫌な顔で睨まれた。

「おかえりなさいませ、皆様。昼食の準備ができております」

領主夫妻も一緒の昼食を食べながら、ヴィルフリートの目で見た神殿について話を聞いた。やはり孤児院や工房の子供達を見て、衝撃を受けたらしい。その話を聞いた後、課題達成したことを両親から褒めてもらう。同時に、ヴィルフリートとランプレヒトに見せるための茶番だが、領主夫妻に対してフェルディナンドから叱責交じりの報告があり、わたしの目から見たヴィルフリートの教育環境がおかしいことも報告した。

「……以上の観点から、生活環境の改善、もしくは、ヴィルフリートの廃嫡を望む」

厳しいフェルディナンドの言葉に二人は青ざめて、すがるような視線でジルヴェスターを見た。全ての視線を集めたジルヴェスターは少し考えるようにゆっくりと顎を撫でて、「わかった。その件に関しては冬のお披露目を見て考えよう」と答えた。

「冬のお披露目までに基本文字を全て書けるようになること、数字を書き、簡単な計算ができるようになること、フェシュピールを一曲弾けるようになることができれば現状維持とする」

「冬のお披露目まで……？」

ヴィルフリートとランプレヒトは突きつけられた期限と課題に顔色を変えた。それはそうだろう。数年かけてできなかったことができるようになるとは思えないに違いない。

「大丈夫ですよ、ヴィルフリート兄様。孤児院の子供達が文字を覚えるために使った教材を届けておきましたから、一日で二つの課題を達成できたヴィルフリート兄様なら、冬までにギリギリ間に合うと思います。気を抜いたら、そこで終了ですけれど」

「……うむ」

「ギリギリ……」

基本文字にしても、数字にしても、半分くらいはわかっている。わたしが作成した毎日の頑張り表を全て塗りつぶすことができれば、目標は達成できることになっているのだ。

「ローゼマインは機嫌が良さそうだが、一日城で何をしていたのだ？」

「大半はヴィルフリート兄様の教育計画を立てていましたけれど、自由時間には図書室でひたすら本を読んでいました。寝る前と朝起きた後も借りてきた本が読める幸せの一日でした」

「……本を読む幸せ？　理解できぬぞ」

それは文字が読めないからだ。読めるようになれば、きっとこの幸せが理解できるようになる。理解できれば、わたしと同じように蔵書の多い図書室が身近にある幸せに涙を浮かべて感動するようになると思う。

「ヴィルフリート兄様は外に出たいのですよね？　あと三日ほど生活を交換いたしませんか？」

「絶対に嫌だ」

恐怖に顔を歪めた即答だった。よほどフェルディナンドにいじめられたらしい。

「だって、ヴィルフリート兄様ばかり、こんなに気楽で幸せな生活をしているなんてずるいじゃないですか。わたくしも自由時間がたっぷりあって読書し放題の生活がしたいです」

「うっ……。ローゼマインに、ずるい、とはもう言わぬ。その、悪かった」

ヴィルフリートがそう言って、ぷいっと横を向く。顔を合わせる度に「ずるい」を連発するヴィルフリートがあまりにも鬱陶しいので、もう二度と「ずるい」と言えないようにしようと思ったわたしの生活入れ替え計画は無事に当初の目的を達成できたようだ。

……満足、満足。うふふん。

「昼食後の午後の授業には、わたくしも参加しようと思っているのですが……」

「ローゼマインは駄目だ」

フェルディナンドが先にやるべきことがある、と言った。

「すでに面会予約をしてある。其方は収穫祭の時に同行する者と顔合わせと打ち合わせ、その後は、文官と話をして、ハッセへの根回しをしなければならない」

それは確かにヴィルフリートの勉強よりも優先しなければならない案件だ。

「戻るまでに、できるだけカルタを覚えておくのだな。ローゼマインは初心者にも容赦しないぞ」

初心者にも容赦しないというのはリバーシの時のことだろう。あれはフェルディナンドに勝てるのが最初しかないと思ったから、全力で行っただけだ。さすがに、ヴィルフリートのような子供相手のカルタで本気を出すなんてしない。

「……そんな昔のことをねちねちと。しつこい殿方は好かれませんよ」

「私のことを好く人間は少ない。嫌われているのが普通なので、特に気にしなければ良かろう」

……全然大丈夫じゃない。誰か、この人にも更生計画を立ててあげて！　人としてどこかおかしいよ。本が好きすぎて人として壊れている、と言われてたわたしじゃ更生計画なんて立てられないから、誰か、誰か、お願い！

収穫祭の準備

本館にある会議室のような部屋で収穫祭の打ち合わせを行うと言われたわたしは、オティーリエと護衛騎士四人を連れてレッサーバスでちょこちょことフェルディナンドを追いかける。すれ違う文官がぎょっとしてレッサーバスを見る度にフェルディナンドが嫌そうな顔でレッサーバスを見るのがちょっと楽しくなってきた頃、会議室に着いた。

「待たせたな、エックハルト、ユストクス」

それほどの広さはなく、六人ほどが座れるようにテーブルと椅子があるだけの部屋に二人の人物が跪いて待っていた。エックハルトはわかるので、もう一人の、灰色の髪でやや小柄で細身の男性がユストクスだろう。

「ローゼマイン、ユストクスだ。君の筆頭側仕えであるリヒャルダの息子で、今回の収穫祭に徴税官として君に同行することになっている」

「風の女神シュツェーリアの守る実りの日、神々のお導きによる出会いに祝福を祈ることをお許しください」

「許します」

面倒で長ったらしい挨拶を交わすと、二人がすっと立ち上がった。ユストクスの茶色の瞳がわたしをじっと見下ろしている。わたしがわずかに首を傾げると、フッと労《いた》わるような笑みを浮かべた。

ユストクスがテーブルの上に地図を広げ、今回の収穫祭についての話が始まる。行程の確認が行われ、収穫祭での流れを確認した。フランから叩き込まれていることだが、実際に行ったことがないのであまりイメージが湧かないのだ。

「率いる馬車の数だが、一人につき二台で足りるか？」

「我々は一台でも十分ですが、ローゼマイン姫様には二台でも足りないのではございませんか？

男性は比較的身軽に行動できますが、女性はどうしても荷物が多くなります。着替え一つとっても複数の側仕えが必要になるでしょう」

ユストクスの言葉にフェルディナンドは面白がるような目でわたしを見た。

「ローゼマイン、其方の側仕えは誰を連れて行くつもりだ？」

「わたくしは神殿長として赴くのですから、今回は神殿の側仕えを連れるのですよね？　でしたら、フランとモニカとニコラ、そして、専属料理人のエラですね。楽師が必要ならばロジーナも同行させますけれど、どうしましょう？」

収穫祭にわたしが同行させる人員はとても少なかったらしく、ユストクスに「それだけで足りるのですか？」と目を丸くされた。城では仕事が細分化されているけれど、神殿では特に仕事が細分化されているわけではないので少人数で事足りる。

「あ、フェルディナンド様。馬車を使わなくても、わたくしのレッサーバスを使えば……」

全てを口に出す前にフェルディナンドから「駄目だ」とあっさり却下された。

「まず、素材採集のために魔力が必要だというのに、騎獣を大きくして連日使うのは魔力の無駄だ。次に、君が何か危険に巻き込まれた場合、同行者を巻き込むことになる。君の側仕え全員をを守りきれるほどの護衛騎士など準備できぬ。最後に、体調不良などで君の集中力が切れれば危険すぎて移動が全くできなくなる。騎獣が使えなくなった時のためにも馬車は必要だ」

指を折りながら理由を並べられて、わたしは納得した。何か起こった時に一番に見捨てられるのは神殿の側仕え達だ。なるべく危険なところには同行させない方が良い。

馬車の台数が決まると、今度は収穫祭での過ごし方について注意が始まった。

「よいか、ローゼマイン？　収穫祭の間は二人からはぐれないこと。護衛も付けず、側仕えも付けずにフラフラしないこと。たくさんの料理が供されるが、側仕えの毒見もなく口に入れないこと。七の鐘が鳴ったら引き留められても就寝のために祭りの会場を離れること。そして、村長達や町長の話には全て曖昧《あいまい》に返答し、明確な答えを避けること。わからなければ、全部エックハルトやユストクスに任せても良いから余計なことはするな。それから……」

遠足や修学旅行に赴く生徒にくどくどと同じような注意をする学校の先生のようだ。細かい注意が並びすぎて、逆によくわからなくなってきた。熱心に聞き取ろうとするエックハルトと対照的に、ユストクスは「細かい性分は相変わらずですか、フェルディナンド様？」とからかうように笑う。

「フェルディナンド様が幼い子供の庇護《ひご》をする、と伺った時には心配しておりましたが、なかなかの保護者ぶりです。感心しました」

子供相手でも要求水準が高く、駄目だと思えばすっぱりと切り捨てるフェルディナンドに子供の面倒など見られるはずがない、と思っていたとユストクスが遠回しに言う。声の響きからからかっているのがわかった。軽くユストクスを睨んだフェルディナンドが、「このくらいの注意で済めばよいが……」と言いながら、わたしを見た。

冬の館には周辺の農村から千人近い人が集まるため、収穫祭もそれだけの規模の祭りになる。祭りは午後から行われ、七の鐘まで続くらしい。わたしの出番は基本的に祭りの最初で、洗礼式と成人式と結婚式を行わなければならないのだ。

……祝福の言葉が似ていてややこしいんだよね。

「収穫祭自体は七の鐘で終わるが、その後村長や町長による接待《せったい》が始まる。君が収穫祭で回るのは、去年までは前神殿長が向かっていた場所だ。神殿長が交代したことを知らせるためだが、準備されている接待は前神殿長に合わせたものになる。君が受けられる類の接待ではない。ローゼマインは就寝時間だと言い張ってその場を離れるように。決して付き合うのではないぞ」

フェルディナンドは言葉を濁したけれど、前神殿長のあれこれと納得顔のユストクスとエックハルトを見て考えれば、お酒と女が準備されている夜の接待なのだろうと予想は付く。

「接待などいらぬと言えば、何が気に入らなかったのか、どうすればよいのか、来年からはどうなるのかと、村人達が勝手に疑心暗鬼《ぎしんあんき》になって右往左往《うおうさおう》するだろう。そのため、ローゼマインの代わりに接待されるための人物としてエックハルトを付けたのだ。エックハルト、其方は可愛い妹の身代わりとして、町長や村長の相手をするように」

「フェルディナンド様の仰《おお》せのままに」

新しい神殿長が領主の養女で地位の高い子供だとわかれば、取り込みやすいと考えて寄ってくる者は大勢いると考えられるらしい。前神殿長が買収に応じる人物だったせいもあるそうだ。そのため、エックハルトはその防波堤《ぼうはてい》の役目を担い、ユストクスは徴税で目を光らせるそうだ。

「ローゼマインは目を離すと、勝手に死にかけるし、問題を起こしたり、大きくしたりと予想外のことをしでかす。其方等の注意も必要だが、ローゼマイン、君は余計なことをせずに二人の内のどちらかと行動を共にするように。わかったか？」

「はい」

収穫祭に関する話が終わると、フェルディナンドはテーブルの上に盗聴防止の魔術具を出した。皆がすっと手を伸ばしたので、わたしも小さな魔術具を手に取る。

「では、本題である素材採集の話に移る」

フェルディナンドの声にエックハルトとユストクスの顔が引き締められたものになった。素材採集は他の者に知られないように行われることのようだ。わたしも気を引き締める。

「ローゼマイン、上流貴族の娘ならば、生まれてすぐに魔力を吸い取るための魔術具が与えられる。身食《みぐ》いで死にかけて、魔力が中心近くで固まっている状態は本来あり得ないのだ。君が貴族院へ赴く前にユレーヴェの薬を作るのは、身食いで死にかけたという事実を隠すためでもある」

わたしの出生の秘密を簡単に口にしたフェルディナンドに息を呑んで思わず二人の様子を窺ったが、エックハルトもユストクスも当たり前の顔で頷いている。

「この二人は知っている。私が君について調べた時に手足として使ったのがこの二人だからな」

「えっと、それって……」

「下町で情報を集めるのは大変面白……、いえ、興味深い経験でした」

ユストクスがフッと笑った後、がらりと口調を変えた。

「マインに関しては全くと言っていいほど情報が集まらなかったからな。契約魔術の契約書でギルベルタ商会との繋がりはわかっても難しかったぞ。挑戦し甲斐があった」

姿勢を正して座っている姿は上級貴族のものなのに、口調が完全に下町のものだった。諜報《ちょうほう》活動のために動いている人だと思ってよく見ると、ユストクスは確かに髪や瞳もそれほど目立つような色ではなくて、顔立ちも普通だ。埋没しやすい、特徴のない人である。背はやや小柄だが、目立つほどの小柄ではないし、靴で誤魔化せる程度だ。細身なのも布を巻いたりすれば、体型はいくらでも誤魔化せることを考えると諜報活動向きの人だと言えるだろう。

「ローゼマイン姫様、私は情報を集めるために様々な階層の者に擬態《ぎたい》いたします。口調、動き方、態度、生活習慣を真似て情報を得る。ですから、貴女が上流貴族の娘に擬態して、領主の養女として生きていく困難さを少し理解できるつもりです。大変努力されていらっしゃる」

わたしの努力を買って、ユストクスは徴税官として同行することを決めたのだと言ってくれた。それは嬉しいけれど、どうにも腑《ふ》に落ちない。上級貴族が情報を集めるためにわざわざ下町に行くだろうか。首を傾げるわたしにフェルディナンドが呆れた顔でユストクスを見た。

「いつものことだが、ユストクスは自分に都合の良いことしか言わぬ。ローゼマイン、ユストクスは変人だ。情報と素材集めが何よりの趣味で、情報集めのために貴婦人のお茶会に忍び込もうと女の格好をしたことまである。今回は其方のお守で両方が堪能《たんのう》できて喜んでいる。あまり恩を感じる必要はない」

業となるからだ。文官業に手を出しているのは大っぴらに情報集めができて、それが職

ユストクスは幼い頃に側仕えや下働きが主の前と裏で違うことを言うことを発見した。それが情報集めに興味を持ったきっかけだそうだ。「そんなに情報集めが好きならば、文官となり、ジルヴェスター様のために有益な情報を集めてらっしゃい！」とリヒャルダに言われたらしい。

「母上に言われるままジルヴェスター様のために情報を集めていましたが、私が持っていく情報

をうまく使うのは、いつもジルヴェスター様の仕事を手伝わされていたフェルディナンド様でした。一見どうでも良さそうな情報を繋ぎ合わせて、敵対する貴族を退けたのは貴族院に入る頃ですよ。あの鮮やかさには痺《しび》れましたね」

ジルヴェスターのために、というリヒャルダの思惑通りにはいかず、ユストクスは自分の集めてきた情報をうまく使うフェルディナンドを自分の主に選んだそうだ。わたしのことを調べるために貴族が降りることがない下町に潜入しろ、とフェルディナンドに命じられた時には興奮して眠れなかったらしい。そんなことを興奮した口調で語るユストクスは間違いなく変な人だ。

「ローゼマイン姫様がフェルディナンド様の側に現れてからというもの、私の情報集めは日々充実しております。とても感謝していますよ」

あまり嬉しくない感謝をされてしまった。

「フェルディナンド様もリュエルの採集に向かわないのですか？」

地図を覗き込みながらエックハルトが尋ねると、フェルディナンドは至極残念そうに溜息を吐きながら地図を覗き込み、自分の旅程を指でなぞっていく。

「できることならば、そちらへ向かいたいとは思っているが、どうなるかわからぬな……」

「フェルディナンド様もユストクスと同じように素材採集が好きなのですか？」

あまりにも未練がましい指の動きを意外に感じてわたしが尋ねると、フェルディナンドはユストクスを見て嫌な顔になった。

「私は素材採集ではなく、手に入れた新しい素材で何を作るか考えるのが好きなのだ。珍しい素材を集めるだけで満足するユストクスと一緒にするな」

「ローゼマイン、フェルディナンド様は貴族院に在学中、御自身が望む魔術具を作るために騎士見習い達と魔獣や魔木を倒しては魔石を手に入れたり、素材を手に入れたりしていたのだ。私も何度かお供したことがある」

エックハルトの言葉にわたしの脳裏《のうり》にはトロンベ退治をしていたフェルディナンドの姿が思い浮かんだ。日常的にあのようなことをして素材を集めていたなんて、意外とワイルドな学生生活を送っていたのかもしれない。フェルディナンドの昔話は珍しいので、わたしはもうちょっと聞きたかったけれど、フェルディナンドがエックハルトを軽く睨んで黙らせた。

「強大な魔獣が出るところへ向かうならばもう少し人数が必要だが、今回は魔木から実を採集するだけなので少人数で問題ないであろう。そうだな、ユストクス？」

話を振られたユストクスがしっかりと頷いた。

「はい。ドールヴァンの村外れにあるリュエルは満月の夜に実がなる魔木です。私は以前、夏の満月に一度採集したことがありますが、風の属性が強い素材でした。ユレーヴェの材料に使う秋の素材とするならばシュツェーリアの夜が採集日として最善になるのは間違いないでしょう」

どうやら領地内で採れる素材に関する情報もユストクスが掻き集めたものらしい。ユストクスは素材を集めるのが好きなので、時期や場所にはこだわらずに色々集めたようだ。その情報を元にフェルディナンドが時期や場所を選定して、素材の採集地を決めたらしい。

「何の役に立つのか、と言われる私の情報をうまく使うのは、いつもフェルディナンド様なのです」

そう言ってユストクスは苦い笑みを浮かべた。

「今回の採集についてですが、ローゼマイン姫様はまだシュタープをお持ちではございません。そのため、魔力を溜めた魔術具としてのナイフが必要になります」

「それは今準備中だ。もうじきできる」

わたしの道具はフェルディナンドが準備中らしい。相変わらず細かいところに気が付く人だ。至れり尽くせりである。その後は採集用の革袋や手袋、ナイフなど、採集に必要な道具が確認され、ユストクスから採集の仕方についての説明があった。

「ローゼマイン姫様は採集する時、騎獣でリュエルの近くまで寄ってください。そして、リュエルの実に素手で触れて、色が変わるまで魔力を込めます。色が変わったら魔術具のナイフで刈り取って終了です。その際、魔力を遮断《しゃだん》する革手袋をして採集すれば、自分が調合するには少し使い勝手が悪くなりますが、他の人でも使える素材となります」

「わかりました。頑張ります」

収穫祭と採集に関する話を終えると、盗聴防止の魔術具をフェルディナンドに返し、二人は退室していった。次に会えるのは収穫祭への出発当日だそうだ。神殿で待ち合わせである。

「この後はカントーナを呼んである。君はおとなしく座っていなさい」

「はい」

ハッセの契約

ハッセ担当の文官であるカントーナが入室してきた。中肉中背のおじさんだが、第一印象というか、見た瞬間に頭に浮かんだ単語は「小物」だった。長い物には巻かれろ、という性格が完全に人相として出ている。良い知らせなのか、悪い知らせなのか、探ろうとする目がわたしとフェルディナンドの間を行き来する。その様子がいかにもこすっからい小役人という感じだった。身分が下の者には威張り散らして、身分が上の者には必要以上に媚《こ》びへつらうタイプだ。

貴族の挨拶を交わし、フェルディナンドが席を勧めると、カントーナの視線は更に落着きなくきょどきょどと行き来する。

「フェルディナンド様、一体何のご用でしょうか?」

「我々が揃っていることでわからぬか?」

フェルディナンドがわずかに声を低くした。カントーナは本当に身に覚えがないような顔で、必死に記憶を探り始める。自分の仕事を覚えていないのか、すでに担当を外されているのか、それとも、ハッセの案件にわたし達が関与していることを知らないのか、どれだろうか。

「大変申し訳ございませんが、心当たりがございません」

「……ハッセの町のことだ」

ほんの一瞬、目元が動いたけれど、それ以外は笑顔を崩さずに「ハッセでございますか？　何があったのでしょう？」と続ける。

「ハッセの町に孤児院と印刷工房を作る計画は領主より直々に命じられたもので、ローゼマインと後見の私が中心に進めている事業だ。先だって懇意にしている商人やローゼマインの側仕えを下見にやったのだが、彼等からの報告によると、其方はずいぶん非協力的な態度であったらしいな」

「いいえ、そのようなことは……」

カントーナはめまぐるしく色々なことを計算しているような、少し焦点《しょうてん》が合っていないような目でにっこりと笑う。笑っているが、「まずい」と必死に保身を考えている様が透けて見える。

「まるで計画を頓挫《とんざ》させたいのではないか、と疑わしい程だったと聞いたが？」

「それは何かの間違いでは……？　もしくは、商人達が揃って何か企んでいるのでしょう。彼等はお金でコロリと意見を変えますから」

それは貴方の自己紹介ですか？　と喉まで出かかった言葉を、んぐっと呑み込んだ。今日は貴族のやり方を知るために一緒にいるのだ。わたしが下手に口を出してはならない。

「では、彼等の報告が嘘だ、と……そう言うのか？」

「いいえ、そのように断言するわけではございませんが、お互いに何やら行き違いや考え違いがあるかもしれません。何しろ相手は利益のみを追求する商人でございます。彼等では我々貴族のやり方には馴染まないでしょう」

愛想笑いを張り付けて、商人、商人と言っているが、カントーナは一行の中にわたしの側仕えであるギルがいたことを知らないのだろうか。フェルディナンドから「本当に君は空気を読まないな」と言われているわたしは我慢と自重をぺいっと放り投げて口を開いた。

「わたくしの側仕えも貴族のやり方に馴染まないとおっしゃるのですか？」

全然馴染まないけどね、と心の中でこっそりと付け加えながら相手の反応を見る。まさか、わたしが口を出すとは思っていなかったようで、カントーナは目を白黒させながら、しどろもどろに「そういう意味では……」と言葉を濁した。わたしとしては「じゃあ、どういう意味？」と問い詰めてみたかったけれど、フェルディナンドにテーブルの下で軽く足をはたかれたので断念《だんねん》する。

一度目を伏せたフェルディナンドが「其方の言い分は理解した」と言った後、顔を上げてカントーナにうっすらとした笑みを向ける。

「今日の用件だが、其方、ハッセの町長と孤児を買う契約をしたのであろう？」

「え？　は、はい。それが……？」

「ローゼマインがその孤児を気に入ってしまって、半ば強引に連れ帰ってしまったのだ。だが、町長より其方とすでに契約していたと聞いてな。事実を確認しなければならぬと考えて、こうして呼び出したのだ。まるで横取りになってしまったようで、こちらとしては少々心苦しいが……」

そこで一度言葉を切り、いかにも心配そうな表情になる。作った表情なのが丸わかりだ。

「悋気《りんき》の強い其方の奥方は、其方が町を出た理由を疑っているようだな。そのような状況で成人を目前にした女の孤児を買うほど其方が愚かだと思えぬし、よほどの理由があったのであろう？」

事情を尋ねるような心配顔で脅しも入れるフェルディナンドの黒さに内心拍手していると、カントーナはざっと血の気が引いたように一瞬で青ざめた。青ざめながらもへらへらとした笑顔は崩さない辺り、とても貴族らしいと思う。

「えぇ、えぇ。深くて大変な事情がございます。けれど、あの孤児がローゼマイン様のお気に入りでしたら快くお譲りいたしましょう。こちらは契約を撤回いたします。契約書を取って参りますので、少々お待ちくださいませ」

逃げるようにカントーナが一度退室していく。パタリと閉められた扉を見た後、わたしはフェルディナンドを見上げた。

「フェルディナンド様はカントーナの奥方のことまでよくご存じですね」

「貴族同士で交渉する前にはどれだけ相手の情報を得ているかが鍵になることが多い。ユストクスの情報は雑多なので使えるものを探し出すのは大変だが、非常に役立つ」

情報ならば何でも掻き集めてくるユストクスを、恐ろしく記憶力が良くて取捨選択が得意なフェルディナンドが使えば最強で最凶《さいきょう》だろう。「自分をうまく使うのはフェルディナンド様だけだ」とユストクスが言っていたように、雑多な情報から必要な情報を探し出すのが普通は大変なのだと思う。

敵に回るつもりがなくても下町での関係や行動を調べられていたわたしとしては、ユストクスとフェルディナンドに一体何を知られているのかわからない。わたしの場合、弱みしか存在しない気がするので、フェルディナンドの敵に回った瞬間、ぷちっとやられそうだ。

「わたくし、フェルディナンド様の敵には絶対に回りませんから安心してください」

「……何だ、その唐突《とうとつ》な宣言は？　エックハルトかユストクスにでも何か妙なことを吹き込まれたのか？　揃いも揃って何の脈絡《みゃくらく》もなく唐突でわけがわからぬ」

……きっと皆、神官長のことが怖いって思ったんだよ。

後々聞いたところによると、怖いから敵に回らないと決めたへたれなわたしと違って、二人はそれぞれに理由があってフェルディナンドに心酔した結果、一生仕える主として決意した言葉だったらしい。「一緒にしないでくれ」とエックハルトに言われてしまった。

……ごめんね、エックハルト兄様。わたし、一生仕える主って感覚がよくわからないの。


わたしの唐突な宣言によってフェルディナンドが難しい顔をしているところに、カントーナが契約書を持って戻ってきた。眉間にくっきりと皺が入って不機嫌そうな顔になっているフェルディナンドの顔にビクッとしながら、カントーナはすぐさま契約書を差し出す。

「こちらが契約書になります」

「あぁ、すまぬな。……違約金はこちらが払っておくので、間違ってもハッセへ金や孤児を取りに行くような真似はせぬように」

この契約書をハッセに持って行って町長と話をすれば、孤児の引き取りに関するいざこざは終了だ。終わった、とわたしがホッと息を吐くと、カントーナはちらちらとフェルディナンドを見ながら言い訳じみた声と態度で何やら言い始めた。

「それにしても困ったものです。先程も申し上げたように深い事情がありまして、この契約は別に私が望んだものではなく、私も頼まれたものなのです」

ただの奥方への言い訳と口止めかと思ったが、カントーナも別の人に頼まれて成人女性を探しているらしい。

「どなたに頼まれたのですか？　その方ともお話は必要ですか？」

ハッセの町にとってわたし達が悪者の立場にならないように契約書を取り戻したのだ。カントーナとその依頼人にとっても横取りで悪者の立場にならないようにしたい。どちらかというと、町長より貴族の恨みを買う方がよほど面倒くさいことになりそうだ。

「わたくし、その方にも、真摯《しんし》に、誠実に、お話ししたいと存じます」

「いえ、それは……ローゼマイン様のお耳に入れる類《たぐい》のお話ではございませんので……」

カントーナが脂汗《あぶらあせ》を流しながら辞退する。視線だけでフェルディナンドに「助けてください」と訴えながら。どうやらわたしがいてはできない話らしい。

「ローゼマイン、ここはもう良い。ヴィルフリートと共に勉強してきなさい。ブリギッテ、アンゲリカ。ローゼマインを連れて一足先に戻れ」

フェルディナンドが手を振ってわたし達に退室を促す。わたしは従順に頷いて会議室を出た。

レッサーバスでヴィルフリートの部屋へ向かう。中に入ると、ヴィルフリートを持ち上げるような生ぬるいカルタの真っ最中だった。読み札を読み終えた後の十秒が長い、長い。太鼓《たいこ》持ちに囲まれたヴィルフリートがつまらなそうな顔で絵札を見ている。

部屋全体を見渡せるところでリヒャルダが静かに立っているのが見えた。多分、使えない側仕えを見極めているのだろう。リヒャルダの目が怒りに燃えているのに、静かなところが逆に怖い。

「ヴィルフリート兄様、途中からで良いのでわたくしも入れてくださいな」

かなりゆっくりと十まで数えている側仕えを笑顔で制しつつ、わたしが普通に十まで数えて即座に絵札を取る。その中には今日ヴィルフリートが覚えたばかりの文字も入っていたようだ。

「なっ⁉　ローゼマイン、速すぎるぞ！」

「違います。ヴィルフリート兄様が遅いのです。ご自分が覚えている絵札がどこにあるかくらいは、最初に並べた時にわかっているでしょう？　読み札を読み始めた瞬間に手を伸ばすくらいできなくてどうします？　こちらは十も数えて待っているのですから」

途中参加でヴィルフリートに勝利し、わたしはカルタを数えながら側仕え達をぐるりと見回す。

……あれとあれとあれは入れ替え決定。ダメダメだよ。

「もう一度やりましょうか？　今度は、今日ヴィルフリート兄様が覚えた文字を確実に取れば、ヴィルフリート兄様の勝ちにしてもいいですよ」

「ふっ。覚えた分だけならば簡単ではないか」

一回目は普通に勝たせてあげたが、二回目は時折絵札の位置をぐちゃぐちゃに置き直し、絵札の探し直しをさせて難易度を上げてみた。

「くっ！　もう一回だ！」

負けず嫌いな性格に火が付いたらしい。何度かカルタを繰り返すうちに、自分の名前に使われる基本文字は大体押さえられるようになってきた。

「それ、間違っています。『お手つき』といって、間違ったものを取った場合は一枚没収《ぼっしゅう》です」

「何っ⁉」

その一枚が大きな差となり、敗北したヴィルフリートは地団駄《じだんだ》を踏んで悔しがる。

「次までにたっぷり練習しておいてくださいませ」

「今日一日でこれだけ取れるようになったのだ。次は私が全部取るからな！」

「あら、わたくしも負けませんよ」

そうは言ってみたものの、気が付いたら孤児院の子供達に負けるようになっていたように、あっという間にヴィルフリートに負けるようになる気がする。

……うーん、ヴィルフリート兄様って、基本スペックが高い気がするんだよね。かなり記憶力良いんじゃない？　それとも、興味のあることには全力投球する養父様と同じってことかな？

「では、次はトランプで数字の勉強をしましょうか」

「……数字か」

苦手意識が強いのか、嫌そうなヴィルフリートの前にトランプを一から十まで並べていく。

「先程、カルタを取る時に十まで何度も数えましたよね？　では、順番に並んでいるので数字を押さえながら前から読んでいってください」

「いち、に、さん……」

十まで問題なく読めたので、トランプを数の大きい順に並べ替えさせたり、言った数字のカードを取らせたりする。その後、七並べをした。マークの数を読めるようになったので、少々時間はかかるけれど、七並べができるようになった。

「リヒャルダ、入れ替える側仕えは決まったかしら？」

お勉強の時間、じっと側近達の様子を見ていたリヒャルダに声をかけると、リヒャルダは部屋をぐるりと見回してニコリと笑った。

「えぇ、もちろんです。姫様はゲームに三十回負ければ入れ替える、とおっしゃいましたけれど、負けなければ入れ替えない、とは一言もおっしゃっておりませんもの。真剣さが足りない者はどんどん入れ替えていけばよろしいでしょう」

オズヴァルトも部屋の中を見回し、「本当に危機感が足りない者が多いようですね」と呟く。フロレンツィアから「失望した」と言われた自身が一番の入れ替え候補であることを知っているオズヴァルトは、リヒャルダの指示の下、今日は別人のように働いている。

……このまま主従揃って成長してくれれば良いんだけど。


六の鐘が鳴る寸前にフェルディナンドから「神殿に戻るぞ」というオルドナンツがリヒャルダのところへきた。北の離れには許可がなければ入れないので、待合室で待ってくれているらしい。

「では、ヴィルフリート兄様。わたくしは神殿に戻ります。今日のように練習すればフェシュピールも弾けるようになると思いますよ」

「うむ、わかった」

自信に満ちた顔でヴィルフリートが大きく頷いた。午前中に暗譜させられた曲を午後も忘れずに覚えていたので、フェシュピールの練習はそれほど大変でもなかったのである。ロジーナに教え込まれた音階を、一小節だけ繰り返して滑らかに指が動くまで練習した。たった五つの音を弾くだけなので、最初はぶつぶつと途切れ途切れの音でもすぐに弾けるようになった。

「思ったよりも簡単ではないか」

達成できたら塗りつぶしていく課題表が予想外に塗りつぶされている。ヴィルフリートが途中で飽きなければ冬のお披露目には間に合いそうだ。

「本当に、やればできるのですから、この調子でどんどん塗りつぶしてくださいね。今日はこの課題表を夕食の席で養父様と養母様に見せると良いですよ。きっと、とても褒めてくださいます。ヴィルフリート兄様の努力が目に見えてわかるのですから」

「そうか」

わたしは騎獣で神殿へ戻ると、自分の側仕え達を褒めちぎった。ウチの側仕えが頑張ってくれなければ、ヴィルフリートは廃嫡ルートまっしぐらだったのだ。真の功労者はウチの側仕えだ。

「皆、よくやってくれました。わたくしはとても嬉しいですし、主として誇らしいです」

「ローゼマイン様の唐突で理解できないお願いには慣れてきましたから」

フランが困ったようにそう言って笑う。そして、ヴィルフリートが神殿でどのように過ごしていたのか、側仕えから見た風景を尋ねた。

「青色神官として神殿に入ってくる洗礼前の貴族の子供として考えれば特に珍しくもございません

でした。こちらの言葉を多少なりとも聞く耳をお持ちだった分、よほど素直でしたよ」

これから先、神殿に来る青色神官見習いや青色巫女見習いのことを考えると、少し頭が痛くなった。


次の日は普通の日だ。わたしはいつも通りにフェシュピールの練習を行い、フェルディナンドのお手伝いに行く。すると、フェルディナンドに盗聴防止の魔術具を差し出された。

「昨日、其方の退席後、カントーナから聞いた話だが……」

フェルディナンドによると、今、貴族間に供給される灰色巫女の数が極端に減っているらしい。今までは神殿長に頼めば簡単に灰色巫女が手に入った。けれど、前神殿長が食い扶持《ぶち》を減らすために見目の良い者だけを残して数を減らしたのと、領主の娘であるわたしが工房で使い、孤児院で使いと、灰色巫女に役目を与えているため、手に入らなくなった。

今、灰色巫女を側仕えとして使っている青色神官に譲るように頼んでも、値段を吊り上げられているそうだ。「神官長にも神殿長にも新しい側仕えを頼みにくい」というのが青色神官の弁らしい。

貴族達にしても、前神殿長と違って花捧げに全く興味もないフェルディナンドには、灰色巫女を斡旋《あっせん》してほしいとは頼みにくいし、灰色巫女は安価だから良かったのだ。高価な金をかけてまで青色神官から買いたいほどのものでもない。結果として、周辺の町の孤児院へちょうど良い年頃の孤児がいないか、探しに行くようになったらしい。

「ローゼマイン、どうする？　灰色巫女を貴族に売るか？」

フェルディナンドがわたしを試すような目でじっと見ながら問いかける。

「……灰色巫女でいるよりも貴族の愛人の方が良いと言う灰色巫女がいれば、心情的には嫌ですけれど、就職先だと思って斡旋を考えてもよいかもしれません。でも、嫌がる灰色巫女を売る気は微《み》塵《じん》もありません。今のところ工房で養えていますし、孤児の動向を最終的に握っているのは、わたくしですから」

わたしの回答にフェルディナンドが「ふむ」と言いながら薄い金の瞳に厳しい光を宿す。

「ならば、周囲の孤児院で貴族が孤児を買うことに関してはどうするつもりだ？」

孤児の売り買いに気分が悪いと思うのは、わたしがまだこの世界の倫理観に合わせられていないからだ。けれど、以前に比べて嫌悪感は薄れている。

「……周辺の町の孤児は、町長を始め町民が養い、町民の冬の蓄《たくわ》えを買うための共有財産でもある、とベンノから伺いました。わたくしが権力で勝手をして良い対象ではないのです。全ての孤児を助けることができるわけではないのですから、目に入らないところに関しては関知しません」

領主の養女という権力を使えば、簡単に介入してハッセの孤児達を全員引き取ることは可能だ。しかし、どこでどのような軋轢《あつれき》が出るのかわからないし、孤児がいるのはハッセだけではない。わたしには全ての孤児を救うような力はないのである。

何より、神殿長であるわたしが考えなければならないのは神殿の孤児院のことだ。余所の町の孤児院にまで考えなしに手を広げるのは間違っている、と言われている。ハッセの小神殿についてはわたしの管轄内なので何とかする。それ以外の目に入らないところは関知しない。納得はしたくないが、呑み込まなければこれから先やっていけない。

「そうか。少しは学習しているようで何よりだ」

わたしの回答にフェルディナンドは満足したように頷いた後、意地の悪い顔になって更に質問を重ねた。

「では、ローゼマイン。ハッセの町長のところにいる孤児に関してはどうする？　あれは一応其方の目に入ったであろう？」

わたしは一度唇を噛んだ後、軽く頭を振った。

「神殿の孤児院と違って他の町の孤児達は、男の子の場合は成人したら町民として畑がもらえるそうです。女の子も畑を得られて結婚先の斡旋がされるようです。成人したら町民になれるのであれば、孤児院に入って神官として一生過ごすよりも、自分の見知った土地と習慣の中で一人の町民として生きていく方が幸せになれるかもしれません」

それまでの習慣を全て否定され、教育を受け直して、神殿の孤児院で神官や巫女として先が見えないままに貴族のすぐ近くで生きていくのと、生活は厳しいかもしれないが、自分の理解が及ぶ世界の中で生きていくのと、どちらが正解かなど本人にしかわからない。周囲からどのように見えようとも、わたしはできることならば領主の養女ではなく、家族と一緒にいたかったのだから。

「一度選択肢は与えています。彼等がこちらの孤児院を選ばなかった時点で、わたくしが手を出す対象ではありません」

領主の娘としては正しい答えだと確信を持てるわたしの回答に、フェルディナンドは「よろしい」と頷いた。満足そうなフェルディナンドを見て、間違えずに済んだことに胸を撫で下ろしながら、ゆっくりと視線を伏せていく。

……あぁ、嫌だ。

自分の中の常識がまた一つ、貴族色に塗り潰された感じがした。

商人の活動開始

ギルベルタ商会の面々を連れて隠し部屋に入るのは恒例《こうれい》になってきた。もうブリギッテも当然のような顔で見送ってくれ、ダームエルがげんなりした顔でついて来る。わたしがその顔に見慣れてきたのだから、ダームエルもいい加減に慣れればいいのに、まだわたしがルッツに引っ付くのに慣れないらしい。

「ルッツ、ルッツ、ルッツ！　もう嫌ぁ！　面倒くさい！　頭が爆発しそう！」

「今度は何だ⁉」

「貴族の常識、わたしの非常識！　わたしの常識、皆の非常識！　合わせるの、きついんだよ！　考えたくないんだよ！　あー、もー！」

「ローゼマイン様、デリアになってます」

ギルが笑いながらそう指摘する。わたしが叫んで発散しているうちは大したことがないと判断されているようで、誰も深刻な顔をしていない。

「ホントに全力で叫びたい気分だもん。もー、嫌！　って」

「で、叫んでスッキリしたのか？」

「ん。ちょっとだけどね」

全力で吠えたら少しはすっきりした。城の自室はもちろん、神殿長室でもさすがに本音を全力で叫ぶわけにはいかない。周囲が一生懸命に作り上げている聖女伝説が崩れ落ちてしまう。これでも一応お嬢様らしく、と頑張っているのだ。

ルッツにひとしきり不満を訴えた後、はーっと息を吐いたわたしはギルベルタ商会の面々をぐるりと見回した。

「とりあえず、ものすごく頑張ったから褒めてください。養父様から印刷業はわたしのペースでして良いって言質《げんち》をとって、カントーナからハッセの契約を白紙にしてもらって契約書を取り上げてきました。神官長によると、ハッセの担当がカントーナから別の人に代わったそうです。ついでに、神官長からは噂に関してても好きにしてみろという言葉をもらったんですよ。頑張ったでしょ？」

うふふん、と胸を張ってみると、ルッツがぐりぐりとわたしの頭を撫でてくれた。

「おぉ、すげぇな。頑張った、頑張った」

「よくやった、ローゼマイン。これでずいぶん楽になるぞ」

「えぇ、冬の間は紙が作れませんから、どうしても印刷業は停滞《ていたい》気味になります。領主様から催促がないとわかっただけでも安心できました。これでハッセの案件に全力で取り掛かれますね」

面倒だったり嫌な気分になったりしつつ、頑張った甲斐があったようだ。全員から褒めてもらった。元気充電。もうちょっと頑張れそうである。

「えーと、それでは、これから流す噂に関してなのですけれど……わたしにはこの辺りの商人の間で噂が回る速度やその影響力がどの程度のものなのか全くわからないので、今回はマルクさんのやり方を勉強させてもらいますね」

わたしの声にマルクがやる気に満ちた笑顔を向けてくる。にこりと笑うマルクの笑顔が黒いけれど、何か企んでいるフェルディナンドの笑顔に比べれば爽やかなものだ。

「ローゼマイン様のお勉強のためならば、こちらとしても精一杯努力しましょう。どのように追い詰め……もとい、最終的にはどのような形に持って行きたいか、決まっていますか？」

……ハッセの町長、本当にベンノさんやマルクさんにどんな対応をしたんだろう？

知りたいけれど、聞きたくない。

「最終的にハッセと小神殿が持ちつ持たれつの関係になれれば良いと思っています。わたしの聖女伝説を加速させることでフェルディナンド様への点数稼ぎをしつつ、ハッセにわたしと協力体制を取った方が良いと考える反町長派を作り出して、なるべく被害を最小に抑えたいです。町長は……もうどうしようもないのですけれど、ハッセは冬の館がある町だから周辺の農村の人もたくさん集うでしょ？　神殿襲撃には全く関係のない農村の被害が今よりも少なければ嬉しいです」

「今よりも、ということは、町長以外への罰はすでに決定しているのですか？」

わたしがコクリと頷くと、マルクが少し目を見張り、ベンノが小さく息を呑んだ。

「噂として流したり、町民の不安を煽るのに使ったりしても良いと言われています。神官長の決定として、来年の春の祈念式にハッセには青色神官を誰も出さないそうです」

「……それは、農民にとってはきついな」

基本的には領主が領地を守っているので領地には魔力が満ちている。しかし、それは薄く広く覆われた魔力で、領民全体を食べさせていくにはもう少し魔力を加えなければならないそうだ。そこで、貴族としては使えないけれど、魔力を持っている青色神官が領地の各地に派遣されて春の祈念式として魔力の提供を行うことになっている。

祈念式の祝福を得ることで、農村には魔力が行き渡り、その祝福が収穫に結構響くらしい。一年や二年ならば農民達が手間暇《てまひま》をかければ例年通り収穫できるようだが、魔力が不十分ならば土地がだんだん痩せていくので難しくなるそうだ。政変後、若くて魔力が多めの青色神官達が貴族社会へ戻ったことで神官や巫女の数と質がぐっと下がった。そのためにエーレンフェストの土地を満たすための魔力は少しずつ減っていたらしい。今年はわたしが祝福したので去年より収穫量が増えるだろう、とフェルディナンドは予測している。来年の祈念式でわたしが祝福する土地と、祈念式さえ行われないハッセでは収穫量に大きな違いが出るだろう、と言っていた。

「次の収穫祭までのハッセの様子やわたしのやり方を見て、次の罰を下すかどうか、範囲をどうするか考えると神官長は言っていました」

ベンノが腕を組んで、ふぅむと難しい顔で唸る。

「ローゼマイン、文官とハッセの契約は白紙になったと言ったが、町長との契約は結局どうなったんだ？　孤児達の料金は払ったのか？」

「これからです。明後日、神官長と一緒にハッセに行くことになっています」

ほうほう、と頷きながらマルクは書字板にメモを取った後、細めの目を光らせてベンノを見た。

「では、旦那様。ハッセの町民は孤児を取られたくらいで神官に無礼な態度を取ったらしい。他の神官が怒っているのをローゼマイン様が抑えている、というような噂を流すのはどうでしょう？」

「いいんじゃないか？　ローゼマイン様でなければその場で殺されていても文句は言えない所業だ、と自分達の意見も加えながら流せばいいだろう。大事なのはローゼマイン様の慈悲で処罰を今のところ免れている、という点を強調することだな」

ベンノが顎を撫でながらマルクの意見に頷いた。二人のやり取りをルッツが真剣な顔で見つめる。

「この噂を流した後で我々がハッセに行けば、木工工房辺りの顔馴染みの町民が接触してくるでしょう。その時に、ローゼマイン様がハッセはどうなってしまうのか、ひどい結果にならなければ良い、と憂えていることを伝えましょう。同時にエーレンフェストの街ならばどうなるのか教えておきます。そうすれば貴族に対する恐怖に震え、町長に反抗する者と、これまでの貴族との繋がりを使って何とかしようと町長におもねる者に分かれるはずです」

これまで前神殿長との繋がりで便宜を図ってもらっていて、それを裏付ける手紙が届いているならば今後も同じような手段を取るだろう、とマルクが予想する。

「噂が順調に広がっていれば、収穫祭で必ず顔色を変えた町民の接触があるでしょう。その時にローゼマイン様は、春の祈念式に神官を派遣しないと神官長が決めた、頑張って取り成しているけれど神官達と領主の怒りが深い、と側仕えに伝えさせるのです。そうすれば嫌でも冬の館での話題となり、色々と話し合いが行われます」

ふむふむと頷きながら、わたしが自分のやるべきことを書字板に書き留めていると、ベンノが少しばかり首を傾げた。

「マルク、領主が娘のために作った小神殿にハッセの町民が攻撃を仕掛けたらしい。いくら神殿長が慈悲深くても庇いきれないだろう、という噂を流す方が先じゃなかったか？」

「それはローゼマイン様ではなく我々の仕事です、旦那様。収穫祭が終わり、我々が神官を連れてエーレンフェストへ戻る時に余所の農村の者に流すのですよ」

もし、収穫祭前に領主一族への反逆容疑に自分達も巻き込まれていると農村の者が知れば、収穫祭どころではない。町中が大パニックになるだろうし、神殿長として出席するわたしも詰め寄られる可能性が高くて危険になる。

「後が大変なのですから、収穫祭だけでも楽しめるようにという配慮です。噂に慌てて神殿に詳細を問い合わせようにも前神殿長はおらず、慈悲深いローゼマイン様を始め、青色神官は収穫祭のために不在ですからどうにもなりません。我々から少しでも情報を集めようとエーレンフェストでうろうろすることも考えられますが、こちらはそれ以上の情報などないと突っぱねれば終了です」

情報を制する者は全てを制する、という言葉が微笑むマルクの背後に浮かんで見えた。

「小神殿の一件は領主一族への反逆罪ですからね。ローゼマイン様でも庇えるわけがありません。ハッセはどのような結論を出すでしょう。……あぁ、先走って町長を殺されることがないように、責任を取って裁かれるのはやはり町長でしょうか、という一言も入れておかなければ」

冬の間に町長の立場は一体どのように変わるでしょう、とマルクが唇を歪めた。町長への報復が最優先という思考が透けて見えるけれど構わないだろう。町長を孤立させるようにフェルディナンドから言われていたし、課題がクリアできるならばそれでいい。

「……つまり、噂だけ流したら放置しておくということですか？」

「そうだ。収穫祭の後、小神殿を閉鎖したお前がハッセに赴くことはないだろうし、俺達もお前が小神殿を引き上げて次の冬の館へ向かうのと同時に、神官達を連れてエーレンフェストに戻るからな。ハッセの奴等がどういう結論を出すのか、町長に代わって町をまとめられる人物が出てくるのか、放っておいて待つしかない」

ベンノの言葉に、わたしは収穫祭を終えれば春までハッセに関して手を付けずに済むことがわかって心が軽くなった。

「じゃあ、わたしは春までハッセについては考えなくていいんですね」

「こら、待て。ちょっとは考えろ」

「でも、わたしにできることなんてないでしょう？　元々わたしは小難しいことを考えたくないんですよ。苦手なんです。いっぱい本がある図書室に引きこもって、本が読めたらそれでいいんですよ。印刷するための工房を円滑《えんかつ》に運用するために、ハッセとはある程度の協力状態を作り上げておきたいと思ってるけど、町長や町民の行く末なんて命さえ関わらなければどうでもいいんです」

フェルディナンドを始めとする貴族の論理が動くと町を丸ごと潰されたり、無実の死人がたくさん出たりしそうなので、なけなしの頭を使っているだけだ。

「面倒でも俺達の采配を振るっているのはお前になるんだ。状況把握くらいには頭を使え。知りませんでした、ではハッセの町長と同じだ」

「えーと、じゃあ、収穫祭までの間、どんなふうに町の中に噂が広がっていくのか、ハッセの町へ行く商人の様子や町の変化をルッツとギルに見ていて欲しいです。騎獣でちょくちょく様子を見に行くから二人ともわたしに報告してちょうだい」

「別にいいけど、どうせ情報だけが目的じゃないんだろ？」

ルッツがちらりとわたしを見て、お見通しというように唇の端を上げる。

……どうしてバレたんだろうね。

「収穫祭までに豚の皮か牛の皮を買い取って、ハッセで膠作りをお願いしたいの。去年作った分がまだ余ってるけど、これから先にどのくらい使うかわからないし、今年も一応作っておきたいんだよね。膠作りの合間に町の様子も見てくれると助かるな」

「そんなことだろうと思った。膠作りの合間に町の様子を見ていればいいんだな？」

ルッツとギルが「任せておけ」と了承してくれた。マルクが指揮をするままに動きそうなハッセの町より、わたしにとっては来年のための膠作りの方が大切だ。

「あとね、これ。届けて欲しいんだけどいい？」

わたしはルッツに家族宛ての手紙を差し出した。近況報告を少しと、母さんとトゥーリには冬のお披露目で付けるための髪飾りの依頼と、父さんには収穫祭で神官達を移送してもらうベンノ達の護衛依頼だ。小神殿から神官達を連れて帰ってくるのに、護衛の兵士を付けておきたい。ハッセに物騒な噂を流して、荒らして帰ってくるならば尚更だ。

「ベンノさん。収穫祭とはいえ、さすがに、護衛の兵士にお酒を出すわけにいかないから、せめて、ウチの料理人の豪華料理でも味わってもらいたいと思ってるんです。食材の調達もお願いしていいですか?」

「わかった。ハッセで売る商品の他に、食材も運んでやろう。料理は護衛の兵士達だけじゃなくて、こっちの分もよろしく頼む。それから、増えた荷馬車はお前持ちだ」

「……わかりました。よろしくお願いします」


マルクに噂を流す許可を出して二日たった。すでにギルド長を中心とした大店の旦那達には「ハッセの町民は孤児を取られたくらいで、神官に無礼な態度を取ったらしい。他の神官が怒っているのを新しい神殿長が抑えている」という情報が回り始めている、とルッツから報告があった。

今日はカントーナから受け取った契約書を持って、フェルディナンドと一緒にハッセの町へ向かう日だ。側仕えのフランとモニカ、護衛騎士のダームエルとブリギッテが同行する。

「さて、あの者達も少しは自分達の置かれた状況を把握できているだろうか?」

フェルディナンドの言葉に、わたしは緩く首を傾げた。手紙が読めていれば平身低頭《へいしんていとう》で接してくるだろうけれど、はたして読める人がいるだろうか。

わたしとしては平民にわかりやすい言葉で書いてあげても良かったのだが、「領主の娘であり、神殿長という役職に就いているのですから、お手紙一つとはいえ、きちんと体裁《ていさい》を整えなければ子供だと見くびられます」とフランがひんやりとした笑顔で釘を刺してきたのだ。フランの笑顔が、自分の主に対する扱いに怒るマルクの笑顔ととてもよく似ていて、わたしは貴族らしい言い回しで書くしかなかったのである。

「……あのお手紙が読めていれば良いのですけれど、貴族の言い回しに慣れた方でなければ正しい読み取りは難しいと思います」

手紙が読めなくてもエーレンフェストとハッセは馬車で半日足らずのところだから、もしかしたらマルクが流した情報はハッセにも回っているかもしれない。それとも、巻き添えを恐れた商人達が足早にハッセを通り抜けていくことで、ほとんど知られていないままなのだろうか。

小神殿から町長の館までは騎獣で移動した。馬車をいくつか連ねた商人の隊商がこちらを指差して何か言っているのが見える。今まで神殿長は馬車で移動していたようなので、貴族のみが扱う騎獣で町長のところへと乗り付ければ噂の信憑性が増すに違いない。

レッサーバスに同乗していたフランとモニカとブリギッテが出ると、わたしはレッサーバスを魔石に戻して腰の飾りへ片付ける。騎獣の出し入れにも慣れてきて、手早くできるようになってきた。

「神殿長、神官長、お待ちしておりました」

リヒトと名乗る男性が出迎えてくれた。前に来た時には見なかった顔だが、町長の親戚で雑務を手伝っているらしい。多分、町長の補佐を全般的に引き受けているのだろう。町長よりは事務仕事が有能そうに見える。見た感じはカルステッドと同じくらいだろうか。三十代の半ばから後半という感じだ。上と下に気を使っている中間管理職の雰囲気が漂っている人である。

「今日は一体どのようなご用件でしょうか？」

貴族に対する挨拶をした後のリヒトの言葉に、フランが前に進み出て本日の用件を伝える。

「面会依頼の手紙にも書かせていただいた通り、正式に孤児を買い取るために参りました」

フランの言葉にリヒトは軽く頷いた。それでも、腑に落ちないというか、何故そのような展開になったのかわからないというように首を傾げている。

「こちらとしては大変ありがたいお話ですが……」

「懇意にしている商人に指摘されるまで、ローゼマイン様も我々も孤児を売ったお金でハッセの町が冬を越していることを知らなかったのです。ハッセの町が養っている孤児を引き取るだけのつもりでしたし、孤児を引き取ればハッセへの負担が減ると思っておりました」

これは本当のことだ。孤児院の院長をしていれば、孤児を養うのにはかなりお金がかかることが嫌でもわかる。孤児を満足に食べさせるだけのお金がないならば、小神殿で孤児を引き取ればハッセの町も負担が無くなって助かるだろう、と考えていた。

「貴族と契約している孤児を勝手に連れて行ってしまうと、ハッセの町がとても困るのですってね。わたくし、神殿育ちですからどうしても世事《せじ》に疎くて……」

困ったわ、と手を頬に当ててわずかに首を傾げて見せる。君のどこが世事に疎いのだ、と冷ややかに見下ろしているフェルディナンドは完全に無視だ。

「ですから、ローゼマイン様は文官のカントーナ様と連絡をお取りになり、こうして契約を取り消す旨に同意をいただきました」

フランがカントーナとの契約書を見せると、リヒトはホッとしたように表情を和らげた。やはり、孤児を連れて行かれてしまい、貴族との軋轢を考えると胃が痛い思いをしていたのだろう。

「カントーナとの契約を破棄し、わたくしがノーラ達を正式に買い取ろうと思うのですけれど、よろしくて？」

「もちろんです。こちらへどうぞ」

リヒトの言動からは、まだ商人達の間で出始めた噂が届いている気配がない。この辺りの情報伝達は一体どんな感じなのだろうか。街から出ることはもちろん、周囲の噂話を家族やルッツ以外から聞いたことがなかったわたしには農村での情報伝達がどのようなものかわからない。

わたし達は町長の部屋へと通され、席を勧められた。出されたのはお茶ではなく、付近で採れたフェリジーネを絞った新鮮なジュースだ。貴族用に準備されているのだろう、銀の杯にピンク色の液体が注がれる。お茶をおいしく入れるには技術と茶葉の品質が大事だ。滅多に来ることがない貴族の客のために高いお茶を常備するほどの余裕はないのだと思われる。

「お酒はどちらをお好みでしょうか？」

わたしにはジュースだったが、フェルディナンドにはお酒が勧められた。

……昼間からいきなりお酒？　契約に来たのに？

わたし達が目を瞬いて首を傾げると、リヒトもまた思わぬ反応にあったように目を瞬く。どうやら前神殿長や文官達はお酒で歓待《かんたい》するのが当然だったようだ。

「酒はいらぬ。私は神殿長と同じで良い」

そう言ったフェルディナンドにも同じように銀の杯が出され、果汁が注がれる。フランが銀の杯を手に取り、匂いを嗅《か》いだり、色を見たり、いくつかの確認をした後、一口だけ口に含んだ。ゆっくりと飲みこみ、自分が口を付けた部分を指で拭い、銀に変化がないか確認する。

毒見が終わった後、布でもう一度口の付いた部分を拭い、フランはわたしとフェルディナンドの前に杯を差し出した。モニカが毒見の手順を自分の書字板にメモしているのを横目で見ながら、杯を手に取ろうとして、わたしは固まった。

……重っ！

普段使っている自分の食器と違って、銀の杯は馬鹿みたいに重い。片手ではとても持てないし、両手で持っても手がプルプルする。

……零《こぼ》す。これは間違いなく、傾けたら零す。

すぐに気付いたフランが手を添えてくれて、いや、むしろ、わたしが手を添える形で杯を口元に運んでくれた。コクリと一口飲めば、柑橘《かんきつ》系のさわやかな酸味が口の中に広がる。

供された物を口にしたことで、ようやく本題へと入れるようになった。

「カントーナ様との契約を廃棄して、新しく神殿長に就任したローゼマイン様と神官長が孤児を買い取るということでお間違いないでしょうか？」

「えぇ」

リヒトにしたのと同じ説明を町長にもして、フランがカントーナの契約書を差し出した。契約の破棄に同意してもらい、正式にわたし達がノーラ達を買い取る契約をする。神殿長であるわたしと町長が契約書にサインし、フランがお金を払ったら終了である。特に何の問題もなくすんなりと終わって、わたしはホッと胸を撫で下ろした。

文官との契約破棄と新しい契約で孤児を売ったお金が無事に手に入ったことで、町長もホッとしたのだろう。少し肩に入っていた力が抜けたようだ。それと同時に、ニヤニヤとした、見ていて嫌な気分になるような笑みを浮かべた。

「それにしても、前神殿長は領主の叔父上というだけあって、引退した後も影響力が大きいものですなぁ。感心いたします」

町長はやはり手紙が読めなかったようで、前神殿長が死んだことを理解できていないようだ。おまけに、しきりに前神殿長が領主の叔父であることを強調してくる。

……領主の叔父だったけど、犯罪者として処刑されたからね。

わたしが領主の娘として神殿長に就任していることを知らないようで、嫌味な物言いをしてくる町長にわざわざ事実を教えてあげる気にはなれない。わたしは「さようでございましょうか。それほど立派な人物だったとは、存じませんでしたわ」と相槌《あいづち》を打ちながら、前神殿長へのおべっか交じりの賞賛《しょうさん》を聞き流す。

……でも、お願い。そろそろ黙って。横がひんやりしてるから。

わたしの右側に座り、貼り付けた笑顔のまま冷気を発しているフェルディナンドが怖い。フェルディナンドの凍り付くような空気を読めない町長が自爆するのも、自ら処刑台へ上がるのも好きにすれば良いけれど、せめて、わたしがいないところでしてほしい。

「ここだけの話ですが、私は前神殿長と深い繋がりがありまして、色々と便宜を図っていただいているのです。今回もご尽力いただいたのですよ」

どうやら手紙が読めなかった町長の中では、神殿に届けられた手紙が無事に前神殿長へと渡り、前神殿長に叱られたわたし達が文官とのやりとりをして、ここに契約のやり直しに来たことになっているようだ。

……もうこれ以上口を利かないで！　命が短いと決まってるのに、これ以上短くしないで！

わたしの心の絶叫はこれっぽっちも届かなかったようだ。町長は実に満足そうな顔で、これからも前神殿長の言うことはよく聞いた方が良い。神殿長ではなくなっても、領主の叔父なのだから、というようなことを言っていた。

わたしはフェルディナンドがいつ爆発するのかと冷や冷やしながら、会談を終えて席を立った。いきなり町長が目の前で切り殺されるような殺人事件が起こらなくて良かった、と緊張が解《ほぐ》れていくのを感じながら小神殿へ一度戻った。

「さぁ、ローゼマイン。君があの無礼で無知で愚かで頓馬《とんま》で救いようがない痴《し》れ者をどうするのか、じっくりと見せてもらうぞ」

どうなっても全く構わない良い教材だ。存分に勉強すると良い、とフェルディナンドが吐き捨てるように言った。町長を批判するために並べ立てられた形容の数と漂う冷気から察するに、わたしの教材でなければ、町長はすでに大変なことになっていたようだ。教材になっているだけで十分に大変なのだが、突然血の雨が降らなかっただけマシだと思う。

……町長のせいで、わたしの難易度も上がってる気がするんだけど。

とてもフェルディナンドの期待に応えられる気がしない。

「町長を孤立させ、小神殿とハッセが対立しないように全力を尽くします。……噂の種はマルクが楽しそうにばら撒《ま》き中で、計画は一応進んでいるので進展《しんてん》は春になるまで待ってくださいね」

……春までに神官長の怒りが収まっていればいいけど、無理だろうな。

小神殿の神官達を集めて、収穫祭と冬籠りのための引っ越しに関する打ち合わせとルッツとギルが膠作りのために近々やってくることを連絡して、わたし達はエーレンフェストの神殿に戻った。

ハッセの収穫祭

収穫祭の朝、エラ、ロジーナ、ニコラ、モニカと着替えや食器などの生活用品を乗せた馬車が神殿を出発した。一緒に出発したのはエックハルトとユストクスの側仕えや荷物が乗った馬車だ。

体調を最優先にした結果、わたしはハッセまで騎獣で行くことになっている。ダームエルとブリギッテが前を駆け、後ろにユストクスとエックハルトという編成のため、今回騎獣に同乗するのはフランだけだ。フランはフェルディナンドから預かっている薬の管理もしているので、収穫祭の間はずっと一緒に行動することになる。

「ローゼマイン、くれぐれも無茶をすることがないように気を付けなさい」

「はい」

わたしの部屋には専属料理人も側仕えもいなくなっているので、フェルディナンドから昼食の招待を受けていた。エックハルトとユストクスも揃っていて、フェルディナンドの最後の注意事項を聞きながらの昼食を終えると、すぐに出発だ。

「エックハルト、ユストクス、頼んだぞ。絶対にローゼマインから目を離すな」

「はっ！」

わたしがレッサーバスを出すと、エックハルトとユストクスが一歩後ろに下がった。

「……ローゼマイン、これが其方の騎獣か？」

「そうです、エックハルト兄様。可愛いでしょう？」

うふふん、とわたしが笑うと、エックハルトはぎょっとしたようにレッサーバスとわたしを見比べて狼狽《うろた》えたような声を出した。

「か、可愛いか？　これはグリュンだろう？」

「え？　グリュンじゃなくて、レッサーバスですよ」

「そ、そうか……」

エックハルトの顔がかなり引きつっている。最初の頃のフェルディナンドとよく似た表情に、やはり貴族の間では少し受けが悪いのか、と認識した。

……まぁ、ちょっとくらい受けが悪くても可愛いし、便利だから、問題ないけどね。

うにょんと入り口を空けて、わたしとフランが乗り込むのを見たユストクスはひどく楽しそうに目を輝かせた。

「ローゼマイン姫様、この騎獣はどうなっているのですか？　私もぜひ乗せていただきたく……」

「ユストクス、其方が乗ってどうする⁉　馬鹿なことを言っていないで自分の騎獣を早く出せ」

フェルディナンドからの叱責が飛び、軽く肩を竦めたユストクスが騎獣を出した。騎士団では見たことがないタイプの騎獣だ。角がいっぱいあって頭が派手な感じで、羽のある牛のような動物である。一角獣のような長めの鋭い角があり、ヘラジカのような大きく広がる角もある。騎乗したら前が見えないのではないか、と心配になるくらいだ。足はライオンや虎のような足で、太くてガッチリしていて鋭い爪がついている。

「君のグリュンと一緒で、ユストクスの騎獣も魔獣バッヘルムを模《も》している」

「わたくしの騎獣は魔獣じゃありませんっ！」

「誰が見ても魔獣にしか見えぬが、そんなことはどうでもよろしい。さっさと出発しなさい。収穫祭が始められぬだろう」

フェルディナンドが手を振って、早く行け、とダームエルとブリギッテに指示を出す。それぞれの騎獣が飛び立ち、わたしのレッサーバスも二人に続いた。

今日はフランが助手席だ。最初の頃は顔を引きつらせていたフランも今では悲痛な決意もなく、普通にレッサーバスに乗っている。ダームエルの天馬を追って空に向かって駆け出しながら、わたしはフランに今日の大事な仕事を頼んだ。

「フラン、収穫祭の間にリヒトと接触するのを忘れないでくださいね」

「はい。春の祈念式に神官を派遣しないと決められたことと、ローゼマイン様が頑張って取り成しているけれど、神官長の怒りが深いことをそれとなく伝えれば良いのですね？」

「……それとなくではなくて、はっきりと伝えてあげて欲しいのです」

貴族らしい言い回しで手紙を書いたため、町長にはまだ神殿長が亡くなったことが伝わっていない。「はるか高みへと続く階段を上がって行かれました」では死んだと伝わらなくても仕方がないと思う。単純に昇進したと考えても不思議ではない。麗乃時代ならば「空しくなる」とか「お隠れになる」で死んだことを悟《さと》れと言うようなものだ。知らなかったらわかるはずがない言い回しだ。

フランはわずかに眉を寄せ、そっと目を伏せた。「かしこまりました」と言う声が硬くて、明らかに嫌々だとわかる。

「相手はあの前神殿長と仲が良かった町長ですし、町長の不敬《ふけい》に対する神官長の怒りも、神官長を尊敬するフランの怒りもわかりますけれど、ハッセの民全てが巻き込まれてしまうのは嫌なのです」

「小神殿を襲撃したのはそのハッセの民ではないですか」

わたしの対応が甘すぎる、とフランは溜息を吐いた。いくら甘いと言われても、これ以上の不敬罪を町長が重ねる前に前神殿長の死を教えてあげなければ、採点者がフェルディナンドなので町長が不敬を重ねる度にわたしの課題達成も難しくなっていくのだ。

「わかりました、フラン。言い換えましょう」

コホンと咳払いして、わたしはフェルディナンドの物言いを真似てみる。もちろん、できるだけ眉間に皺を刻んで難しい顔をするのも忘れない。

「前神殿長が処刑されてすでに頼るべき対象などいないこと、春になっても神官が派遣されることがないという事実を、あの町長とハッセの民の頭と心に刻み込み、心胆を寒からしめて恐怖の谷に突き落としてやるのだ。わかったか、フラン？」

これでもう甘いとは言わせないよ、と助手席のフランを見ると、フランが必死に笑いをこらえるように口元を押さえていた。

「仰せの通りにいたしましょう」


ハッセの中心部にあるのは、麗乃時代の社会の教科書で見たことがある昔の小学校のような木造の大きなコの字型の建物だ。街道に面した部分が町長の館となり、鍛冶《かじ》工房、木工工房などの職人の店が同じ建物の中に並んでいるが、奥の方は冬にしか使われない冬の館になっている。近隣の農村の者達はここに集まって冬を過ごすのだ。

コの字の真ん中にある運動場のような広場が神事を行うための会場で、すでに人が大勢ひしめき合っていた。普段の閑静《かんせい》な町の雰囲気とは全く違う、祭りらしい熱気と喧騒に包まれている。そんなざわめきの中、祈念式の時と同じように、わたし達は騎獣で冬の館の広場へ降り立った。

騎獣を見つけた人々が空を見上げて指差しながら口々に声を上げ、降り立つための場所を開けてくれる。同時に、降り立ったところから舞台までの道筋が自然とでき始めた。

建物にピタリとくっつくように作られている神事のための舞台には、神官や徴税官をもてなすための場所が左の方に、ハッセの関係者が座る場所が右側にあり、椅子やテーブルが準備されていた。そして、中央には儀式を行うための祭壇がある。

ダームエルを先頭に、ブリギッテ、フランに抱えられたわたしが続く。自分で歩くと言ったけれど、全員に却下されたのだ。ユストクスやエックハルトから「姫様の洗礼式や星結びの儀式の時の歩みを見た上での判断です」とか「其方の歩きには周囲が合わせられぬ」と言われてしまった。

フランに抱き上げられたまま、わたしは舞台へと進む。物珍しそうに見る好奇の視線の中に、不安そうに様子を見守るような視線が混じっている。マルクの流した噂が広がっているせいだろうか。

わたしの後ろについていたエックハルトが視線を遮るようにわたしの隣へ来た。表情が厳しく引き締まっていて、周囲に油断なく視線を巡らせているのがわかる。

「ローゼマイン様はこちらへどうぞ」

フランに促されたわたしが座ると、わたしの両脇にエックハルトとユストクスが座り、フランと護衛騎士の二人は後ろに並んだ。

舞台の上に上がると、広場の様子がよく見えた。洗礼式、成人式、結婚式の主役達が、着飾って舞台前に集まっている。洗礼式の子供達は白の晴れ着に秋の貴色の刺繍《ししゅう》がされ、成人式に望む新成人は秋の貴色のシンプルな晴れ着を着ている。結婚式の衣装は親から子へと伝えられる衣装なのか、少しずつ手が加わっていくらしく、刺繍や飾りが豪華な物もあれば、できたてで布が綺麗な分、装飾は少ない物もあった。女性は秋の野草や実りを編み込んだリースのような冠《かんむり》を被っている。全ての儀式が秋に行われるので、エーレンフェストと違って生まれた季節の違う兄弟であってもわざわざ晴れ着を仕立てる必要はないようで、誰も彼も全て秋の貴色《きいろ》を中心にした衣装をまとっている。

ハッセの住人達を見たところ、子供はエーレンフェストの子供達とあまり変わらない。今までハッセの町民を見た感じではそれほど目に付かなかったのだけれど、農村から集まってくる大人や老人は長年の農作業のためか、背中が少し曲がって前屈みになっている人が多いような気がした。

「これより収穫祭を始める。洗礼式を行う子供達は上へ」

町長による収穫祭の開会宣言がされて大きな歓声が上がる。拍手と歓声の中、今年洗礼式を迎える子供達が舞台に上がってきた。十数人の子供達だが、もうじき八歳になる子と七歳になったばかりの子では体格もかなり違うようだ。

……確実に言えるのは、ここに並んでいる誰よりも、わたしが小さいってことだけど。

フランは持参した白い平べったいメダルのような物を持って、十数人の子供達の前に進み出る。平民だったマインの洗礼式と同じように血判を押させていくのだ。わたしはやや目を伏せて視線を逸らしながら、全員が血判を押し終わるのを待った。他人の血でも見たら痛い気がする。

……うぅ～、早く終わって。

その後は神様のお話をするのだが、今回はわたしが作った聖典絵本を子供達に見せながらフランが読むことになっている。フランが読むのは、わたしでは声が通らないせいだ。

絵本を見たことがないのだろう、子供達が身を乗り出すようにして絵本を見ていた。目を輝かせて話に聞き入る子供達を見ていると、やっぱり識字率の普及のためには学校が必要だと思う。

……神殿はエーレンフェストにしかないらしいから、神殿学校を作っても領地の他の場所には広がらないでしょ？　新しく学校を立てる予算があればいいけど、そんなのないし、神官長のチャリティーコンサートは嫌がられてるんだよね。……あ、でも、農村の冬の館に灰色神官を派遣するだけならできるかも？

冬の間だけの出張神殿教室だ。雪に閉じ込められて暇をしているならば、子供だけではなく大人も学ぶ気になるかもしれない。

……ただ、それをしようと思ったら灰色神官の地位向上が先だけど。

灰色神官が孤児として侮られている今の状態で閉鎖状態になる冬の館に出張させるのは、灰色神官の扱いが心配で仕方ない。わたしの側仕えとして取り立てるのは簡単だが、それで孤児のレッテルが消えるわけではないのだ。

「神への祈り方はわかりましたか？　それでは、神殿長より祝福をいただきましょう」

フランの声にわたしはハッとして舞台の中央に進み出た。広場も舞台も、ここにいる全ての視線が自分に集中している。わたしは準備されている台に上がって、ゆっくりと息を吸い込んだ。

「夏に領主より神殿長を拝命いたしました。ローゼマインです」

軽く挨拶をしながら子供達を見回した。自分より小さい神殿長の登場に目を瞬かせている。どうやらフランと一緒に来ているだけで、わたしが神殿長だとは思っていなかったようだ。

「新しき子供達の健やかな成長を願い、神に祈りを捧げましょう。……神に祈りを！」

フランに教えられた通り、よろよろしながらも子供達が真面目な顔で祈りを捧げていた。頑張っている様子が可愛かったので、微笑ましく思いながらわたしは指輪に魔力を込めていく。

「では、これより其方等に神々の祝福を与えます。その場に跪いてください」

わたしの言葉通りにフランが跪くと、子供達は見様見真似で同じ体勢をとった。

「風の女神シュツェーリアよ　我の祈りを聞き届け　新しき子供の誕生に　御身が祝福を与え給え
御身に捧ぐは彼等の想い　祈りと感謝を捧げて　聖なる御加護を賜わらん」

指輪から黄色の光が飛び出して、子供達の頭上へと降り注ぐ。

「すっげぇ！」

「キラキラだ！」

すぐさま立ち上がって両手を上に挙げながら、光の粉をたくさん浴びようと動き回る様子が、いかにも子供らしい。よく躾けられた孤児院の子供しか知らないフランには、あまり馴染みがない突飛な行動に見えたのだろう、軽く目を見張って固まっている。

「貴方達への祝福は終わりです。さぁ、舞台を降りて新成人の方々と交代してちょうだい」

「うん、わかった！」

「お前、ちっさいのにすげぇな！」

興奮した面持ちで目を輝かせてそう言いながら子供達は舞台を降りて、自分の家族の元へ走っていく。代わりに上がってきたのは新成人だ。

そうして、洗礼式に続いて、成人式、結婚式を終えると、収穫祭でのもう一つの一大イベントが始まる。簡単に説明すると、村対抗の球技大会だ。秋と冬の戦いを模した競技で、勝者には来年の実りが約束されるらしい。わたしは外に出ることがあまりなかったので、このようなスポーツ競技のような催《もよお》しは初めて見る。町長の説明を聞きながら、どんな競技だろう、とわくわくしていると、エックハルトがすっと立ち上がった。

「ローゼマイン様、小神殿へ戻りましょう」

「え？　えぇ、構いませんけれど……」

……あれ？　七の鐘までは祭りを見て良かったんじゃ？　まだ五の鐘が鳴ったところだよ？

有無を言わせない笑顔で手を引かれたので、首を傾げつつも手を引かれるままに席を立った。

「フランはユストクスと共に奉納される物の確認を。ダームエルは二人の護衛だ。ブリギッテはローゼマイン様の護衛として小神殿に戻る」

「フラン、後は頼みます」

手早く指示を出すと、エックハルトはわたしを軽々と抱き上げた。そして、舞台の上で騎獣を出して飛び乗ると、空へ駆けだした。ブリギッテがすぐさまそれに続く。

「エックハルト兄様、突然どうしたのですか？」

「ハッセには妙な目をしている不審人物が多くいるようだ。危険な目に遭《あ》うとは考えにくいが、祭りという興奮状態では何が起こるかわからぬ。安全策をとっておいた方が良い」

……あぁ、リヒトのことだ。

ハッセの関係者の席に座っていたリヒトがずっと話しかけたそうな顔をしていたのは知っている。儀式も終わっていなかったし、エックハルトとユストクスとフランに囲まれたわたしには近付けなかったのだろう。話をする時間がないか、こちらをチラチラと見ている様子から、エックハルトには不審人物認定されてしまったらしい。

「わたくし、お祭りを楽しみにしていたのですけれど……」

「ここで見られなくても、これからは毎日が収穫祭だ。嫌でも見なければならなくなる。今日は小神殿で収穫祭に行けない者達のためにご馳走《ちそう》を振る舞うのだろう？　そちらで楽しみなさい」

「はぁい」

噂を流すことによってハッセの町がどのように変化するのか全くわからないので、小神殿の者は収穫祭の間は外に出ないように言ってある。その代わり、ギルベルタ商会の面々や護衛の兵士達、灰色神官や巫女達が皆で楽しめるように、ベンノ達が食料品を運び込んでくれてエラとニコラがご馳走を作ってくれることになっているのだ。

小神殿に着くと、今夜の寝床《ねどこ》を整えるため、ご馳走を作るため、てんやわんやの大騒ぎになっていた。灰色神官が指示して、兵士達が男子棟の部屋や厨房へギルベルタ商会の荷物を運び込んでいる。父さんが厨房の方へと木箱を抱えて降りていくのが一瞬見えた。

ノーラとマルテが女子棟に積み上げられていて使っていない布団を食堂へと運び、それをトールとリックが男子棟に持って行く。指示を出し、采配を振るっているのはモニカだったようで、わたしの到着に気付いたモニカが目を丸くして駆け寄ってきた。

「ローゼマイン様!?　どうなさったのですか？　体調を崩されましたか？」

「いや、安全を期してこちらへお連れしただけだ。……ローゼマイン様、我々は町長の館に泊まることになっております。明朝、迎えに参りますのでこちらでお待ちください」

「わかりました」

わたしがコクリと頷くと、エックハルトはモニカを振り返る。

「側仕え、ローゼマイン様のお召替えを。では、私は会場へ戻ります」

「後のことはお任せしますね」

収穫祭の会場へ戻っていくエックハルトを見送り、モニカと一緒に礼拝室の隠し部屋となっている自室へ入った。小神殿へと何度か出入りするうちに、部屋は整えられているので、わたしの部屋はいつでも寝泊りできる状態になっている。

モニカに手伝ってもらって、神殿長としての儀式用の服を脱いで着替えた。エラとニコラと灰色巫女達は厨房でご馳走作りに奮闘中らしい。ロジーナは女子棟で、ニコラやモニカを含む自分達の部屋を整え中だそうだ。ブリギッテは貴族女性なので、わたしの部屋で一緒に寝ることになった。長椅子があれば大丈夫だと言うので、布団だけ運び込んでもらう。

「まだ満足に準備できていませんから、ローゼマイン様は夕食の支度が整うまでお部屋でゆっくりとお休みくださいませ」

「ありがとう、モニカ。わたくしのことは良いから、大変でしょうけれど頑張ってちょうだい」

部屋で休憩していると、壁に取り付けられている魔石が光った。誰かが呼び出しているようだ。ブリギッテがカチャリと扉を開けると、ギルとルッツが立っていた。

「ご報告したいことがございます、ローゼマイン様」

二人を中に入れて扉を閉める。ブリギッテがいるので、二人ともきっちりとした姿勢を崩そうとしない。わたしも姿勢を正して二人の話を聞いた。

「ローゼマイン様に命じられていた膠作りは終了しました。工房に並べて、冬の間に乾燥させれば良い状態になっています」

ギルの報告にわたしは軽く頷く。ブリギッテがいなければ頭を撫でて「よく頑張りました」と褒めているところだ。そんなことを考えているとギルと目が合った。同じことを考えていたのか、ちらりとブリギッテに視線を向けて肩を竦める。通じ合っているのがわかって小さく笑った。

「年に一度の収穫祭を楽しみにしていたらしいハッセの孤児達は、収穫祭に参加できないことにガッカリしていましたが、ここでご馳走が出てくることになって大喜びしています。それから、以前に護衛を依頼した時、ローゼマイン様が出張費を渡したのが兵士達の間で広がったようで、今回護衛の兵士は壮絶《そうぜつ》な争いを繰り広げて決まったそうです。ローゼマイン様のお言葉が伝わっているのか、士長の教育が行き届いているのか、兵士達は前回に比べて神官達にも協力的です」

わたしが指定して依頼した父さんだけは悠然《ゆうぜん》とした顔で兵士達の争いを見ていたようだ。楽しい気分で聞いていたけれど、ルッツの報告は出張費用を準備しておけという注意だろう。

「兵士達が協力的なのは助かりますね。では、今回も出張費用を準備しなくては。ルッツ、ベンノに用立ててもらえるかどうか聞いてちょうだい」

収穫祭に赴くわたしは現金を持っていない。ギルドカードだけは肌身離さず持っているので決済はできるけれど。ルッツは自分の書字板に書き込んだ。

「噂の方はどうかしら？」

「エーレンフェストで噂を聞いた隊商が足早に通り過ぎたり、ハッセにも気を付けるように噂を流したりしたようです。旦那様やマルクさんが町に来た時は話を聞きに来た人もいます。マルクさんの予想通りの広がり方のようです」

「農村から人が集まり始めると、ハッセの住人達は口を閉ざすようになった気がします。町の人はともかく、農村の人達はまだあまり噂を知らないと思います」

ルッツとギルの言葉にわたしは話を聞きたそうにこちらの様子を窺っていたリヒトを思い出す。

「混乱が広がるのを防ごうと思っているのでしょうけれど……」

前神殿長の死亡と春の祈念式に神官が派遣されないことが農村の人達に伝われば、冬の館の中で混乱が広がるのは間違いない。

「ルッツ、マルクに次の段階へ移るようにお願いしておいてください」

「かしこまりました」

二人との話し合いを終えてしばらくたつと、夕食の支度ができたとモニカが呼びに来てくれた。食堂へ行くと、たくさんのご馳走を前に皆が跪いているのが見える。

「今日は収穫祭。お祭りですもの。『無礼講《ぶれいこう》』でお願いいたします」

わたしの言葉に皆が理解不能という顔になる。それはそうだろう。わたし以外にこんなことを言う貴族はいないはずだ。けれど、ご馳走が並び、皆が待ち構えている中で皆に「早く食べさせろ」と思われながら食事をしなければならない状況には耐えられない。

「皆で一緒に食事をしましょう、ということです。せっかく温かいご馳走が冷めてしまってはもったいないですもの。厨房の人達も呼んできてちょうだい。テーブルだけは貴族席、側仕えと専属、神官と巫女、ギルベルタ商会、兵士とそれぞれで分けますけれど、皆で楽しみましょう」

お酒はないけれど、搾《しぼ》りたての果汁で乾杯して皆が一斉に食べ始めた。背後で兵士達が盛り上がる中、ブリギッテだけが渋い顔になっている。貴族のブリギッテには耐えがたいことなのだろう。

「ごめんなさいね、ブリギッテ。でも、わたくし、これだけの視線の中でゆっくり味わって食事をすることができなかったのです。従者や兵士と食事をするのは不満かもしれませんけれど……」

「いいえ、わたくしの実家があるイルクナーはとても田舎で、従者と共に食事を摂ることもありますし、何かの催しの時には農民達と共に騒ぐこともございますので、この状態に嫌悪感はございません。ただ、フェルディナンド様に知られたらどうなるかと考えると……」

ブリギッテが頬を押さえて、ちらりとわたしを見た。「一体君は何を考えている⁉」と怒鳴られるところが容易に想像できる。

「フランとエックハルト兄様達が町長の歓待を受けて、あちらで泊まるからできたことです。皆には内緒にしておいてくださいね」

わたしが人差し指を立てて口元で×を作ると、ブリギッテは小さく笑って「ローゼマイン様こそ、お口を滑らせないように気を付けてくださいませ」と同じように人差し指で×を作った。

わたしは食事を終えると、それぞれのテーブルへと回っていく。兵士のテーブルへ向かうと、ガツガツと食べていた全員が慌てたように食べ物を置いた。未練がましく料理を見ている視線にクスクスと笑いながら、わたしは代表者である父さんに話しかける。

「皆様、楽しんでくださっていますか？」

「お酒がないのが残念ですが、料理は最高です。なぁ、皆？」

父さんの声に皆が一斉に頷いた。

「あぁ、こんな料理、食べたことがありません」

「これを食べただけでもここまで来た甲斐があります。酒があれば完璧でした」

なるべく丁寧な言葉を心掛けて、たどたどしく褒めてくれるが、その目は料理に釘づけだ。続きを早く食べたいと全身で訴えている。

「お口に合ったようで嬉しいです。料理人に伝えておきますね。どうぞお食事を続けてくださいな」

わたしの言葉に兵士達はガッと一斉に料理に飛びついた。わぁわぁと取り合いながら食べる様子を見ていると、喧騒に紛れる程度の大きさで世間話のように父さんがぽつりと言った。

「……今日の料理はとても懐かしい味です。私の娘が初めて作ってくれた料理を思い出しました。私の秘蔵の酒を勝手にたっぷり使われたのですよ」

鳥の酒蒸しを口に運びながら、父さんが懐かしそうに目を細めた。秘蔵の蜂蜜酒を使って鳥の酒蒸しを作り、家族で笑いあった思い出が蘇《よみがえ》った。懐かしさに涙が溢れそうになる。

……ここで泣いちゃダメ。

わたしはなるべくゆっくりと呼吸して、ぐっと涙を堪えながら笑って見せた。

収穫祭

夜が明けると、小神殿は騒がしく動き始めた。今日の午前中には小神殿を封鎖するのだ。厨房は朝食と昼食の準備にフル回転で、急いで片付けまで終わらせなくてはならないので大忙しだ。朝食はパンとスープが置かれ、各自で食べるようになっていた。

神官達は布団や食器などの生活道具を各自で馬車に積み込み、部屋を清掃する。兵士達にも自分が使った布団と部屋は片付けてもらい、ギルベルタ商会の人達は商売の準備に動き回っている。そんな中にわたしがいたら邪魔だ。わたしとブリギッテはモニカとギルの給仕を受けて手早く朝食を終えると、早々に部屋に引っ込んだ。出立の準備ができるまで待っているしかない。

「ルッツ、工房のことはよろしくお願いいたします。インゴの工房でそろそろ冬の手仕事のための材料が仕上がる頃でしょう?」

「はい。それから、インゴに印刷機の改良を頼みたいのですが、よろしいでしょうか?」

「えぇ、もちろんです」

どんどんやっちゃって、という心の声が聞こえたのか、ルッツがニッと笑った。印刷機の改良は

使っている人の意見を中心に改良してもらうので、わたしがいてもあまり役に立たないのだ。ただ、ちょっとでも不便だとか、こうしたらいいかもしれないと感じたり、考えたりしたことはどんどん発言するように灰色神官達に言っている。現状に満足していては印刷業が発展しない。

「ギル、神殿の留守を任せます。ノーラ達が孤児院に馴染めるように気を配ってあげて欲しいの」

「わかりました」

ハッセの灰色神官や灰色巫女が神殿での過ごし方をつきっきりで教えているようなので、ノーラ達はかなり馴染んでいるように見える。けれど、ハッセを離れて知らない人ばかりがいる孤児院で、今までと違って大勢の中で暮らすのだ。ここはまた違ったストレスがあるはずだ。

ギルに孤児達のことを頼んだ後、わたしは兵士達を率いる父さんに向き直った。

「……ギュンター」

父さんを名前で呼び捨てるのが、どうにも慣れなくてちょっと気合いを入れなければ呼べない。

「神官達の護衛を頼みます。皆を無事に神殿に送り届けてください。貴方がわたくしのお願いを聞いてくださったおかげで、安心して神官達を送り出せます」

「お任せください」

わたしはベンノに用立ててもらったお金を出張費として兵士達に配って回る。跪いて受け取る兵士達に「神殿までよろしく頼みます」と渡した。兵士の目が輝いているので、きちんと仕事をしてくれるだろう。こうして、エーレンフェストに向かう一行が出発した。

彼等を見送った後、ベンノとマルクも動き出す。ベンノとマルクは噂を流すために別行動だ。午前中はハッセで商売をしながら、「ハッセの住人が領主の作った小神殿に攻撃を加えたらしいが、これは反逆罪に当たるのでは？　誰が指示した責任者なのか知らないが、一体どれくらいの人数が責任を取らされるのか……」という噂を流して、さっさとエーレンフェストに戻るらしい。

「ベンノ、マルク、お気を付けて」

「お心遣い感謝いたします」

ベンノとマルクがハッセの町の方向へ去っていくと、その後は、わたしの側仕えと専属を馬車に乗せて、町長の館の方へ出発させる。

「モニカ、ニコラ。エックハルト兄様やユストクスの側仕えと合流して、次の冬の館に向かってくださいね。わたくしはここでエックハルト兄様達を待ちますから」

皆を送り出した後、わたしとブリギッテは迎えが来るまで二人で小神殿の部屋で待っていた。エラが準備してくれているクッキーと昼食用のサンドイッチと搾りたての果汁が入った水筒があるので、少しのんびりした時間を過ごす。

「ブリギッテの実家はどのようなところにあるのかしら？　わたくし、まだあまり領地の地理には詳しくないので、お話ししてくださる？」

実際に住んでいる人の話を聞くと、地理の勉強をする時にも頭に入りやすいと思う。わたしが暇潰しにお喋りを望むと、ブリギッテは困ったように笑った。

「イルクナーはエーレンフェストの中では南西にございます。広さはあるのですけれど、田舎で人口は少なく、特筆するほどの特産物もございません。木材を特産にしておりますが、それは周囲も同じですから」

「……木材が豊富ならば、イルクナーは紙作りに向くのではないかしら？」

木の種類もこの付近と違う可能性があるし、特産品が欲しいならば紙を作ればいいと思う。紙が大量になければ、どうせ印刷業は広がっていかないのだ。どんな木があるのか、珍しい木やトロンベのような良質の紙が作れる魔木がないか、じっくり話し合ってみたい。

「しばらくの間、印刷業は領主の直轄地で広げていくのを優先しなければならないのですけれど、一度ギーベ・イルクナーにもお会いして、紙の生産についてお話ししてみたいですね」

わたしがそう言うと、ブリギッテは今まで見たことがないほどにアメジストの瞳を輝かせた。

「えぇ、ぜひ。ローゼマイン様のお声がかかるのを心待ちにしております」

そんな話をしていると、来訪者を教える魔石が光った。ブリギッテが扉を開けると、緊迫《きんぱく》した顔のエックハルトとユストクスとダームエルとフランがいた。

「ずいぶんと怖いお顔ですね。何かございましたか？」

「小神殿に側仕え一人おらず、全く人の気配がしないことに驚いたのだ。昨日はあれほどいたのに、一体どこへ行ったのだ？」

「冬は小神殿を封鎖するので、エーレンフェストの孤児院に送り出しました。わたくしの側仕えは町長の館の方へ差し向けたはずですけれど？」

そうか、とエックハルトが力の抜けた声を出した。誰もいないガランとした空間に、何事か⁉と驚いて、この部屋まで駆けてきたらしい。

「フランは知っていたでしょう？……あら？　フランはずいぶん顔色が悪いですけれど、体調でも良くないのですか？」

一目でわかるほど、フランの顔色が悪い。憔悴《しょうすい》しきった顔をわたしが覗き込むと、「何ということもございません」と無理をした笑顔を浮かべる。

「その顔色のどこが、何ということもないのですか？　出発はお昼で良かったはずです。四の鐘まで、男子棟で休んできなさい」

「いえ、他の側仕えもいない状態で主を置いて休むなどできません。お許しください」

キッパリと言い切ったフランの主張に、エックハルトが、うんうんと頷いている。フェルディナンドが教育すると、皆こんな感じに育ってしまうのだろうか。

……この真面目で頑固な仕事人間め！

「絶対に許しません」

まさか却下されると思っていなかったようで、フランが驚きに目を見張り、周囲も信じられないというようにわたしを見た。

「慈悲深いと噂されているわたくしですから、フランにはこの部屋の長椅子に寝ることを命令されるか、人目がない男子棟で寝るか、好きな方を選ばせてあげます」

「ローゼマイン、それはあまりにも……」

「わたくしの体調管理ができないエックハルト兄様は黙っていらして。わたくしの代理を頼むことになるのに、フランが倒れたら困るのはわたくしなのです」

わたしを諫《いさ》めようとするエックハルトをキッと睨んで黙らせる。

「さぁ、フラン。ここの長椅子と男子棟のどちらがお好みかしら？　選べないならばわたくしの膝枕も付けてあげましょうか？　どこで休みたいか選んでくださいませ」

じぃっと睨みながら迫った結果、フランは諦めの顔で男子棟へ下がっていった。

「ローゼマイン、其方はまだよくわかっていないのかもしれないが……」

「わかっていらっしゃらないのは、エックハルト兄様です。正直なところ、わたくしが倒れたとしてもフランとエックハルト兄様で穴埋めはできます」

祝福を与えるだけならば貴族であれば誰でもできる。神官服がないだけで、青か白のずるずるした衣装を着てエックハルトが舞台に立っていれば、遠目にはそれらしく見えるはずだ。

「けれど、フランの代わりはいないのです。側仕えという仕事に関しても、モニカやニコラにはフランの代わりはまだできません。儀式の補佐も、わたくしの体調管理も、薬の管理も、貴族であるエックハルト兄様やユストクスの気分を害することなく側について行動することも、神官長の教育を受けたフランにしかできないのです」

「だが、側仕えは……」

エックハルトが口を開いたところで、ユストクスが間に入ってきた。

「兄妹喧嘩はそこまでだ。エックハルト、今回は負けておきなさい。ローゼマイン姫様の言葉は間違っていない。もちろん、姫様の立場から考えると正解でもないが……」

ユストクスは「側仕えも付けずにいるのは、高貴な女性として失格です」とわたしを叱り、「周囲の状況を考えて、もう少し融通を利かせなさい。フェルディナンド様より頭が固くてどうする?」とエックハルトを諭す。ちょっと変わった人ではあるが、さすが年長者だ。わたしもエックハルトも「ごめんなさい」と謝るしかなかった。

フランを男子棟に追いやってから四の鐘まで、わたしはエックハルトとユストクスから収穫祭の報告を受けていた。鐘が鳴り始めると同時に、まるで扉の前で待ち構えていたようにフランが戻ってきた。心配だった顔色がかなり良くなっていたので、ホッと胸を撫で下ろす。

果汁とサンドイッチの昼食を皆で食べたら、小神殿を閉鎖して出発だ。マヨネーズに目を輝かせて情報を求めるユストクスには「情報料、高いですよ。養父様もレシピにはお金を払っているのです」と言っておく。諦めきれないようで「帰ったら払います」とすがってきたので、「情報に関しては現金払いでお願いいたしますね」と笑顔で返しておいた。情報コレクターは上客になりそうだ。

レッサーバスの中でフランからハッセに関する報告があった。「ご命令通り、心胆寒からしめて参りました。リヒトは土気色の顔になりました」とのことだ。後はハッセの出方を見るしかない。

次の農村が集まる冬の館に到着した。ハッセと同じように収穫祭が始まる。舞台に上がって、儀式を行うのも同じ、祝福に歓声が上がるのも同じだ。その後、昨日ハッセで見損なったボルフェという競技が行われることになった。

町長がボルフェのルール説明をしている間に、わたし達の前のテーブルには料理が並び始める。

貴族が先に食べて、下げ渡すという形式をとるためだろう。広場を囲むように台が準備されているが、そこにはまだ料理が出ていない。フランの毒見の後で、わたしは少しずつ色々な種類の料理を食べる。採れたての新鮮な野菜を使っているようで、味は素朴《そぼく》だがおいしい。

「では、始め！」

そんな町長の声と同時に、広場の中央へと連れて来られていた動物が地面目がけて投げつけられる。地面に当たった瞬間、その動物はダンゴムシやアルマジロのようにぐるんと丸まった。

「えっ⁉」

小さくバウンドした動物を追いかけて、選手達が群がっていく。動物はボールとして使われていて、蹴飛ばされてはゴロンゴロンと転がっていった。その様子にひくっと顔が引きつる。

「ちょ、ちょっと、生き物をあのようにして……」

「あぁ、姫様は知らなかったのでしょうか？　ボルフェは魔獣です。甲が硬いから平民に蹴られたくらいでは死にません」

死ぬ、死なないではなく、生き物を蹴り飛ばすゲーム自体がどうかと思うのだが、それに関しては全く通じなかった。ここではこういうものだと思って口を噤むしかない。

ボルフェを追いかけては蹴り飛ばす競技はまるでサッカーのようだった。コートのだいたい真ん中にちょっとガタガタの線が引かれていて、それぞれの陣に分かれている。陣の四分の一辺りでまた線が引かれていて、その枠の中に輪が置かれていた。輪にボルフェを置いたら点が入るらしい。

ゴールの枠内に入るまではボルフェを蹴るだけなのでサッカーのようだが、枠の中に入ったら手で持って輪に置いたり叩きつけたりするので、ラグビーやハンドボールのような感じになる。手で持ったら衝撃がなくなるので、ボルフェが顔を出すのだが、顔を出したらアウトになるようだ。相手にボルフェを渡さなければならない。枠に入った後は地面にバウンドさせたり、パスしあったりすることでボルフェに衝撃を与えたりしながらゴールへと向かって行くのだ。

「うひっ！……い、痛そうですね」

体当たりや突き飛ばしは当然なのか、わたしの目にはこの競技がルール無用にしか見えない。相手を引っ張り、ボルフェを取り上げ、突き飛ばしては蹴り上げる。

「怪我人が続出しても、すでに農作業が終わっているのでそれほどの問題はないのだろう。それに、これは冬の館での上下関係を決める大事な競技だ。誰も彼も熱が入るのは当然ではないか」

冬籠りの間のヒエラルキーがこの競技で決まるらしい。選手は農村の代表で、名誉をかけて行われる年に一度の試合だそうだ。

「熱が入るのはわかりましたけれど、怖いですね」

「だが、この程度ならばディッターよりは危険も少ないぞ」

エックハルトがボルフェを見ながらそう言った。また聞いたことがない単語が出てきた。ディッターというのも何かの競技だろうか。

「……ディッターとは何でしょう？」

「貴族院でよくやった競技だ。騎士見習いが騎獣に乗って戦う練習をするために行われるのだが、戦いの場が空になる分、危険性が高い。フェルディナンド様はディッターが得意で、実に巧みな用兵術だった。まさに知力の勝負で、いかに敵を欺《あざむ》くかが……」

得意そうにエックハルトが貴族院時代のフェルディナンドについて語り始めた頃、一際大きな歓声が上がった。どうやら勝敗が決したらしい。景品の肉が勝利した村に贈られた。


白熱したボルフェが終わる頃には、広場の端に並べられた台の上に次々と料理が出てき始めた。子供達が歓声を上げながら運んでいき、大人達は酒を注ぎ始める。その頃には辺りが暗くなり始め、一気に気温が下がってくる。ひやりとした秋の夜風にふるりと小さく震えた途端、フランがさっと温かい外套《がいとう》を取り出した。モニカが持って来てくれていたらしい。

……ウチの側仕え、マジ有能。

先程までボルフェをしていた広場の中央に、キャンプファイヤーという程の大きさはないが、火が焚《た》かれ、暖《だん》と明かりが取れるようになった。焚火《たきび》の明かりの中で宴会は始まる。一年間の労働を労い、厳しい冬に備えようという町長の言葉で乾杯し、飲んで食べての大騒ぎだ。

その間、すでに食事を終えているわたし達は町長達と一緒に徴税や奉納される食料についての話し合いをする。今年は数年ぶりの豊作らしく、町長達の顔色は明るい。去年の収穫量は知らないけれど、今年の春の祈念式で祝福したのはわたしなので収穫が増えたと喜んでもらえるのは嬉しい。

徴税の打ち合わせはユストクスが中心だ。明日の朝早くから徴税のお仕事が始まるらしい。わたしの取り分もあるので同席しなければならないと言われる。

「ローゼマイン姫様は朝食を終えてからで結構です」

日が沈み、完全に暗くなっても祭りは終わらない。皆のお腹が満たされると同時に、お酒とおつまみのような簡単な物だけを残して台の上はどんどんと片付けられていく。

食事の片付けが始まると、楽器を持って集まる人達が出てきて音楽が響き始めた。今日の主役である新郎新婦が最初に出てきて踊りだす。そこにどんどんと手を取り合った男女が増えていった。洗礼式を終えたばかりの小さい子供達もいれば、冷やかされるのが恥ずかしそうな初々しい恋人達もいる。周囲の皆も手を叩き、口笛を吹き、足を鳴らして盛り上がる。歓声と大きな歌声が響き、収穫への感謝が叫ばれる。大勢の笑顔と勢いと熱気に呑み込まれるような祭りだ。

七の鐘が鳴ったら収穫祭は終了になる。子供達は寝るために引き上げ、女達が手早く片付けていき、男達は部屋で飲み直せるように慌てて酒を確保していた。

「神殿長、親交を深めるためにもこの後はぜひ……」

「ローゼマイン様はもうお休みの時間です。お話は我等が代わりに……」

町長を始めとする有力者たちにお話をしようと誘われたけれど、フェルディナンドから命じられているエックハルトが間に入ってくれる。わたしはエックハルトに指示されるまま、フランとブリギッテに連れられて準備された部屋に退却《たいきゃく》だ。

湯浴《ゆあ》みや就寝準備をしているモニカとニコラに側仕えから見た収穫祭の話を聞いた。二人とも初めての収穫祭なので、驚いたことや楽しかったことがたくさんあったらしい。

次の日は朝早くからユストクスが徴税官の仕事をしていた。祭りの時に話し合った通りの物が納められているか確認すると、ユストクスは昨日の舞台の上に大きく魔法陣の描かれた布を広げた。四隅に魔石を置いて、その上に徴税した作物を置いていく。ユストクスがシュタープを出して何やら唱えた次の瞬間、作物は光に包まれて消えていった。

「これでエーレンフェストに送られているのですか？」

「えぇ、そうです。こちらがローゼマイン姫様の分です」

わたしが受け取ることになっている神殿への寄付分の作物も、受け取り手がわかるように印を付けて送ってくれた。収穫祭で本物の祝福を行ったので、去年より多めに包んでくれているらしい。

「他の青色神官や巫女の場合は、こうして送られた物を実家の貴族が城まで取りに来ます。ローゼマイン姫様の場合は実家が城ですから、城の料理人が冬支度として加工してくれることになっています。母上かノルベルトに頼んで馬車を用立ててもらい、神殿に持ち込めば良いですよ」

「城で加工してくれるのは助かりますね。戻ったらリヒャルダに馬車を頼みます」

徴税を終えると、次の冬の館に向かって出発である。側仕え達の馬車を見送った後、騎獣で追いかけるわたし達はお昼までゆったりと過ごす。

……あぁ、収穫祭って楽しいね。

そう思えたのは三日目までだった。毎日毎日祭りの熱狂の渦の中にいると、ものすごく疲れる。周囲の人達は年に一度のお祭りだが、わたしはもう十日も熱狂の渦の中にいるのだ。何もない静かで平凡な日々が恋しい。

……もう神殿に帰って図書室に籠りたいよ。誰かわたしに読書時間、プリーズ！

シュツェーリアの夜

連日の祭りに飽きてぐったりしてきた頃、ドールヴァンに到着した。わたしが収穫祭に回る範囲では一番南に位置する冬の館がある小さな町だ。ドールヴァンの周辺にある農村の外れに、わたしの薬であるユレーヴェの材料に使う秋の素材リュエルがある。シュツェーリアの夜は秋で最も魔力が高まる満月の夜で、その夜に採集したリュエルはエーレンフェストで採れる素材の中で一番秋の素材としての質が高くなるそうだ。

満月まであと二日。収穫祭を終えた後もシュツェーリアの夜まで滞在することを町長に伝えて、寄付された食料の一部をわたし達の滞在費として少し返しておいた。

熱気あふれる祭り続きのため、わたしだけではなく皆かなり疲れが溜まっているようだ。休息にはちょうどいい。わたしは疲労回復の薬を飲んでぐっすり寝て回復する。休憩のついでにドールヴァンの冬の館の様子を見せてもらった。出張神殿教室ができないかなと思いながら、冬の館を歩き回る。洗礼式の時にフランが読み聞かせた絵本を広げて、また読み聞かせた。洗礼式の時の子供だけではなく、もっとたくさんの子供達が興味深そうに聞いてくれる。冬は娯楽が少ないようなので、うまくすれば農村の識字率も上げられそうだと思った。

「今夜がシュツェーリアの夜です。よくお昼寝しておいてください、ローゼマイン姫様。満月の光が当たってリュエルには実がなるため、採集は夜遅くになります」

昼食を共に摂っていたユストクスがそう言った。エックハルトとユストクスとダームエルは昼食の後、リュエルの木を探しに行くそうだ。明るいうちに目印を付けてきて、月が昇るのを待って出発するらしい。

「わかりました。下準備が大変そうですけれど、よろしくお願いします」

足手まといにならないようにわたしは言われた通りに昼寝して、夕方に目覚めた。寝ていただけなので、それほどお腹が空いていないままに夕食が始まる。

「印を付けてきたので、夜になれば出発できる。体調は大丈夫か、ローゼマイン？」

「はい、大丈夫です。エックハルト兄様」

夕食が終わる頃にオルドナンツが飛んできた。エックハルトの腕に降り立ち、フェルディナンドの声で喋り始める。残念ながら予定が合わなくて来られないそうだ。エックハルトが残念そうに一つ息を吐いて、シュタープを出してオルドナンツを作って返事を送る。

「リュエルは無事に見つかったので、今夜予定通り採集に行きます。フェルディナンド様の分もユストクスが採集します」

夕食の後、わたしは部屋で着替えをした。女性の騎士達と同じようにズボンを履いて、スカートが捲れても大丈夫なような格好にしておく。上から着るワンピースもシンプルで飾り気がなく、丈夫な生地で作られた服だ。

「あんまり可愛くないですね」

ニコラは残念そうだけれど、ヴィルマと一緒でシンプルを愛するモニカは首を横に振った。

「森に採集に行くのに飾りは必要ないわよ、ニコラ。動きやすさが一番ですもの。そうですよね、ローゼマイン様？」

「モニカの言う通りです。今夜はひらひらした飾りは必要ありません」

髪は邪魔にならないように整髪料でがっちり固めて、後ろで一つに縛る。そして、冬の館を歩くだけなら、と思って履いていた短靴から、森を歩いても問題のない膝丈の革靴に履き替えた。ぎゅっぎゅっと紐を引いて締め付けられる度に高揚《こうよう》感が湧き上がってくる。

……久し振りの森だし、久し振りの採集だから頑張らなくちゃ！

神殿に入ってから森に行く機会がグッと減った。青色巫女見習いは自分で作業してはならないと言われていたので、森へ行くのもフラン達には嫌がられていたのだ。それに、わたしも行きたいなぁと思っていても、わたしの体力では足手まといになってしまう。だから工房の子供達が紙作りのために、ルッツやギルと森へ出かけていくのを見送るだけで、いつも留守番係だった。領主の養女になってからは神殿と城の往復ばかりだ。

……うぅ～、わくわくする。

靴を履かせてもらうと、わたしは立ち上がって革のベルトを付けてもらう。ベルトには採取用の革手袋や素材を入れるための革袋、魔石を入れるための道具などが取り付けられている。今日はもう一つの革ベルトを付け、フェルディナンドが準備してくれた魔術具のナイフを装備した。これでフェルディナンドに言われていた採集の準備は完了だ。

腰にじゃらじゃらとついている色々な採集道具とナイフの柄を見下ろして、わたしはフフッと笑った。ブリギッテと違って鎧のようなものはないけれど、今日のわたしの格好は今までになく勇ましくてカッコいい。

「モニカ、ニコラ、どうですか？」

「とても動きやすそうで、良いと思います」

冷静なモニカの意見と違って、ニコラは楽しそうに目を輝かせて、ぐっと拳を握る。

「ローゼマイン様が強そうに見えます。カッコいいです」

ニコラが望み通りの褒め言葉をくれたことに気を良くして、わたしは部屋を出た。

「エックハルト兄様、わたくし、とても強そうに見えると思いませんか？」

準備が整ったわたしはエックハルト達が待っている部屋へと向かい、バッと両手を広げて見せる。エックハルトは目を丸くした後、ものすごく残念そうな顔で緩く首を振ると、聞き分けのない子供に言い聞かせるような声を出した。

「ローゼマインは採集以外には手を出してはならぬ。わかったか？」

「……はい」

皆の準備が整って外へ出る。満月ならば夜道が少しは明るいはずなのに、思った以上に暗い。不

思議に思って顔を上げて空を見上げると、月が今まで見たことのない色をしていた。

「お、おお、お月様が紫色なのですけれど⁉」

あまりの気持ち悪さにビックリしてわたしが月を指差して叫んだけれど、皆は一度月の方をちらりと見ただけで特に反応を示さなかった。

ユストクスが当たり前のように「シュツェーリアの夜ですから」と言い、エックハルトは驚いたように軽く目を見張った。

「……ローゼマインは見たことがないのか？」

「初めてです。このような遅い時間に外にいることなんてありませんし、この季節は寝込んでいることが多かったものですから」

家から出ることが少なかったので、見たことがないのは仕方ないのかもしれないが、三年間この世界で生活していたのに月が紫になるなんて聞いたこともない。

「シュツェーリアの夜を越えると急に寒さが強くなってくることから、風の女神シュツェーリアの力を命の神エーヴィリーベが超える夜だと言われている。逆に、春の初めのフリュートレーネの夜は月が赤く染まる。フリュートレーネの夜を越えると雪解けが始まることから、命の神エーヴィリーベの力を水の女神フリュートレーネが超えたと言われるのだ」

なんと月の色が妙な色になるのは、秋だけではないらしい。毎年の季節の変わり目のことだし、魔力が強まるかどうかなんて下町の貧民には全く関係のないことなので、家族が熱で寝込んでいるわたしに聞かせる話にはならなかったのだろうと納得した。

「ローゼマイン姫様、リュエルは満月の光で花が咲きます。そろそろ良い頃合いでしょう」

そう言って自分の騎獣を出したユストクスが、ひらりと騎獣に乗って駆け出した。紫色に光る不気味な月を見ながら、わたしも一人乗りのレッサーバスを出してユストクスを追いかける。わたしの左右にそれぞれブリギッテとダームエルがいて、後ろを守るのがエックハルトだ。


皆が冬の館に移動してしまって人の気配がなくなった農村を越え、そこから森に入って、少し奥へ進んだところにリュエルの木を見つけた、とユストクスは夕食の席で言っていた。その言葉通り、全く迷う素振りも見せずにユストクスは森へ飛び込んでいく。印を付けた、と言っていたけれど、わたしには全くわからない。

「姫様、あれがリュエルです」

リュエルにはすでに花が咲いていた。葉が茂っておらず、つるりとして金属めいた質感の木の枝に白木蓮のような花が数十ほど、枝の上に立つように咲き、強い芳香《ほうこう》をまき散らしている。

「満月の光が当たるうちに花弁が外側から剥がれるように落ちていき、リュエルの実は成長していきます。実ができるまでにはまだ時間がかかりそうです」

ユストクスの説明に、ほぅほぅと頷きながらわたしは花にレッサーバスを近付けた。近付けばもっと匂いが強くなる。わたしは軽く目を閉じて、漂ってくる甘い香りをゆっくりと吸い込んだ。うっとりとするような匂いだ。

「この花は何かの素材にならないのですか？　香水になりそうですけれど」

わたしの問いかけにユストクスは目を細めてリュエルの花をじっと見つめる。

「うーん、リュエルがこれほど強い香りを出すとは知らなかったな。シュツェーリアの夜は他の満月とは違うのかもしれない。花も一つ持ち帰るか？」

わたしに聞かせるものではなく、自分の趣味に走っている口調で、以前のリュエルとの違いを呟きながら、ユストクスがうきうきとした様子でシュタープを取り出して、「メッサー」と唱える。ナイフの形に変形したシュタープを持ち、ユストクスは騎獣を枝に寄せた。鐙《あぶみ》を踏みしめて立ち上がり、枝を切って花を採集する。長く余計な部分の枝を切り捨て、花が付いている部分の枝だけを残すと、花を丁寧に革袋の中に入れた。

「ユストクス、わたくしもやってみたいです」

「うん？　あ、あぁ、姫様」

完全に周囲を置き去りにして自分の趣味に没頭していたようだ。ユストクスはわたしの声にハッとしたように顔を上げて少しだけ罰が悪いような表情になった後、すぐさまニコリと笑った。

「では、ナイフを出して魔力を込め、私がしたように枝を切って花を採集してみてください」

「はい！」

わたしもユストクスを真似て、フェルディナンドにもらったナイフで一つ切り取ってみることにした。ちょっとした予行演習だ。本当に自力で採集ができるかどうか、きちんと確認しておかなければならない。右手で魔術具のナイフを取り出すと、花に触れられるくらいの距離まで近付いて、レッサーバスの窓から身を乗り出した。手を伸ばしてつるりとした感触の枝を握り、わたしは魔力を込めて枝にナイフを当てる。本当に切れるのか、ドキドキしながら力を加えると、まるでバターでも切るようにスッと枝が切れた。

「すごい。簡単に切れた……」

わたしは手に握ったリュエルの枝とフェルディナンドにもらったナイフを見比べる。魔術具のナイフは魔力を込めれば、わたしの貧弱な力でもちゃんと枝が切れる優《すぐ》れ物だった。このナイフがあれば、わたしも森の採集で役に立てたかもしれない。そんなことを考えながらわたしは余分な枝を切り落とし、採集した花を革袋の中に入れる。

「うん、採集に問題はなさそうですね」

わたしが採集できるかどうか心配していたエックハルトが安心したようにそう言った。

「姫様、実の採集方法も同じです。枝を切って、余分な枝を切り落とせばいいのです」

「はい、わかりました」

無事にリュエルを採集できそうだ。採集の仕方も練習して、わたしはホッと安堵の息を吐いた。


「……あ、花が」

月の光が差し込むうちに花が散り始めた。花弁が一枚一枚剥がされていくように、ひらり、ひらりと落ちては風に揺られて舞う。桜の花弁と違って白木蓮ように大きな花弁だ。白い鳥の羽が風に遊ばれているように揺れて、くるりくるりと回りながら落ちていく。花弁が地面に落ちた瞬間、土と同化するように消えていく様子が何とも儚くて、美しく、落ちていく花弁から目が離せない。

幻想的な時間は短かった。あれ？　と思った時にはもう花弁は完全に剥がれ落ち、枝に残っている花は一つもない。そして、リュエルの枝をよく見てみると、花があったところにはわたしの小指くらいの大きさの紫水晶が枝から生えていた。

「これがリュエルの実です。満月の光でこのくらいの大きさまで成長しますよ」

ユストクスが親指と人差し指で十センチほどの大きさを示し、唇を一文字に引き結びながらリュエルの実を不可解そうにじっと見つめる。

「前に私が採った時は少し淡い黄色のような実だった。このような色ではなかったはずだが……」

ユストクスはまた自分の考えに没頭し始めたようだ。口調が変わるのでわかりやすい。

「月の色に、実の色も左右されるのでしょうか？」

「そうかもしれぬな。フェルディナンド様に報告するためにも、私が収集するためにもいくつか採っておいた方が良い。……そうは思われませんか、姫様？」

「報告と研究のためですもの。全部を採るような真似をしなければ良いのではないですか？」

わたしがユストクスとリュエルを挟《はさ》んで話し合っていると、遠くの方からガサガサと草を踏み分けるような音が近付いて来るのがわかった。それも一匹や二匹の足音ではない。数十匹はいるのではないかと思った瞬間、ダームエルの膝にも満たない大きさの猫っぽいのやリスっぽい動物が藪《やぶ》を飛び出し、こちらに向かってやってくるのが見えた。小動物と言えなくはない大きさの動物だが、可愛いと全く思えないのは、暗闇の中で目が不気味に赤く光っているせいだろう。

「魔獣だ！」

エックハルトがそう言いながらすぐさまシュタープを取り出し、槍《やり》のような形に変形させると、降下《こうか》する騎獣から飛び降りた。そのままの勢いで長い耳の代わりに角が生えているウサギのような魔獣をザッと一突きする。魔獣の腹から背に向かって突き出した槍の先にはきらりと輝く小さな宝石のような物が刺さっている。次の瞬間、ウサギの形がどろりと溶けるように形を崩れていき、槍の先に刺さっていた宝石が槍に溶け込むように消えていった。

「見回した限り、どれもこれも強くはないが数が多い。確実に仕留めろ！」

「はっ！」

ダームエルとブリギッテもすぐさま騎獣から飛び降りてシュタープを取り出すと、それぞれが得意とする武器に変形させて構えた。ザッと振り回して勢いよく数匹をなぎ倒していく。

「エックハルト兄様、たくさん来ています！」

リュエルの木を取り囲むように魔獣が寄ってきているのが、騎獣に乗って浮いているわたしにはよくわかった。赤く光る目が藪の向こうにたくさん見えている。不気味な目と明らかに向けられている敵意にぞくりと背筋が震えた。

「ローゼマイン、決して騎獣から降りぬように！　其方の採集を最優先にせよ！」

リュエルの木を背中で守るように騎士の三人が武器を構えると、一斉に魔獣を屠《ほふ》り始めた。槍が大きく振るわれ、魔獣が薙《な》ぎ払われたかと思うと、魔獣を突き刺して仕留める。形を崩して溶けるようになくなる魔獣もいれば、バタリと横たわっているだけの魔獣もいる。

「ひゃっ⁉」

バタリと横たわった魔獣に周囲の魔獣が群がって食らいつき始めた。武器を持った騎士達よりも同じ魔獣を食らう方を優先する、共食いのような様子を見た瞬間、ぞわっと全身に鳥肌が立った。

群がっていた魔獣が突然興味をなくしたようにその場から飛び退いた時には、横たわっていた魔獣の姿は完全になかった。代わりに一匹だけ周囲の魔獣に比べて大きくなっている。

「ダームエル！　弱い魔獣でも確実に魔石を取れ！　弱った魔獣を他の魔獣に食われたら、この先どんどん戦いがきつくなるぞ」

エックハルトの言葉から推測すると、どうやら魔獣は魔石を食らって成長するらしい。そして、少し成長した魔獣は周囲の弱った魔獣を食らって更に成長しようとする。

エックハルトの注意を聞いたダームエルは急いで少し成長した魔獣を槍で何度か突き刺し、魔石を貫いた。共食いで魔獣が少し強くなると、ダームエルにとっては苦しい戦いになるようだ。他の二人に比べてダームエルには全く余裕がないのがわかる。

「わ、わたくしにできること……何か……」

おろおろとしながら自分にできることを探していると、ユストクスが首を横に振った。

「姫様にできることはありません」

そう言われても少しでも力になりたい。わたしは魔獣に襲われている恐怖で固まっている頭を必死に動かして考える。戦闘でわたしにできることなど、神に祈るくらいだ。

「た、盾はどうでしょう？　シュツェーリアの盾でこの木の周辺を覆ってしまえば、魔獣は入ってこられなくなります！　そうすれば回復の余裕も……」

「駄目です！　魔力の盾で覆ったら、満月の光も届かなくなります！」

採集ができなければ意味がない、とユストクスに却下されて、わたしはぐっと唇を噛んだ。

「姫様は採集のことだけを考えていれば良いのです。戦いは騎士に任せておきなさい」

専門家に任せろと言うユストクスは正しい。間違ってはいない。けれど、藪の奥から次々と出てくる魔獣の数に比べて、戦える騎士の数が圧倒的に少ない。

「ユストクス、これほど魔物が出るものなのですか？」

「いいえ、私が採った満月は魔物などほとんど出ませんでした。これは異常です。シュツェーリアの夜は特別だとフェルディナンド様もおっしゃったではないですか。これだけの魔物を惹《ひ》きつけるのだから、魔力の含有量は最高でしょう。……寄ってくる魔物の数は想定外ですが」

ギリッと奥歯を噛むように言ったユストクスも今の状況に色々と思うところがあるらしい。ただ、全てにおいてわたしの採集を最優先にしているだけだ。じりじりとした焦る気持ちで、少しずつ大きくなってくるリュエルの実を見つめているが、苛立ちを感じるほどゆっくりとした成長だった。

「ユストクス、あとどれくらいかかる⁉」

焦りを含んだようなエックハルトの声が下から響き、それに対してユストクスがリュエルの実を睨みながら唸るように答える。

「まだ半分の大きさにもなっていない！」

「数えきれないくらいの魔獣がリュエルの実を狙ってきている！　キリがないぞ」

三人の中で一番魔力が低いダームエルがかなり苦戦しているように見えた。肩が大きく動いて、荒い息を吐いている。魔力が少ない分、腕力で叩き伏せているために消耗《しょうもう》が激しいのだろう。

「ユストクス、シュツェーリアの盾は魔力を遮るから使えないのですよね？　遮るのではなく、御加護ならばどうですか？　武勇の神アングリーフに祈って祝福を与えることはできますか？」

ハッとしたようにユストクスが振り返ってわたしを見た。目を輝かせて大きく頷く。

「あぁ、それなら大丈夫です。姫様、彼等に御加護を」

「炎の神ライデンシャフトが眷属　武勇の神アングリーフの御加護を彼等に」

わたしは指輪に魔力を込めて祈りを捧げた。祝福の青い光が降り注ぎ、リュエルの木の周囲で戦う三人に降り注ぐ。次の瞬間、三人の動きが目に見えて変わった。明らかに先程とは動きの切れやスピードが段違いになる。武器の切れ味が上がったように一振りで屠れる数が増えた。

「ローゼマイン様、素晴らしい御加護です！」

弾んだ声を上げたのはブリギッテだった。ブリギッテはアメジストの瞳に強い光を浮かべながら周囲を睨み、ふわりとスカートを翻した。やや腰を落とした状態になったかと思うと、薙刀《なぎなた》のように長い柄の先に少し反った刃が付いている武器を振るう。

「やあああぁぁっ！」

気合いの入った声と共にブリギッテの武器がブンと音を立てて振るわれる。刃の当たる範囲にいた周囲の魔獣が数匹一度に形を崩して溶けていった。一撃で倒せなかった弱った魔獣に周囲の魔獣が力を求めて群がり始めるが、ブリギッテはその固まりに向かって武器を構えて数歩走る。

「散れ！」

ブリギッテが地面を踏みしめて武器を一閃させる。長めの刃が翻り、固まった魔獣達を一気に薙いで切り裂いていた。止まることなく武器を振るう姿が凛々しくて、ダームエルよりも魔力が強いと言っていたカルステッドの言葉が脳裏に蘇る。

「これは助かるな」

エックハルトもダームエルもかなり楽になったように魔獣を倒し始めた。

「ローゼマイン姫様、このリュエルの実を握って魔力を注ぎ込んでください。完全に色が変わるまで魔力を注ぐのです」

大きくなったリュエルを指差してそう言われ、わたしは下の様子を気にしながら頷いた。

「姫様、領内の魔獣を狩るのは彼等の仕事だから心配はいりません。それよりも、こちらの採集に集中してください。姫様の採集が終わらなければ、彼等も戦いを終えることができません」

厳しい視線のユストクスにコクリと頷くと、大きくなったリュエルに手を伸ばして握りこんだ。紫水晶のように見えたリュエルの実は見た目通り、硬くてひんやりとしていてつるりとしている。

……早く終わらせなくちゃ。

わたしの採集が終わるまで騎士達は戦いを止めることができない。キッとリュエルの実を睨むようにして、わたしは自分の魔力を注ぎ込んでいく。けれど、レッサーバスを作った時の魔石と違って、リュエルの実には自分の魔力がなかなか流れ込んでいかない。余所の魔力を入れたくないと言わんばかりの抵抗を感じる。

「魔木も生きていますから、抵抗が激しいでしょう?」

自分以外の魔力をその内に入れたくないのは同じだ、とユストクスが言う。トロンベ退治の時に傷を塞ぐことを目的に、フェルディナンドがわたしに魔力を注ぎ込もうとした時の気持ち悪さと不快さを思い出して、わたしはリュエルの抵抗に納得した。

「姫様、私は周囲を警戒しながらそちらを採集します」

自分の魔力で染めていない素材を欲しがっているユストクスは、魔力を遮断するための革の手袋をはめて手早く数個のリュエルを採集した。魔力で染める必要がないので、あっという間にユストクスの採集は終わる。

……もうちょっと。

ぎゅっと強く握って、わたしの手の中にある紫水晶のようなリュエルの実へどんどんと魔力を流し込んでいく。ひやりとした冷たい夜の空気の中なのに、じわりと額に汗が浮かんだ。抵抗を押し流すような勢いで魔力を叩きつけていくと、じわじわと紫の実が淡い黄色へ変化し始める。

わたしがリュエルを握っている最中、取り零した一匹のリスっぽい魔獣が木を登ってきた。すかさずユストクスが蹴り落とし、ダームエルが止めを刺す。怪我はしなかったけれど、リュエルの実をつかんだまま全く動けない今の自分の状況に、何とも言えない恐怖を覚えた。早く、早く、と念じながら、わたしは魔力を流し続ける。

「ユストクス! これでどうですか? 完全に染まってますか?」

「いいでしょう。切り取ってください」

完全に変色したことをユストクスに確認してもらい、わたしはナイフを取り出して枝を切った。

「採れました！」

「よし、撤退準備だ！」

エックハルトの声が響き、少しだけ雰囲気が緩んだ途端、別の木から飛び移ってきた猫っぽい魔獣がわたしに向かって「しゃあああ！」と叫びながら飛びかかってきた。裂けているように大きく開いた口が、尖った歯が、鋭く光る爪が襲い掛かってくる。

「きゃっ⁉」

頭を庇うように手を交差させ、わたしはきつく目を瞑《つむ》った。

「姫様！」

ユストクスがシュタープで魔獣を殴り飛ばす。魔獣だけではなく、わたしの手にも衝撃があった。わたしが目を開けると、ユストクスに殴られた魔獣がわたしの手にあったリュエルを咥《くわ》えたまま飛んでいくのが見えた。

「わたくしのリュエルが！」

咄嗟《とっさ》に魔獣を追いかけようとしたわたしを、ユストクスの鋭い声が止める。

「姫様、駄目です！　戻れ、エックハルト！」

エックハルトが飛んでいく魔獣を追いかけるように走るが、地面に落ちてくるよりも先に、わたしのリュエルの実を咥えて飛んでいった魔獣が空中で爆発した。……ように見えた。

後始末

ぶわっと膨れ上がった魔獣は爆発したのではなかった。大人の膝程の大きさだった猫のような魔獣がほんの一瞬で十倍以上の大きさになったのだ。騎獣に乗って空中にいるわたしより、まだ頭の部分が上にあった。その大きさで月が隠れて、暗い影を落としてくる。

「ゴルツェだと⁉」

リュエルを取り戻そうと魔獣を追いかけていたエックハルトがすぐさまその場を飛び退き、騎獣に乗って戻ってくる。ダームエルとブリギッテも騎獣に乗って、驚愕の目でゴルツェを見上げた。

「ゴルツェって何ですか?」

「ザンツェの上位種ですが、ザンツェがゴルツェになるのは初めて見ました」

ユストクスの説明によると、その辺りに大量にいる猫っぽい魔獣がザンツェで、魔力を得ることで何段階かの変化を経て、最終的にゴルツェになるそうだ。普通ならばリュエルの実を食べたり、他の魔獣を食べたりしてザンツェが少し大きくなったとしても、次の段階のフェルツェに変化するかどうかというくらいらしい。

「姫様の魔力を取り込んだせいでしょうが、普通はあり得ない変化です」

二階建ての建物くらいの大きさがあるゴルツェがのっそりと動いた。ぐわっと大きな口を開けたかと思うと、周囲の小さい魔獣を食らい始める。巨大で魔力が強すぎるゴルツェの突然の登場に、小さい魔獣達が混乱して逃げ惑い、力を求めて少しでも弱っている魔獣に食らいつこうとし、その場が一気に恐慌状態に陥った。

「オルドナンツ」

ユストクスがオルドナンツを作り出し、フェルディナンドへ緊急の連絡を飛ばす。

「フェルディナンド様、姫様の魔力が籠ったリュエルの実をザンツェが食べ、ゴルツェへと変貌《へんぼう》。至急退治の必要性があります。騎士団へ応援要請をお願いいたします」

ギリッと奥歯を噛みしめながら報告を聞いていたエックハルトが、シュタープを両手で握る大振りの長剣に変形させた。両手で長剣を握るエックハルトを見て、ユストクスが険しい表情になる。

「エックハルト、何とかなるのか?」

「やってみなければわからぬ。ゴルツェ自身、突然の変容でまだ取り込んだ魔力や体の大きさや力に馴染んでいないのだろう。攻撃できるとしたら動きが鈍い今しかない」

長剣へ魔力を注ぎ込みながら、エックハルトはゴルツェを睨みつけたまま、視線を外さない。ゴルツェが巨大な舌で小さな魔獣達をべろりと巻き取るようにして口へと運んでいく。下しか見ていないゴルツェの頭上へ騎獣を向けたエックハルトが、大きく剣を振りかぶった。

「うおおおぉぉぉぉぉ!」

エックハルトが剣を振り抜いた瞬間、カッと眩《まぶ》しい光が真っ直ぐにゴルツェに向かって飛び出した。威力は小さいが、祈念式で襲撃を受けた時にカルステッドが見せた攻撃とそっくりだった。エックハルトとカルステッドは見た目が似ているので、余計にそう見える。

眩《まばゆ》く光る光の斬撃《ざんげき》がゴルツェに向かい、気付いたゴルツェが頭を動かしたところに直撃した。痛みと怒りの声を上げるゴルツェを見れば、攻撃が一応効いていることがわかる。けれど、エックハルト一人で何とかできる相手ではないことも明白だった。

それでも、多少の手応えは感じているのか、エックハルトがもう一度長剣を振りかぶる。眩い光に驚いたのか、巻き添えを恐れたのか、小さな魔獣達が藪の中へと我先に逃げ込んでいく。そんな中、リュエルの実を流れるような手つきで次々と採集しながら、ユストクスが指示を飛ばした。

「ブリギッテ、ダームエル！　姫様を連れて即座に退却！　農村にて待機！」


わたしはブリギッテに先導されて、騎獣でその場を離れる。森を抜けて、人のいない農村まで戻ってきた。待機を命じられているので、一度止まって後ろを振り返る。森の木々の不自然な揺れ具合からゴルツェが暴れているのがわかった。

……どうすればいいんだろう。

小さなザンツェならば倒すのは簡単だった。大した被害もない小物だ。しかし、ゴルツェは上級騎士であるエックハルトでも簡単には倒せない。こうなったのはわたしの魔力が原因であることが明らかだ。今まで、わたしが魔力を使う時は大体が怒りに我を忘れている時か、祝福を与える時なので自分の魔力の大きさを客観的に見つめる機会がなかった。フェルディナンドから、魔力が強大だから制御の方法や身を守る方法を覚えなければ危険だとか、強大すぎる魔力を持つわたしが領地にとって有害かどうか確認しなければならないとか言われていたけれど、本当の意味で自分の魔力を自覚したことはなかった。

「……わたくしの魔力があんな魔獣を作り出すなんて知りませんでした。わたくしのせいですね」

「いいえ、ローゼマイン様。お守りできなかった護衛騎士の責任です」

キッパリとしたブリギッテの言葉にダームエルが胃の辺りを押さえて不安そうに森を見る。

「どうすればいいのでしょう。……ゴルツェをこのまま放っておくことはできません」

「ローゼマイン様、騎士団にお任せください。そのために騎士団はあるのです」

ブリギッテが胸を張ってそう請け負ってくれる。それでも、エックハルトの攻撃があまり効いていなかったのを見ていると、それほど楽観的にはなれない。

「ほら、ローゼマイン様。エックハルト様も戻っていらっしゃいました。もう大丈夫です」

森から騎獣の影が二つ飛び出してきて、こちらへ向かってくる。ユストクスとエックハルトだ。二人が合流するのとほぼ同時に、フェルディナンドの元からオルドナンツが飛んできた。ユストクスの腕に降り立ち、フェルディナンドの声を届ける。

「すぐにそちらに向かう。ロートを上げろ。ゴルツェが暴れて周囲を襲う前に対処が必要だ。まず、エックハルトの攻撃。それでゴルツェを倒せぬならば、ローゼマインが風の盾を裏返すようにして風で檻《おり》を作り、魔獣を出さぬように閉じ込めるのだ。ローゼマイン、君の魔力を得た魔獣を押さえ込めるのは、そこにいる中では君だけだ」

フェルディナンドの指示を三回繰り返し、オルドナンツは魔石に戻った。すぐさまダームエルがシュタープを取り出し、「ロート」と赤い光を打ち上げる。

「風で檻を作る？……できるのか、そのようなことが？」

「風の盾を裏返すように、と助言もいただきましたからやります。自分がやってしまったことの後始末は自分でやらなければならないのですよね？」

わたしが魔力を魔石に籠めたり、魔獣に襲われたりすれば、これから先の採集でも同じようなことが起こる可能性はある。対処の方法は学んでおいた方が良い。何より、有益な助言をもらえたことがわたしの気を軽くしていた。自分の魔力でこのような事態を引き起こしているのに何もできないよりは、事態を収束するためにできることがある方がマシだ。

「やります、と簡単に言うが、ローゼマインの小さな体のどこにそれだけの魔力があると言うのだ？複数人に神の祝福を与え、あれだけの魔力をリュエルに籠めて、この上、神に祈って風の盾が作れるわけがないだろう。無謀だ」

まだ風の盾を作るくらいならば余裕でできるが、本来は無謀扱いされるようなことらしい。どうやら、わたしの魔力についてはあまり周囲にはっきりと知らされていないようだ。洗礼式の祝福で強い魔力を持っていることは知られているが、それがどの程度かは知られていないのだろう。

わたしも他人と比べたことがないので自分の魔力の正確な大きさはわからない。エックハルトに何と言えばいいのか考えていると、ユストクスが腕組みをしてエックハルトを見遣る。

「エックハルト、姫様の魔力を食らった魔獣がどのくらい強大になるのか、一番よくわかっているのは姫様の庇護者であるフェルディナンド様だ。そのフェルディナンド様が対処できるのは姫様しかいないとおっしゃったのだ。フェルディナンド様のお言葉に従い、ゴルツェを閉じ込められるように、其方等は姫様の補佐を最優先に考えるべきだろう」

エックハルトは一瞬心配そうな表情をわたしに向けたけれど、頭を一度振って頷いた。

「わかった。全力で補佐しよう。風の盾に魔力を使うのでローゼマインの騎獣は片付けて、ブリギッテに同乗すること。ローゼマインが集中するために小物が近寄らぬよう全員が騎獣に乗ったままローゼマインを守ること。いいな？」

「はっ！」

わたしはレッサーバスを魔石に戻し、ブリギッテに同乗させてもらう。そして、またゴルツェのいる森の奥へ戻っていく。

先程よりも魔力が馴染んできたのか、自分の大きさに慣れてきたのか、動きが速くなっているゴルツェがわたし達に気付いてこちらを見た。ギラリと光る大きくて縦に長い瞳孔《どうこう》がピタリとわたしに向けられる。軽く見開かれた巨大な目がわたしを餌《えさ》だと認識したのがわかった。

捕食しようとする肉食獣の目にぞっと背筋が震える。わたしが魔力の固まりであることを見抜き、食らおうとしてくるゴルツェの顔面にエックハルトが斬撃を叩き込みながら叫んだ。

「ローゼマイン、神に祈れ！」

「守りを司る風の女神シュツェーリアよ　側に仕える眷属たる十二の女神よ」

魔力を指輪に流し込みながら、わたしはいつもどおりに祈りの言葉を口にする。神が身近にいるような感覚にざわりと肌が粟立ち、わたしは思わず紫の月を見上げた。いつもと違う月のせいなのか、それとも、本当に何かがいるのかわからないけれど、魔力の流れが少し違う。

「我の祈りを聞き届け　聖なる力を与え給え　害意持つものを近付けぬ　風の盾を　我が手に」

ひっくり返った傘《かさ》でゴルツェを閉じ込めるようなイメージで風の盾を作っていく。わたしが頭に思い描いたそのままに、琥珀《こはく》のように透き通った盾が裏返っている。内側に模様が刻まれているところまでそのままだ。

大きなドームに閉じ込められた形になったゴルツェが盾に向かって突進し、吹き飛ばされる。周囲で安堵の息が漏れた。けれど、わたしは思わず胸元を押さえた。ゴルツェの攻撃を受けた途端、ぐんと魔力を吸い取られたような気がしたのだ。最初は勘違いかと思ったが、そうではない。ゴルツェが暴れて風の盾に攻撃すれば、魔力が吸い出されていく。

「ローゼマイン、顔色が良くないぞ。魔力は大丈夫なのか？」

「……まだ平気です。ただ、今までと違います。わたくし、何度か風の盾を使ったことがありますけれど、攻撃を受ける度に魔力が吸い出されるのは初めてなのです」

「それはゴルツェが攻撃に使う魔力を相殺して盾を維持するためだろう。其方の今までの相手は魔力が低かったのではないか？」

エックハルトの言葉にわたしは、コクリと息を呑んだ。指摘された通りだ。祈念式で初めて使った時は農民が相手だったし、神殿で皆を守った時はフェルディナンドの魔力を正面から受けたわけではない。ガマガエルっぽい伯爵に向けられた魔力のとばっちりから皆を守るものだった。

強敵に対して風の盾を維持するのにこれほど魔力が必要になるとは思わなかった。暴れて風の盾を打ち破ろうと突進を繰り返すゴルツェを睨みながら、わたしは奥歯を噛みしめる。この調子で魔力を吸い出されたら、フェルディナンドが到着するまで盾を維持できるかどうかわからない。

……神官長、早く来て。

「ローゼマイン、顔色が悪い。魔力がないのではないか？」

「……魔力はまだ平気ですけれど」

ずっと攻撃を受ける風の盾を維持するのは魔力の量も大変だが、それより大変なのは集中が切れそうになることだ。作って放っておいても問題なかった今までと違い、集中して魔力を流していなければ、風の盾が破られそうになる。

「わたくし、今はゴルツェより強大な敵と戦っているのです」

「ゴルツェより!?　何だ、それは!?」

「睡魔《すいま》です」

疲れと時間経過も相まって、最大の敵との戦いが始まっているのだ。いくら昼寝をしたとはいえ、出発したのは七の鐘が鳴ってからだった。リュエルの花が散り、実がなり始め、魔力を注ぎ込んだ実が採集できた頃には真夜中で、それからまだ睨み合いが続いている。子供の体には限界が近い。

おまけに、わたしは今ブリギッテと同乗していて片腕で抱えられている。わたしが頭を打たないように柔らかくしてくれた胸当てのおかげで、実に心地良い胸枕になっているのだ。

……ぬぅ、このまま寝たい！

「しっかりしろ、ローゼマイン！　これだけの盾を作って維持するのは他の誰にもできぬ」

「わかってます！　ですから、どなたでも結構です。わたくしの眠気が飛ぶような面白くて興味深いお話でもしてくださいませ！」

閉じそうになる目を必死にこじ開けて、わたしはゴルツェを睨みながら、時折飛びかかってくる小さい魔獣をいなしている周囲に協力を要請する。

「いきなり難問だな。私より情報を集めているユストクスが適任だろう。任せた」

「待て。私が得意なのは集めることで、情報を披露《ひろう》することではない。何より、姫様の好みをよく知らぬから興味のある話などできぬ。ここは長期間お仕えしているダームエルが適任ではないか？」

二人から視線を向けられたダームエルがざっと青ざめてぶるぶると頭を振った。

「ローゼマイン様がお好みになるのは本や図書室についてのお話です。私にはローゼマイン様が満足されるようなお話などできません！」

ダームエルの悲鳴のような声にユストクスが「おや」と眉を上げた。

「図書室？　ならば、貴族院の図書室の話でもしますか？」

「ぜひお願いしますっ！　蔵書数、取り扱っている本の種類、何でも伺います」

一気に眠気が吹き飛んだ。十歳になれば行くことになる貴族院は貴族の子供の学校で、その図書館は学校図書館といえる。この機会にぜひ色々な話を聞きたい。ギラリと目を光らせたわたしの言葉にユストクスが笑い出した。

「そんな情報を聞きたがる方がいるとは思いませんでした」

ユストクスは貴族院の図書室の情報を話し始めた。他の人にはどうでもよい情報でもわたしにはとても有益で楽しい情報だ。作られた年代から蔵書数、本の種類に、一番多く寄贈してくれた人、図書室で働く司書の名前や年、そして、開かずの書庫の話など、盛りだくさんだった。


「待たせた！」

わたしがすぐにでも貴族院に行きたくなった頃、フェルディナンドが到着した。高速で近付いてきた白いライオンがバサリと羽を動かして止まる。

「……あのゴルツェか。よく閉じ込められたな、ローゼマイン。集中力も魔力もかなり必要だっただろう。よくやった」

風の盾とその中で暴れるゴルツェを見ながら、フェルディナンドが褒めてくれる。

「ユストクスが面白いお話をしてくださったおかげで、集中できました」

「そうか。周りの顔を見る限り、詳しく聞くのは止めておこう。さっさとゴルツェを片付けるぞ、エックハルト」

「はっ！」

フェルディナンドはさっさとわたしから視線をエックハルトに向けると、シュタープを取り出して大振りの長剣に変化させる。その長剣に今までに見たことがないほどの魔力を流し込みながら、フェルディナンドは騎獣を駆って上空へ上がっていった。エックハルトは厳しい顔でフェルディナンドを一度見た後、わたし達を守るように背を向けると、魔力を流し込みながらゆっくりと長剣を持ち上げていく。ゴルツェの頭上に騎獣を移動させたフェルディナンドの長剣が虹色に輝いた。

「全力で行くぞ！　構えろ！」

そう怒鳴ったかと思うとフェルディナンドが長剣を振りかぶり、ゴルツェに向かって落下するかのような勢いで突っ込み始めた。その間にも剣の輝きはどんどん強くなっている気がする。

「ローゼマイン、消せ！」

わたしが慌てて風の盾を終了させると同時に、フェルディナンドとエックハルトが剣を振りぬいた。巨大な光の斬撃がゴルツェの頭上から降り注ぎ、轟音《ごうおん》と同時にものすごい衝撃が来た。木々が倒れて地面が抉《えぐ》れ、土や石が舞い上がって飛んでくる。

「ひゃあああぁぁぁっ！」

ブリギッテがマントで覆うように庇ってくれている中で、更に腕を顔の前で交差させて頭を庇う。ビシバシと色々な物が当たる感触と音がしていたけれど、それでも周囲に比べてわたし達の被害が少なかったのは、エックハルトの斬撃によって彼の背中付近だけは守られていたからだった。

フェルディナンドの一撃でゴルツェは溶けるように消えていった。残ったのは大きな魔石だ。フェルディナンドはそれをじっくりと眺めて「駄目だな。これでは使えぬ」と首を左右に振った。

ゴルツェを倒して得た魔石はゴルツェの魔石であって、リュエルの実ではない。わたしの魔力だけではなく雑多な魔獣の魔力も大量に籠っているので、薬の素材としては使えないらしい。

「エックハルト、あとで分けておけ」

フェルディナンドはそう言いながら魔石をエックハルトに向かって放り投げる。エックハルトはそれを受け取って大事そうに革袋に入れた。

わたしは衝撃で倒れてしまった森の木々の中、変わらずにそこにあるリュエルの木を見遣った。ユストクスが採集した分とそれ以外は魔獣に食われて、リュエルの実はもう一つも残っていない。

「……採集、失敗しちゃいました」

皆に協力してもらってここまで来て、一度は手に入れたはずなのにザンツェに取られてしまった。ザンツェがゴルツェへと変化したことでフェルディナンドを呼び出す羽目になり、後始末に奔走《ほんそう》したけれど、手元に残ったものはない。項垂れるわたしの頭にぽすっと大きな手が置かれた。

「仕方がない。今年はシュツェーリアの夜に関する情報が少なすぎた。来年は万端《ばんたん》の準備を整えればよかろう。……泣くな」

「な、泣いてません。眠たくて、欠伸《あくび》しただけですから」

急いでごしごしと目元を擦《こす》ってわたしが顔を上げると、フェルディナンドがフンと鼻を鳴らした。

わたしの冬支度

リュエルの実の採集は失敗したたし、それから寝込んで薬のお世話になったけれど、収穫祭自体は特に問題なく終わった。

「おかえりなさいませ、ローゼマイン様」

神殿に戻って出迎えてくれたギルの顔を見て、わたしはホッと一息吐く。

「ただいま戻りました、ギル。留守の間に変わったことはなかったかしら？」

「お話ししたいことがいくつかございます」

ギルの言葉にフランがすっと進み出た。

「では、ギル。ローゼマイン様を孤児院長室へ案内し、そちらでお話をしてください」

収穫祭から戻ったばかりで、次々と荷物が運び込まれている神殿長室よりは孤児院長室の方が落ち着くだろう、とフランが勧める。わたしがいない方が片付けは捗《はかど》ると遠回しに言われたわたしは、丁寧に掃除されて整えられている孤児院長の部屋に、ギルや護衛騎士と一緒に向かった。

「どうぞ、ローゼマイン様」

孤児院長室でギルが入れてくれたお茶を飲みながら不在だった期間のギルの話を聞く。ギルのお茶を入れる技術も進歩しているようで、フランには劣るけれどかなり上達していた。でき上がっている紙の数や絵本の数、必要なインクの数などの在庫状況の報告の後、トロンベの話が出た。

「先日、森へ紙作りに行った時ににょきにょっ木が出て、皆で刈りました。結構大きくなっていて兵士達も動員されるほどでした。よく頑張った、と兵士達が孤児院の皆を褒めてくれました。若くて細い枝はいらないと言うので、持ち帰り、すでに黒皮になっています」

ルッツが兵士達に交渉して、若いトロンベを全てもらって来たそうだ。

「皆に怪我がなかったのならば良かったわ」

「後は、工房にインゴという職人が来て、ルッツや灰色神官と印刷機の改良について話し合っていました。詳しくはルッツから報告があると思います」

「そう、楽しみだわ」

印刷機の改良について考えるだけで楽しくなる。どんな風に変わるのだろうか。

「ハッセの子達はどうかしら？　うまく馴染めている？　様子を見に行っても大丈夫かしら？」

「……気になるなら、孤児院へ行きますか？」

「ええ、ヴィルマに尋ねたいことや頼みたいこともありますから、行きましょう」

護衛騎士も連れて、わたしは孤児院へ移動する。先触れがない突然の訪問にヴィルマは驚いていたけれど、収穫祭の後片付けで側仕えが大忙しである話をするとクスクスと笑った。

「ローゼマイン様は側仕えが少ないですから、どうしても大変ですもの」

「……そんなに少ないかしら？　大体の青色神官が五人くらいの側仕えを召し抱えると伺っているので、それほど少ないとは思えないのですけれど」

前神殿長も六人くらいだったと記憶している。六人くらいと曖昧になるのは、デリアをどちらの側仕えに入れるか迷ったからだが、自分の側仕えは平均くらいだと思っていた。

「普通の青色神官であれば、それで十分でしょうけれど、ローゼマイン様は神殿長、孤児院長、工房長とお仕事が多いですから、それぞれに三人ずつくらいの側仕えが必要ではないでしょうか」

工房長の仕事はギル、孤児院の仕事はヴィルマ、神殿長の仕事にフランとモニカとニコラ。ニコラは料理助手に向かうことが多いことを考えると、確かに一人一人の負担が大きそうだ。

「神官長やフランに相談して、必要ならば増員いたします。それよりも、今年の収穫祭の期間はいかがでした？　食料は足りたかしら？」

「はい。ローゼマイン様が準備してくださったので問題なく過ごすことができました」

青色神官達の専属料理人が出払っていても料理ができる灰色巫女が何人もいる。食材だけはしっかりと準備したので、問題なく収穫祭の間を過ごすことができたようだ。

「ハッセの子達はどのような様子でしょう？　もう馴染めたかしら？」

「最初は勝手の違いに戸惑っているようで、どうしてよいのかわからない感じに見えましたけれど、ハッセで一緒だった巫女や神官が助言したり、手助けしたりしているうちに他の皆も自分達と違うことがわかったみたいです」

神殿から出ることなく育っている子供達ばかりなので、自分達とどうして違うのかよくわからなかったらしいが、工房で育ちが違うルッツやレオン、職人として出入りするヨハンやザックを見ていたので、以前に比べると他者を受け入れられるようになっているそうだ。

「孤児院の冬支度はどうですか？」

「ジャムを煮詰《につ》めたり、茸《きのこ》を干したり、できるところはすでに始めています。今年は森で拾ってきた薪《まき》が去年よりも多いですし、ギルベルタ商会を通じて買った分がすでに運び込まれています」

豚肉加工の日はまだ先だが、今年はギルベルタ商会と一緒に行うし、去年経験しているので孤児院に任せてしまっても問題なさそうだ。

「あの、ローゼマイン様。その冬支度に関することなのですが、ノーラとマルテにこの孤児院では冬の手仕事として糸紡ぎや機織《はたお》りはしないのかと聞かれたのです。わたくし達は聞いたことがないので、一体どのようなことか、今年からは取り入れた方が良いのか相談したいと思いまして……」

平民の女性にとって糸紡ぎと機織りは冬の大事な仕事だ。それで家族の服を作らなければならないし、その腕前で嫁の貰い手が決まるほどの美人の条件となっている。けれど、灰色神官や巫女の服は神殿から与えられる。森に出かけたり、工房で印刷をしたりする時の汚れても構わない服は下町の貧民街にある安い中古服を購入している。正直なところ、糸を買ってくる方が高くつくのだ。

貴族の下働きとして買われた後は屋敷の方で準備されている服と下げ渡される服があり、結婚が許されることがおそらくほとんどないので、機織りや裁縫の腕はそれほど必要ではない。

「服を神殿から与えられる以上、作る必要がないので機織りは今のところ考えていません。ただ、毛糸を準備して編み物をするのは良いかもしれません。温かく冬を過ごせるようになります」

去年は温かく過ごせるように中古のセーターを買ったけれど、防寒具はいくらあっても良い。毛糸と編み棒をギルベルタ商会に注文して、今年は編み物に挑戦することにしよう。

「温かく過ごせるのは嬉しいですね。ノーラとマルテが編み方を知っているでしょうし、余裕があればトゥーリに頼んでみるのも良いかもしれません」

ヴィルマも乗り気だ。冬の間にできることがあるのは時間潰しのためにも良いだろう。

わたしは、収穫祭で得た寄付の作物を城で加工してもらっていることと、仕上がった分を神殿に運ぶ話をして席を立った。

「あの、ローゼマイン様。もう一つお話しすることがございました。エルヴィーラ様からいただいた絵具で神官長の絵を描きましたけれど、どちらに運べば良いでしょうか？」

「すぐに見せてくださいませ」

ヴィルマの描いたフェルディナンドの絵はヴィルマらしい柔らかな色合いで描かれていて、更にヴィルマフィルターがかかっていて、フェルディナンドが神々《こうごう》しい雰囲気に仕上がっている。

……神官長がすごく聖人っぽく見えるけれど、違うの。本当の神官長はもっともっと黒い笑顔で、こんなに優しい笑顔は浮かべないんだよ！

わたしは心の中で絶叫してしまうけれど、話を聞く限り、エルヴィーラの目にはこういうキラキラしたフェルディナンドが見えているようなので、エルヴィーラはきっと涙を流して喜ぶだろう。

「布に包んで、木箱に入れて、孤児院長の部屋に運んでくださいませ」

「かしこまりました」

神殿長の部屋では出入りするフェルディナンドに見つかる可能性がある。孤児院長の部屋に保管しておく方が良いだろう。


ヴィルマとの話を終えて、ギルや護衛騎士と一緒に部屋に戻ると、片付けは終わっていた。

「ローゼマイン様、今日はもうお休みくださいませ。明日からはしばらく忙しくなります」

フランがそう言った。すでに半分以上の青色神官が収穫祭から戻ってきているようで、明日からはフェルディナンドと一緒にそれぞれの報告を聞くという神殿長の仕事が待ち構えている。全員の報告を聞き、貴族の治める土地を回った青色神官からは小聖杯を受け取らなければならない。数に間違いがないか確認して、金色の小さな聖杯を決められた戸棚に並べて鍵を閉めておく。小聖杯の管理も神殿長の仕事だ。持ち帰られた小聖杯は、冬の奉納式で魔力を満たすのである。

「それから、里帰りや奉納式の時の魔力を込めていく順番も決めておかなければなりません」

青色神官が収穫祭で受け取った寄付の作物は、城からそれぞれの実家へと運ばれている。それを受け取るために青色神官は実家へ里帰りすることになるらしい。大きな荷物がたくさん出入りすることになるので、順番を決めておかなければ面倒なことになるそうだ。

「これが神殿の、青色神官の冬支度ですよ。……ローゼマイン様も城へ取りに行かなければならないのですが、ローゼマイン様は領主様へのご報告と合わせて行いましょう」

青色神官が全員戻ってきて全ての小聖杯が揃ったら、城へ行って領主に報告しなければならないそうだ。これも神殿長の仕事らしい。

「わたくしの受け取り分は城で加工してもらって、馬車を準備してもらう予定です」

「それは助かります。ですが、冬の衣装も城で準備されているのでしょう？　こちらへ運ばなければなりませんし、あちらでのお披露目の打ち合わせもあるのではないでしょうか？」

フランに次々と並べられて、わたしは収穫祭が終わっても忙しいことにげんなりとしてしまった。神殿の冬支度は去年と同じように孤児院と自分の部屋の分を準備すれば終わりだと思っていたが、役職が増えるとそう簡単には終わらないようだ。

次の日から、青色神官との面談が毎日のように続くことになった。小聖杯の回収が主な仕事で、収穫量や徴税官、農村の雰囲気についての話を聞く。意外と細かい報告をしてくれる青色神官もいれば、どこも大して変わらないと簡単に報告を終わらせる青色神官もいる。

「……神官長、カンフェルとフリタークの二人には事務仕事を割り振ってみてはいかがですか？　二人とも家が裕福ではない貴族ですし、お給料を与えれば真面目にお仕事してくれそうですよ」

「やる気があるかないかわからぬ者に一から教えるほどの余裕はない」

にべもなくそう言ったフェルディナンドだが、一応以前に仕事を割り振ろうとしたことはあるらしい。ただ、あまりにも青色神官が使えなかったことと、何をするにも前神殿長が面倒だったため、自分で仕事を抱え込む選択をしたそうだ。

「自分でやる方が確実で早いからと、全ての仕事を抱え込むから神官長だけが忙しいのです。遠回りに思えても他に仕事を任せた方が良いですよ。もう面倒だった神殿長もいないのですから」

前神殿長がいなくなったことで、神殿内の権力はフェルディナンドが全部握っていると言っても過言ではない。前神殿長に配慮して保身のためにフェルディナンドに近付かないようにしていた青色神官もいるようなので、この機会に使えるようにすれば教育すれば良い。

「神官長が抱えている仕事は、本来何人の青色神官がしていた仕事ですか？　養父様なんて神官長が神殿で暇をしていると思って仕事を割り振っていたようですけれど、仕事量に関して養父様に報告はしないのですか？」

「領主に与えられた仕事は確実にこなさなければならないものだ。仕事量を報告してどうする？

結果を報告すれば十分であろう？」

フェルディナンドの仕事に関する厳しさに溜息を止められない。誰がこんな風に育てたのだろうか。報連相《ほうれんそう》は仕事の基本だと読んだことがある。ここでは徹底されていないのだろうが、仕事を円滑に進めるには必要なことだろう。

「お互いの現状を知っておくことは仕事を円滑にこなすためには大事ですよ。現に、わたくしは養父様とお話しして印刷業に関して少し余裕を頂きました。わたくしの進度で進めても良い、と」

「……君は、与えられた仕事ができない、と言ったのか？」

信じられないと言わんばかりに目を見開かれ、わたしはむぅっと唇を尖らせる。

「できないとは言っていません。わたくしに自由時間がないのは養父様が印刷業の無茶ぶりをしたからです、と現実を伝えただけですもの。印刷業に関しては神官長にやらせているつもりだったようで、わたくしが主導で行っていると伝えると驚いていらっしゃいました」

「それだけであのジルヴェスターが猶予《ゆうよ》を与えたのか？　君にずいぶんと甘くないか？」

フェルディナンドが不満そうに腕を組んでわたしを見たが、虚弱で外見が子供のわたしにどんどんと仕事を任せていくフェルディナンドの方がおかしいのだ。「できる者に任せるのは当然だろう」と言うが、わたしは余計な仕事など任されたくはない。

……わたしは読書がしたいんだよ。ギブ、ミー、読書時間！

「とりあえず、一つだけ確実に言えるのは、わたくしに神官長と同じだけの仕事量を期待しないでくださいませ。体力的に不可能です」

冬には奉納式と貴族の社交界があるが多忙《たぼう》すぎる。正直、わたしの体力でこなせると思えない。

「君の意見はもっともだが、君の分も薬は十分に準備しているぞ」

「そんな薬漬けの生活が体に良いわけないでしょう!? 神官長こそ薬に頼る生活を改めてください。薬に頼らなくても生活できる程度まで仕事を減らさなければ、その内倒れますよ」

リヒャルダに言いつけますからね、とわたしが付け加えると、フェルディナンドはものすごく嫌そうな顔になった。リヒャルダに叱られる想像は容易にできるようだ。

「仕事を減らすのは簡単ではないであろう? どうするつもりだ?」

「まず、城に行く頻度《ひんど》を減らしましょう。情報収集のために出入りする必要があると思いますが、行けば仕事をしてくるので、最初から頻度を減らしてユストクスから情報を得ればよいのです」

わたしが提案すると、フェルディナンドはぐっと眉間に深い皺を刻んで難しい顔になった。

「だが、私が行かなければ、ジルヴェスターの机には仕事が溜まったままになるぞ?」

「養父様の仕事なのですから、養父様にさせれば良いのですよ。エーレンフェストの貴族の頂点に立つ養父様が自分の責任くらい果たせなくてどうします? 神官長は何だかんだ言って、養父様には甘いですけれど、ヴィルフリート兄様に厳しくする前に養父様に厳しくするべきです」

フェルディナンドが肉親の情を抱いていそうな相手が異母兄であるジルヴェスターと従兄に当たるカルステッドくらいしかいないことは少し接していればわかる。だが、「領主を甘やかすな」というわたしの指摘にフェルディナンドは愕然とした表情になった。

「……私がジルヴェスターに甘い？ そのようなことは初めて言われたぞ」

「だって、わたくしには自分の後始末くらいは自分でしろ、とおっしゃるではありませんか。わたくしにできない分は手伝ってくださいますけれど、できる分は手伝ってくださいませんよね？　養父様の仕事は養父様にできないお仕事なのですか？」

領主の仕事ができない領主の方が問題ですけれど、とわたしが付け加えると、フェルディナンドは目を閉じて顎を撫でてゆっくりと頭を左右に振った。

「自分が楽をするために他に回そうとするだけで、できないわけではないな」

「ヴィルフリート兄様が頑張っている分くらいは養父様も頑張れば良いのですよ。神官長は養父様のお仕事よりも、神殿のお仕事を優先してください。そして、神殿の仕事も他の青色神官に割り振って、少しでも余裕を作りましょう」

わたしがグッと拳を握ると、フェルディナンドは興味を引かれたようにわたしを見下ろす。

「余裕、か。一体何のために？」

「……神官長の健康のためですよ。別に、わたくしの読書時間を確保するためではありません」

「最後に本音が出たな。だが、まぁ、よかろう。ジルヴェスターから神殿へ無茶を言い出した時は、神殿長として君が止めてくれるのであろう？」

ニヤリと笑ったフェルディナンドに面倒くさい仕事を割り振られてしまった。

……おかしい。減らすつもりだったわたしの仕事が増えた気がするよ。なんで？

全ての青色神官から小聖杯を預かったわたしは、ジルヴェスターとの面会予約を取ってもらってフェルディナンドと一緒に城へ行った。城に着いたら一人乗りのレッサーバスでジルヴェスターの執務室へ向かう。その道中で、リヒャルダにわたしの分として届いている寄付の作物の内、すでに加工されている分を神殿に持ち帰れるように準備してもらえるように頼んだ。ついでに、ヴィルフリートの授業の進展具合について尋ねる。

「ヴィルフリート様は順調に課題表を塗りつぶしていらっしゃいます。側仕えも半数は入れ替えまして、熱心な教育が始まりました。今度こそ姫様に勝つのだ、とカルタの練習に励んでおります。基本文字は粗方《あらかた》読めるようになってまいりましたし、数字も読めるようになっております。書く練習をもう少ししなければなりませんね」

リヒャルダは子供を育てるのが本当に好きなのだろう。生き生きとした表情でヴィルフリートの成長を語ってくれる。せっかくなので、リヒャルダにトランプで足し算をしながら遊ぶゲームを教えておいた。これをトランプ遊びに加えれば、少し計算を覚えてくれるだろう。

「フェシュピールの練習も進んでいて、冬までには一曲弾けるようになりそうです。繰り返しの練習ですから、すぐに癇癪を起すのですけれど、しばらく叫んで地団駄を踏んだ後は、悔しそうな顔で練習されています。ジルヴェスター様もフロレンツィア様も目を見張るほどの成長に驚き、喜んでいらっしゃいます。姫様に大変感謝しておりましたよ」

廃嫡の危機を脱出しようとしているのだから親ならば喜ぶだろう。その喜びがヴィルフリートに届いているから、ヴィルフリートも努力を続けられるのだと思う。

領主の執務室に着き、わたしはレッサーバスを片付け、フェルディナンドと一緒に入室した。フェルディナンドが言っていたように机の上には書簡が大量に積まれている。そして、フェルディナンドの姿を見た周囲の文官までが助かったというような顔になった。それを完全に無視して、わたしは小聖杯が間違いなく戻ってきていることを述べ、収穫祭に関する報告をした。

「恙《つつが》なく収穫祭を終えたか。ご苦労だった、ローゼマイン。それから、悪いが、去年と同じように小聖杯を十ほど追加で頼みたい」

「無理です」

わたしの即答にジルヴェスターは何度か目を瞬いた後、コテリと首を傾げた。理解できなかったのか、したくないのかわからないような顔で見つめてくるので、わたしは理由を付けてお断りする。

「去年と一緒は無理ですよ。冬の社交界に出なければならないのですから、わたくしが去年と同じには動けませんし、春の騒動で去年よりも神殿の人数が減っていますもの」

あんな神殿長だったが、実家の身分が高いだけあって他の青色神官に比べると魔力が上だったのだ。去年だってきつかったのに、人数が減っているのだから同じにはできるはずがない。

「……もう引き受けてしまったのだ。何とかならぬか？」

そんなことを言われても休息は必須《ひっす》だし、貴族の集まりに顔を出すのも必須だ。冬のお披露目ではヴィルフリートが恥をかかないようにフォローも頼まれているのに、余所の領地の小聖杯にまで費やす時間と体力と魔力の余裕はない。

「今の青色神官の人数と魔力の少なさと、わたくしの体力の無さを甘く見ないでください。どうしても魔力が必要ならば、養父様が神殿に来て魔力を込めればいいではありませんか」

「私が、か⁉」

「貴族ならば責任を持って、自分の後始末は自分でするものなのでしょう？　こちらの都合も聞かずに勝手に引き受けたのは養父様なのですから、養父様が何とかしてください。どう頑張っても神殿では半分も引き受けられません」

　魔力不足が深刻なのはエーレンフェストも同じことだ。どのような政治的な取引があったのか知らないけれど、余所の面倒なんて見ていられるわけがない。どうしてもと言うのならば、ジルヴェスターが魔力を込めるか、青色神官の補充《ほじゅう》を行うか、何か手立てを考えて欲しいものだ。

　わたしでは駄目だと早々に説得を諦めたジルヴェスターは、フェルディナンドへ視線を向けた。

「フェルディナンド、其方は……」

「大変残念なことだが、其方が任命した神殿長の決定だ。公的には神殿長より下の立場に当たる神官長の私ではどうにもならぬ。それに、私は去年言ったはずだ。今回だけだ、と。ローゼマインが言うように、アウブなのだから自分の後始末は自分でしろ」

　唇の端を上げて取り付く島もない笑顔を見せたフェルディナンドに、全く残念そうではない声で却下されて、ジルヴェスターが大きく目を見開いて頭を抱える。こういう反応を見ても、フェルディナンドは何だかんだ文句を言いつつ、最終的には引き受けていたことがわかる。

「神殿に余裕は全くございません。養父様は神官長に頼らずにお仕事を頑張ってくださいね。父親として、アウブとしてヴィルフリート兄様のお手本にならなければなりませんものね？」

フェルディナンドに縋るような視線を向ける文官とジルヴェスターをお嬢様らしい笑顔で激励《げきれい》したわたしは、フェルディナンドの袖を軽く引っ張ってそそくさと領主の執務室を出た。

「フェルディナンド様、すぐに神殿へ帰りましょう」

「何故だ？　少し様子を見た方が良いのではないか？」

「城でのんびりしていたら養父様の文官が頼ってきそうですし、仕事人間のフェルディナンド様が何もしない状況にそわそわと落ち着かずに、最終的には養父様のお手伝いをしそうだからです」

わたしの指摘にフェルディナンドが眉間の皺を深くする。嫌な顔をしているけれど、反論がないところを見ると図星のようだ。

星結びの儀式で貴族街に連れて来られて、「休め」と言われても落ち着かなくて、結局側仕え全員が集まって仕事の話をしていたというフランの話を思い出してげんなりしてしまう。

……あぁ、もう！　主従が似すぎなんですけど！

「そんなに仕事がしたいならば城ではなく神殿で仕事をして、ついでに、後進を育ててくださいませ。青色神官が絶望的でしたら、灰色神官を鍛えてくださってもよろしいのですよ」

仕事に余裕ができたフェルディナンドが暇に任せて本気で後進を育ててくれれば、わたしへの期待や注意が分散されて、わたしの課題が少しは減るに違いない。「神官長はそんなに甘くないよ」と頭のどこかで声がしたけれど、それは聞かなかったことにする。

「ふむ。後進の教育か……」

腕を組んで考え込みながら、ちらりとフェルディナンドがわたしを見た。

……そこで何故わたしを見るかな？　嫌な予感がするので神官長はこっちを見ないでください。

エピローグ

「おかえりなさいませ、ブリギッテ様」

「ただいま戻りました、ナディーネ」

収穫祭を終え、神殿から騎士寮の自室に戻ってきたブリギッテをナディーネが笑顔で出迎えてくれた。ナディーネは、ブリギッテが実家のあるイルクナーを離れて騎士寮に入る時に連れてきた下級側仕え見習いで、騎士寮の自室を整えてくれている。ナディーネの家族はブリギッテの婚約解消後もイルクナーに残っている数少ない親戚だ。ギーベ・イルクナーであるブリギッテの兄からのお願いや、両親の命令があったからナディーネは仕えてくれているのだけれど、ブリギッテが神殿へ赴いた後も仕えてくれていることには本当に感謝しているのだ。

「ブリギッテ様、湯浴みの準備が整っていますよ」

ナディーネの声にブリギッテは簡易な鎧を外して湯浴みをし、すっきりとしたところでお茶を淹れてもらった。自分好みのお茶をゆったりとした気持ちで飲むことで、緊張感が解れていくのを感じる。長時間の護衛はどうしても緊張感に包まれていて疲れるのだ。

「やはり自分の部屋は落ち着きますね」

ナディーネとはオルドナンツのやり取りで連絡が取れるので準備に滞りがないし、自分の好みを把握してくれているので安らげる。神殿にも仮眠をとるための部屋があり、必要な時には身の回りのことをニコラやモニカが手伝ってくれる。けれど、魔術具がなくて自分の側仕えもいないので神殿はどうしても不便に感じてしまう。

「ブリギッテ様、神殿と寮のお部屋を比べないでくださいませ」

よりにもよって神殿の灰色巫女達と貴族である自分の仕事を比べるなんて、とナディーネが不満たっぷりの顔になった。ブリギッテも実際に神殿へ向かう前には同じように「神殿など貴族が赴く場所ではない」と思っていたので、ナディーネの気持ちはわかる。実際に、平民と貴族ではできることに差があるので比較の対象にはならない。

「何度も言っているように、ローゼマイン様やフェルディナンド様の周囲はよく整えられているので、これまで聞いていた神殿とはずいぶんと雰囲気が違うのですよ」

ブリギッテはお茶を飲みながらナディーネにそう言ったけれど、ナディーネはやはり簡単には考えを変えてはくれないようだ。それでも、神殿へ行き始めた当初よりは険がなくなった。初めて神殿の不寝番《ふしんばん》に立った時はナディーネが何とも言えない絶望感の籠った目でブリギッテを見つめ、「一晩神殿で過ごすなんてギーベ・イルクナーにご報告しなくては」と動転していたのだ。イルクナーのために兄は領主の養女に仕えることを許してくれたのだから、仕事で自分が神殿に一晩いたところで別に動揺しないだろうとブリギッテは思う。

……動揺はしないでしょうけれど、お兄様はギーベとしての自分の不甲斐《ふがい》なさを責めるでしょうね。

「世間で言われているような神殿の汚らわしさについても、ローゼマイン様のお目に触れるところでは、そのような気配さえ感じさせないのですよ。ローゼマイン様は騎士団長一家から大事にされていらっしゃいますから」

ローゼマインが強すぎる魔力を持っているため、領主の養女にするのが一番良いと判断しても、可愛い娘を手放すのは辛いことなのだろう。騎士団長であるカルステッドの家族は、アウブの養女になったローゼマインをとても心配している。

「それは存じています。ブリギッテ様が訓練に参加される度に騎士団長から呼び出され、コルネリウス様からは神殿の生活について問われ、エルヴィーラ様が内々のお茶会に招待してくださるのですもの。誰の目にも明らかでしょ？」

ナディーネの言う通りだ。それらが他の貴族達の目の前で行われているため、ブリギッテが騎士団長一家と懇意になっていることが目に見えてわかるようになり、周囲の視線が変わってきた。陰口は減ったし、それとなく避けられていた友人達が最近は声をかけてくれるようになっている。

「ブリギッテ様がローゼマイン様の護衛騎士になったことは間違っていないと思いますし、イルクナーのためになっているとわたくしだって思っていますよ。季節一つで騎士団長一家に信頼されたのはブリギッテ様の努力の結果でしょう。……でも、貴族間におけるブリギッテ様の評価がわたくしには悔しいのです」

ナディーネが悲しそうに目を伏せた。ブリギッテは自分が周囲から「婚約解消して結婚が絶望的になったから自暴自棄《じぼうじき》になって神殿へ出入りしている」と言われていることを知っている。半分は当たっている。別に自暴自棄になったわけではないが、婚約解消をしていなければローゼマインに仕えようとは思わなかったし、神殿に出入りはしていなかったのは間違いない。

「周囲の評価よりイルクナーのためになるかどうかが重要でしょう？　明日の午後は予定通りにエルヴィーラ様のお茶会があるけれど、準備はできていて？」

「もちろんです。ブリギッテ様の分だけではなく、わたくしの準備も終わっています」

ナディーネが胸を張って嬉しそうに笑った。ブリギッテのお供として同行するナディーネは、珍しいお菓子が下げ渡されるエルヴィーラのお茶会をとても楽しみにしている。

……エルヴィーラ様のお気遣いは本当にありがたいわ。

ブリギッテが陰口を叩かれているのと同じように、ナディーネも「神殿へ出入りするような主を持って大変ね」とか「貴女も結婚は諦めているの？」と言われていた。ナディーネが笑顔を見せてくれるようになったのは、騎士団長一家がブリギッテを引き立ててくれるようになったからだ。

「ナディーネがお茶会の準備してくれているなら、午前中は騎士団の訓練に参加しますね」

「神殿の護衛がお休みで、午後からお茶会ですよ？　それなのに、訓練するのですか？」

ナディーネの驚いた顔に、ブリギッテは苦笑しながら頷いた。

シュツェーリアの夜のことを考えれば訓練は必要だ。ブリギッテは詳しいことを知らされていないけれど、シュツェーリアの夜の素材を選んだこと、貴族院に入学さえしていない虚弱なローゼマインにわざわざ採集をさせることを考えれば、ユレーヴェの素材を集めていることに間違いはないと思う。素材としてリュエルの実を必要としているのであれば、来年もおそらく同じ場所へ向かうはずだ。あれだけたくさんの魔獣と長時間戦うためには訓練が必要になる。

「神殿の護衛は緊張感の続く長時間の勤務だけれど、腕を磨く時間はありません。時間がある時にはできるだけ訓練に参加しておいた方が良いのですよ」

「そうなのですか。……側仕え見習いであるわたくしとしては、お茶会の前に傷ができるかもしれない訓練を行うのは避けた方が良いと思うのですけれど」

そう言いながらナディーネは心配そうにブリギッテを見た。ナディーネの心遣いに対する礼を述べ、ブリギッテは寝台に入った。


次の日の午前中はナディーネに言った通り、ブリギッテは騎士団の訓練場に足を運んだ。ローゼマインの収穫祭に同行し、シュツェーリアの夜に共に戦ったエックハルトも訓練場にいた。槍を振り回し、広範囲の敵を屠る訓練をしているところを見ても、来年の採集に備えているのだとわかる。

ブリギッテも同じように武器を構え、振り回す。低い位置にいる敵をまとめて薙ぎ払うのは難しくないけれど、確実に屠らなければ少しずつ敵が強くなっていくというところが非常に面倒だった。

「ブリギッテ、騎士団長が呼んでいるぞ」

少し休憩に入ったところで一人の騎士が声をかけてきた。ブリギッテは礼を言って騎士団長室へ移動する。そこには騎士団長カルステッドだけではなく、エックハルトの姿もあった。

カルステッドが一度髭《ひげ》を撫でた後、口を開く。

「ブリギッテ、エックハルト。収穫祭という長旅への同行、ご苦労だった。リュエルの実を採り損ねたとフェルディナンド様から報告があった。途中から合流したので詳しいことは其方等に質問するように、ということだったが……」

カルステッドが視線をブリギッテとエックハルトに向けて、シュツェーリアの夜のことを説明するように促すと、エックハルトが採集の時のそれぞれの動きを簡潔《かんけつ》に報告し始めた。

「ブリギッテ、エックハルトの説明に間違い、及び、付け加えることはあるか？」

「採集の失敗はローゼマイン様の責任ではありません。ローゼマイン様はリュエルの実を一度は採ったのです。それなのに、ザンツェに実を奪われてしまいました。原因は護衛すべきわたくし達、騎士の働きが悪かったからだと考えています」

護衛対象であるローゼマインに魔獣を近付けてしまったのだ。無能だと誇《そし》られてもおかしくない。おまけに、ローゼマインの魔石を取り込み、巨大化したゴルツェからは護衛騎士全員がローゼマインの風の盾で守ってもらっていた。

「ゴルツェの強さや魔力量から考えるとそれ以外に方法はなかったのですけれど、護衛騎士としては非常に不甲斐《ふがい》なく思いました」

ブリギッテの言葉にエックハルトも頷く。

「シュツェーリアの夜という特別な夜に関する情報が足りなかったこと、魔獣の数に比べて護衛騎士の数が少なすぎたこと、それに加えて、我々の能力が足りなかったことが失敗の原因だと考えています。その結果、フェルディナンド様を呼び出す結果となりました」

フェルディナンドの指示通りにしたことで、周囲への被害はほとんどなくゴルツェの討伐を済ませることができたけれど、危うく騎士団を呼ばなければならない事態になっていた。

「ふむ。それだけ多くの魔獣が寄ってくるならば、来年は戦力を増やす必要があるな」

「では、下級騎士であるダームエルを外し、上級騎士か中級騎士を増やしてほしいと存じます」

ダームエルは多すぎる魔獣に上手く対応できていなかった。魔力が少なめの下級騎士なので仕方がないのかもしれないが、来年は連れていくべきではないと思う。魔力を持つ者がほとんどいない神殿の護衛とはわけが違うのだ。

ブリギッテの言葉にカルステッドはゆっくりと顎を撫でながら考え込む。

「だが、採集については大っぴらには言いにくいため、できるだけ少人数で対処したいと思っている。個人的なことに騎士団を動員することができぬ以上、下級騎士でもいないよりは良いだろう」

「そうですね」

ローゼマインに関する様々な情報に通じている者だけで採集に行かなければならないのであれば、ダームエルの戦闘力でもいないよりは良い。

「来年の採集にはフェルディナンド様と私がシュツェーリアの夜に合流することになった。来年に向けて、広範囲への攻撃を重点的に鍛えてほしい」

「はっ！」

返事をしながらブリギッテは思う。アウブの護衛騎士でもある騎士団長が娘の素材採集のためにドールヴァンまで往復するなんて本当に過保護だ、と。けれど、その過保護さは嫌な物ではない。騎士団長一家の家族仲が良いことはとても微笑ましく、兄のために頑張っているブリギッテを認めてくれる土壌《どじょう》にもなっているので嬉しく思う。

「……それで、神殿でローゼマインはどうしている？　ブリギッテも職務上の不自由はないか？」

シュツェーリアの夜の反省が終わると、カルステッドから恒例の質問が始まった。ブリギッテは神殿でのローゼマインの様子に加えて、先輩騎士から聞いた話を伝える。

「先日、三人ほどの女性騎士がローゼマイン様の護衛騎士に志願し、騎士団長に話が通る前にコルネリウス様から却下されたと聞きました。城でだけ護衛をするアンゲリカを見て、彼女達が自分も城だけの護衛をしたいと申し出たのではないかと思われます」

アンゲリカは未成年だから貴族街から出る任務に就けないだけで、成人したら神殿にも下町にもお供することになっている。それを知らずに志願した彼女達はコルネリウスに理由を教えられることなく却下された。

「神殿へ出入りせずにローゼマイン様の護衛騎士見習いという地位にいるアンゲリカは、彼女達から妬《ねた》まれる可能性が高いので気を付けるように、と忠告を受けました」

コルネリウスは「思いもよらぬ理由で勝手に死にかねない」と何度も注意事項を口にするし、ローゼマインに近付く者にとても注意を払っている。過保護な様子は可愛らしいけれど、少し視野が狭くなっていることも多い。それはコルネリウスがまだ子供だからだろうけれど、上級貴族であるコルネリウスにブリギッテが意見するのは少し難しい。

「……なるほど。志願者の思惑を見抜きやすいという理由で、アンゲリカも成人後は神殿へ行くということは特に語っていないが、そういう妬みは厄介だ。コルネリウスには却下の理由も説明するように言っておこう」

「恐れ入ります。……それから、成人するまでの間だけローゼマイン様にお仕えし、貴族院の卒業と同時に結婚準備のために実家へ戻ることを狙っている者もいると聞きました。成人したら神殿へ行くのも構わないと宣言しているアンゲリカは非常に希少《きしょう》でございます。ご注意くださいませ」

「女性の結婚時期を考えればあり得るか。……そのような女性視点の注意は非常に助かる。男では気付かぬからな。今日のところは以上だ。午後からはお茶会であろう？　楽しんでくると良い。エルヴィーラが張り切ってお菓子を準備させていた」

カルステッドの柔らかな口調の中に確かな信頼を感じて、ブリギッテは表情を緩める。


その夜、ブリギッテはイルクナーの兄にオルドナンツを送った。

「お兄様、わたくし、領主一族の側近として少しは信用されるようになったようです。収穫祭に同行した折、ローゼマイン様が多くの種類の木材があるイルクナーに興味を示されました。わたくし、少しはイルクナーの役に立てているかしら？　わたくしの選択は間違っていませんでした。ローゼマイン様はとても可愛らしくて、色々な意味で不思議な方です。ローゼマイン様のお披露目がある冬の社交界を楽しみにしていてくださいませ」

ヴィルフリートの一日神殿長

春に洗礼式を終えたので私がローゼマインの兄上なのに、ローゼマインの方が色々ずるいのが気に入らぬ。ランプレヒトは「ローゼマインは大変なのです」と言っていたが、妹を庇う嘘に決まっている。ちょっと走るだけで倒れて死にかけるローゼマインに一体何ができるというのか。

城へ自由に出たり入ったりしているのも、教師が付けられていないのも、夕食の時間に父上や母上に褒められているのもローゼマインだけだ。私は父上の執務の邪魔をせぬように執務室へ行ってはならないと言われているのに、ローゼマインは行っても良いなんて……ずるいではないか！

私の主張にローゼマインは私と一日生活を入れ替えるのはどうか、と提案してきた。非常に良い提案だと思った。私は城から出て、小うるさい側近達から離れてローゼマイン様のように好き勝手に過ごすのだ。ローゼマインは城で教師達に囲まれる不自由な生活をすればよい。


「参りましょう、ヴィルフリート様」

私を同乗させたランプレヒトの騎獣がバサリと大きく羽を広げて、広い大空へ駆けだした。浮遊《ふゆう》感に身体が湧き立つ。これを先に経験していたなんて、やっぱりローゼマインはずるい。

「ランプレヒト、私が騎獣を作るならばフェルディナンドのように獅子になるのか？」

神殿へ案内するように先を駆けていくフェルディナンドの騎獣を見ながら問いかけると、ランプレヒトが頷いた。

「はい。領主の子は頭が一つの獅子で、ヴィルフリート様が領主となられた時に紋章通りの頭が三つある獅子を作ることができます」

父上の騎獣を見たことはないが、さすが父上だ。とてもカッコいいに違いない。私は自分が作る予定の獅子の騎獣を思い描いていてハッとした。

「……ローゼマインの騎獣は獅子ではなかったと思うのだが？」

「特殊でしたね。私もあのような騎獣は見たことがないです」

ランプレヒトと少し話をしているうちに神殿が見えてきた。神殿は白い貴族街と茶色くてごちゃごちゃした場所の境目にある建物だ。貴族街の向こうだと聞いていたが、意外と近い。

「ランプレヒト、あの茶色くて汚らしいところは何だ？」

「平民が住む下町です。ヴィルフリート様には縁のない場所ですよ」

騎獣が神殿に降り立つと、灰色の服を着た男が出迎えに来ていた。私を見て、目を丸くしている。

「フラン、これを。ローゼマインからだ。明日の四の鐘まで神殿長を交代することになった」

騎獣から降りたフェルディナンドがその男にローゼマインからの手紙を渡しているのを見て、この男がローゼマインの側仕えなのだとわかった。

「ヴィルフリート、彼はフラン。神殿におけるローゼマインの筆頭側仕えだ。神殿にいる間は彼の言うことをよく聞くようにしなさい。フラン、一人でヴィルフリートの相手をするのは大変であろう。この後は私も一緒に回るつもりだ」

「恐れ入ります、神官長。では、お召替えを行いましょう、ヴィルフリート様」

「うむ」

私はこうしてローゼマインの使っている神殿長室へ通された。そして、フランからローゼマインの側仕えに一日だけ私が神殿長をすると伝えられ、ローゼマインの側仕えによって今着ている服の上から白い服を着せられる。これが神殿長の衣装らしい。

「お茶は何がお好みでしょう？」

フランがローゼマインの手紙を読んでいる間、ニコラという側仕えがおいしいお茶を淹れてくれ、今まで食べたことがないお菓子を出してくれた。口に入れるとほろりと崩れて溶けていき、甘さが口の中に広がっていく不思議なお菓子だ。

「このような菓子は食べたことがない。ローゼマインはやはりずるいな」

神殿でこのようなおいしい物ばかりを食べているなんて、と言いながら私がもう一つお菓子を手に取ると、私の言葉が聞こえたらしいニコラが顔を輝かせた。

「こちらのお菓子はローゼマイン様が考えられたものですから、召し上がったことがないお菓子をお望みでしたら、ヴィルフリート様もご自分で作られると良いですよ。ヴィルフリート様は何か新しいお菓子をご存知ですか？　わたくし、作るのが好きなのです」

ニコラは「食べるのはもっと好きですけれど」と期待に満ちた目で笑うが、食べたことがないお菓子など、私が知っているはずがない。

……ローゼマインが考えた菓子、だと？　菓子など考えられるものなのか？

首を傾げながら、私はもしゃもしゃとお菓子を食べる。「下げ渡してはいただけないのですか？」とランプレヒトが言った時には数枚しか残っていなかった。少し惜《お》しい気分で下げ渡す。

私がお茶を飲んでいる間に、フランがモニカという側仕えに何か言い、モニカが早足で部屋を出て行くのが見えた。お茶を飲み終わるのを見計らったように、青い服に着替えたフェルディナンドが入ってくる。ローゼマインの洗礼式で見た、神官長の青い服だ。

「ローゼマインの予定表によると、今日は孤児院で報告を受け、工房を回ることになっている。同行する護衛騎士はランプレヒトとダームエル。側仕えはフランとモニカだ」

フェルディナンドと一緒に入室してきた側仕えとローゼマインの女性騎士が一歩下がった。私はフェルディナンドと共に部屋を出て、回廊《かいろう》を歩き、別の建物へ向かう。

「こちらは親のない子が集められた孤児院でございます。ここは食堂になっています」

フランが扉を開いたそこは広間のように広い部屋で、大きくて粗末《そまつ》な木のテーブルがたくさん並んでいた。私が物珍しさからぐるりと視線を巡らせていると、その場にいる者がざっと膝をついて待っているのが目に入る。全員が同じ灰色の服を着ていた。文官達のお仕着せのような物だろう。

「神殿長、神官長、こちらにお座りください」

むき出しの木の板に座らされることに少し躊躇ったけれど、フェルディナンドが当然のような顔でそこに座るので、仕方なく私も粗末な椅子に座る。

「本日、神殿長への報告があると聞いている。責任者は速やかに前に出て、報告を」

オレンジの髪の女性が進み出てきて、私に向かってずらずらとわけのわからない報告を始めた。フェルディナンドが時々頷き、フランが手に持った板に何か書き込んでいる。

「……何を言っているのだ？」

「孤児院の一月の決算報告でございます」

「そのようなもの、私には関係ないではないか」

次の瞬間、フェルディナンドにバシッと頭を叩かれた。何が起こったのか理解できなくて、衝撃の方が強くて、私は頭を押さえて目を瞬く。ランプレヒトもぎょっとしたように大きく目を見開いて、フェルディナンドを見た。

「フェルディナンド様⁉」

「……な⁉　な、な⁉」

咄嗟には言葉さえも出てこない。次第にジンジンとした熱を持った痛みを感じ始め、私は「何をするのだ⁉」とフェルディナンドを睨んだ。

「この馬鹿者。ローゼマインは神殿長であり、孤児院長を兼任しているのだ。仕事を代わると言った其方に関係ないわけがなかろう。わからずとも黙って聞くように。これがローゼマインの仕事だ」

私が怒っているのに、フェルディナンドにじろりと睨み返されて叱られた。悔しいので「こんなつまらないことはさっさと終わらせろ」とわけのわからない報告をする女を睨んだが、女はくすくすと笑っただけで報告を止めず、最後まで報告書を読み上げていく。腹立たしい。

……私が怒っているというのに、わからないのか。鈍い女だ。

あまりにも退屈なので、途中で椅子から降りて孤児院の中を見て回ろうとしたら、フェルディナンドに思い切り太腿《ふともも》をつねられた。

「痛いぞ、フェルディナンド！　何をする⁉」

「黙って聞くように、と言ったのが聞こえなかったのか？　それとも、理解できなかったのか？　頭と耳、悪いのはどちらだ？　両方か？」

心底馬鹿にするように冷めた目でフェルディナンドが言葉を連ねる。このような侮辱《ぶじょく》を受けたのは初めてだ。カッと頭に血が上った私が立ち上がってフェルディナンドを叩こうとした瞬間、逆にフェルディナンドにガシッと頭をつかまれて椅子に押し付けられた。

「座って、黙って聞くんだ。わかったか？」

「うぐぐ……。ランプレヒト！」

私の護衛だというのに助けようともしないランプレヒトの名を呼ぶと、フェルディナンドが更に頭をつかむ指に力を入れていく。

「何度言えば理解できる？　座って、黙って聞け」

フェルディナンドに押さえつけられている姿を見た子供達が向こうの方でくすくすと笑った。「なんでわからないのでしょうね？」「お話を聞くだけですのに」という声が聞こえる。

「き、聞くから、手を離せ！」

「これ以上意味のないことに周囲の手を煩《わずら》わせるな。愚か者」

フンと鼻を鳴らしながら、フェルディナンドがやっと手を離した。頭にまた指の形が残っているような痛みが続く。女の報告が終わるまで椅子を下りることもできず、私はふつふつとした怒りを溜めながら、横目でフェルディナンドを睨んでいた。

……くっそぉ、フェルディナンドめ！

「今月の報告は以上でございます。わたくしや神官長はフランと話し合うことがございますから、神殿長は子供達とカルタで遊んでいらしたらいかがでしょう？」

遊ぶという言葉に私が反応してフェルディナンドを見ると、向こうの方の子供達を見たフェルディナンドが「……いいだろう」とゆっくり頷いた。

私はやっと椅子から降りることができた。軽く伸びをした後、ランプレヒトとダームエルを連れて、子供がたくさんいるところに向かう。

「カルタとは何だ？」

「教えます。一緒にやりましょう」

大人が相手ならばともかく、城へ遊びに来た子供に負けたことは一度もないのだ。先程私を笑った子供達に私のすごいところを見せてやらなければなるまい。

「一人がこの読み札を読みます。他の子はそこに並んだ絵札から、読み札の内容と同じ絵で最初の文字が同じものを取ります。一番多く取った人が勝ちという遊びです。神殿長は初めてですから、大人の護衛の人と一緒でもいいですよ」

確かに私は初めてで相手はいつも遊んでいるのだから、ランプレヒトと共に戦うくらいでちょうど良いのかもしれない。相手が言い出したことだし、卑怯なことではないのだ。そう思ってランプレヒトと二人で組になり、カルタを始める。

ダームエルが札を読むのかと思ったが、私と同じくらいの子供が読み札を読み始めた。

「其方、字が読めるのか？　私はまだ読めないのにすごいな」

感心して私が褒めると、喜ぶでもなく、そこにいた子供達が全員不思議そうな顔で首を傾げた。

「……え？　神殿長なのに読めないんですか？」

「このカルタと絵本をローゼマイン様が作ってくださったので、孤児院では誰でも読めますよ」

「あ、ディルクだけはまだ読めません。あの赤ちゃん……」

赤い髪の子供を追いかけるように床を這っている赤子を指差してそう言う。ここの子供にとっては字が読めるのは当たり前で、読めないのは弟のメルヒオールより小さい赤子だけらしい。

……つまり、私はあの赤子と同じだと？

思わぬ衝撃を受けたせいか、結局、カルタでは自分の目の前にあった札をランプレヒトが一枚取っただけで、それ以外は他の子供に全て取られてしまった。

「無様な惨敗だな。親に言い含められた子供が相手でなければ其方はその程度だ」

「フェルディナンド様！　お言葉が……」

「事実だ。直視せよ」

鼻で笑ったフェルディナンドが「次に行くぞ」と歩き出す。

……うぐぐぐ……。フェルディナンドめ！

孤児院の男子棟を通って工房へ行った。そこには手や顔を黒くしながら、何やら作っている者達がいる。私と同じくらいの子供から大人までいて、皆が粗末な服を着ているのが変な感じだ。

「こちらはローゼマイン様の代わりに一日神殿長を務めるヴィルフリート様です」

フランが紹介すると、少年二人が少し前に出てきて跪き、貴族に向ける挨拶を始めた。

「風の女神シュツェーリアの守る実りの日、神々のお導きによる出会いに祝福を賜らんことを」

私はまだあまり得意ではないが、魔力を指輪に込めて行く。

「新しき出会いに祝福を」

今日はなかなか上手くできた。うむ、と小さく頷いてランプレヒトを見上げると、ランプレヒトもニッと笑って軽く頷いてくれた。

「ルッツ、ギル。二人とも立て。今日はローゼマインを呼び出していたようだが、どのような用件だ？　今日はヴィルフリートが代わって対処することになっている」

「新しい絵本が完成したので献本する予定でした。こちらをローゼマイン様にお渡しください。そして、こちらをヴィルフリート様に。お近づきの印にどうぞお受け取りください」

緑の瞳の子供が自分に向かって差し出した二冊の本を私は受け取った。紙を束ねただけの粗末な物だ。表紙もないし、薄くて小さい。とても本には見えない物だ。

「絵本？……このような物、どうするのだ？」

「読むのですよ。ローゼマイン様が作り始めた物で、完成を楽しみにしていたのです」

……これもローゼマインが作った物だと？

私は白と黒の絵が大きく付いた絵本を眺めた。そこにもカルタと同じように文字が書かれている。

私は絵本をパラと眺めた後、二人をちらりと見た。自信に溢れた目をして、胸を張っている二人

は私とそれほど年も変わらないように見える。

「……この本、其方等も読めるのか？」

「もちろんです。読めなければ仕事になりませんから」

紫の瞳の子供が「一生懸命に勉強しました」と得意そうに笑う。

「確かに平民が読めるのは珍しいかもしれませんが、仕事に必要ならば平民でも勉強します。字が読めない方に初対面で絵本を差し上げるのは失礼に当たるかもしれませんが、貴族ならば当然読めるので失礼には当たりませんよね？」

恐る恐るという感じで、緑の瞳の子供がフェルディナンドに確認を取る。フェルディナンドは私を馬鹿にするように冷たい視線でちらりとこちらを見た後、フンと鼻で笑った。

「まぁ、貴族としての教育を受けていれば当然読めるはずだ。貴族相手に失礼となることはない」

「安心いたしました」

……平民でも必要ならば読めて、貴族ならば当然だと？

私は顔を引きつらせながら、絵本を見下ろした。

「仕事に戻れ。どのような仕事をしているのか、見ていくつもりだ」

フェルディナンドの指示によって跪いていた者達が立ち上がり、こちらの様子を気にしながら作業を始める。見学をしていると、絵本をくれた子供達が紙の枚数を数えたり、手の空いた者に次の作業の指示を出したりしているのがわかった。

「フェルディナンド、大人がたくさんいるのに、何故あの二人の子供が指示を出しているのだ？」

「片方は側仕えで、片方は商人見習いだが、二人ともローゼマインが育てている腹心《ふくしん》だ。ローゼマインからの指示を直接受け、工房を動かし、その報告をする立場にある。二人とも同じ年頃の子供に比べると負担が大きいためか、ローゼマインを目指しているためか成長が著しい。もしかしたらローゼマインには人を育てる才能があるのかもしれぬな」

私に対しては馬鹿にするようなことしか言わないフェルディナンドが工房の子供を褒め、彼等を育てたローゼマインを褒める。じりじりと胸の奥が焼けるような感じがした。

「五の鐘だ。部屋に戻るぞ。皆、良い働きぶりだった。これからも励むように」

「恐れ入ります」

フェルディナンドの言葉に工房にいた者が誇らしげな笑みを浮かべ、その場にざっと跪いた。

献上された絵本を抱えて、私は神殿長の部屋へ戻る。普段は五の鐘で午後の勉強が終わるので、その後は自由時間になる。今日も部屋に戻って自由時間になるのかと思いきや、フランがテーブルの上に木札を数枚積み上げ始めた。

「何だ、これは?」

「秋の収穫祭に赴くうえで覚えておかなければならない祝詞《のりと》です。注意事項は実際に赴くことのないヴィルフリート様には必要ございませんが、祝詞は魔術を使う上でも役立ちますのでどうぞ」

木札に書かれた祝福の言葉にざっと目を通したランプレヒトが、目を丸くして木札を指差した。

「……まさかローゼマインはこれを覚えているのか?」

「当然です。ローゼマイン様は神殿長ですから」

フランは表情一つ動かさず、本当に当たり前だという顔で頷いた。

「貴族間で一度良くない評価が下されると、それがずっとついて回ることはご存知でしょう？　領主の養女となったローゼマイン様に失敗は許されません。一年間は儀式の度に新しい祝福の言葉を覚えなければなりませんから大変ですが、とても努力しておいでです」

神殿長が祝福を行う儀式の数を、フランは指を折りながら数え上げていく。ローゼマインが神殿長となったのは夏の盛りなので、まだ季節一つ分しか神事を経験していないらしい。それでも、星結びの儀式、夏の成人式、秋の洗礼式をこなし、次は直轄地の収穫祭へ向かうことになっているそうだ。神殿長がやるべきことは信じられないくらい多い。

「私は字が読めないから無理だ」

祝詞が書かれた木札を見て、私は頭を振った。ローゼマインは覚えなければならないものかもしれないが、私が覚えなければならないものではない。私が木札をフランへ返すと、フランはそれをすっと受け取って、次はランプレヒトに差し出した。

「では、ランプレヒト様に読んでいただき、復唱して覚えてください。覚えたら夕食にいたします」

「なっ⁉」

「真剣になれば、覚えられるものですよ。……神官長、お茶をお入れいたします。お疲れでしょう」

そう言ったフランはさっさと厨房の方へと向かう。私の要求を聞こうとしないフランに腹を立て、私は背中に向かって叫んだ。

「私は嫌だ！　こんなものは覚えないぞ！」

ダンと床を踏みしめて怒鳴ると、フランが少し困ったように眉根を寄せて振り返った。徹底的に言いこめようと口を開いた瞬間、フェルディナンドがわざとらしいほど大きな溜息を洩《も》らす。

「ハァ……。フラン、ヴィルフリートは夕食が必要ないらしい。六の鐘が鳴っても覚えられていない場合は、先に夕食を摂りなさい。神の恵みを回す時間に間に合わなくなる」

「かしこまりました」

……フェルディナンドめ、余計なことを！

ギリギリと奥歯を噛みしめて睨んでも、フェルディナンドは冷たい半眼で見返すだけで、全く私を恐れようとしない。

……これだから、シセイジは嫌いなのだ！

おばあ様がよく言っていた言葉を心の内で叫んで、ほんの少しだけ溜飲《りゅういん》を下げる。どうせ祝詞など覚えなかったところで、夕食が本当に抜かれるわけがない。今まで字を覚えなくても、勉学の時間を抜け出しても、そのようなひどい扱いを受けたことはなかった。余計なことを命じた。フェルディナンドが退室するまで待てば良いだけだ。

六の鐘が鳴った。食事の時間だからとフェルディナンドが退室していく。フェルディナンドを見送っていたフランの方をちらりと見てみると、退室すると同時に夕食準備に動き始めるのが見えた。

……やはりだ。フェルディナンドの言葉より私の方が大事に決まっている。

フンと鼻を鳴らして、私は食事の支度が終わるのを待つ。ランプレヒトが「ここの食事は騎士寮よりおいしいです」と楽しみにしているし、お菓子がおいしかったので私も楽しみだ。

「お待たせいたしました、ランプレヒト様。お食事の準備が整いました。ブリギッテ様は後で良いとおっしゃられましたので、ダームエル様とご一緒していただいてよろしいですか？」

「あ、あぁ。ダームエルと一緒なのは構わぬが……」

ランプレヒトが焦ったような顔で私とフランの間で視線を行き来させる。

「ヴィルフリート様のことはブリギッテ様が代わりに見ていてくださいますから、ご心配には及びません。ここでお食事にすると、召し上がれないヴィルフリート様がお気の毒ですので、護衛騎士のための別室に食事を準備させていただきました」

私はランプレヒトの視線とフランの言葉に何とも言えない衝撃を覚えていた。フランはフェルディナンドの言葉通り、本当に私に食事を与えないつもりらしい。

「フラン、其方、そのようなことをしても良いと思っているのか⁉」

「夕食は祝詞を覚えてからとお伝えしましたし、フェルディナンド様からも命じられています」

平然とした顔でフランはそう言った。城の側仕えならば顔色を変えて私に従うのに、フランは全く私の言うことを聞こうとしない。どういうことなのか。

「其方、私とフェルディナンド、どちらが偉いと思っている⁉」

「フェルディナンド様に決まっているではございませんか」

「ぬっ⁉　私は領主の正当なる息子だぞ！　シセイジと一緒にするな！」

城ではシセイジであるフェルディナンドより私の方が偉いと言われているのだ。そんなことも知らないとは、と思いながら私は怒鳴った。今度こそはわかったか、とフランを見上げたら、フランは呆れたような顔になっただけで全く意見を翻さなかった。

「今のヴィルフリート様はローゼマイン様の代わりの神殿長です。領主の息子ではなく、フェルディナンド様に庇護されるローゼマイン様と同様に扱うように、決して領主の息子として甘やかさぬように、ローゼマイン様からも厳命《げんめい》を受けております」

「甘やか……す？」

思わぬ言葉に私は目を見張った。それと同時に昼食時にローゼマインから「では、わたくしの側仕えが甘やかさなくても特に問題ありませんね」と言われた記憶が脳裏に蘇る。私は「もちろんだ」と答えたはずだ。だが、わからない。

「……私が食事を摂りたいと言うのが、甘えなのか？」

「与えられた課題からも、罰からも、身分を振りかざして逃れようとする行動が甘えでございます。それが当たり前に通るのでしたら、ローゼマイン様と違ってヴィルフリート様はずいぶんと今まで甘やかされてきたのですね」

フランはにべもなくそう言うと、ランプレヒトに向き直った。

「ランプレヒト様はお食事をなさってください。ここの食事は孤児院に運ばなければならないので、あまり時間が遅くなると困るのです」

「……私は……」

「一度ヴィルフリート様を他の者に委《ゆだ》ねた方が良いでしょう。ヴィルフリート様にとって日常である貴方がいると、どうしても甘えが出ますから」

穏やかな笑みを浮かべているが、有無を言わせぬ雰囲気でフランはランプレヒトを別室へ連れて行ってしまった。私は見知った者がいない空間に置き去りにされて途方に暮れる。

「ヴィルフリート様、わたくしが木札をお読みしましょうか？　こちらの側仕えは主思いで皆優しいのですが、決して甘くはございません。ヴィルフリート様には驚きでしょう」

ブリギッテと呼ばれていた女性騎士が木札を持って、私の隣に立った。ローゼマインの洗礼式から護衛騎士に任命されたこの者ならば貴族としての目で神殿を教えてくれるだろう。

「ここの側仕えはローゼマインにも厳しいのか？」

「はい。領主の娘として、神殿長として、ローゼマイン様が間違ったことをしないように接しております。お仕え初めの頃、わたくしもローゼマイン様の負担が大きすぎる、とフランに苦言を呈しました。ですが、それは差し出口だと諭されました」

ブリギッテが木札を手に苦い笑みを浮かべた。護衛騎士が「負担が大きい」と口を挟みたくなる状況なのならば、本当にローゼマインの生活は大変なのだろう。

「ローゼマインはこれより多くのことを覚えるのか？」

「はい。こちらの祝詞に加えて、儀式の進行、注意事項、祝福を与える対象やその人数までまとめられた木札がテーブルに積み上がっておりました。……当日は立派に役目を果たされましたよ」

ローゼマインを取り巻く環境と自分の環境の違いに愕然とした。まさか、本当に自分がそれほどまでに甘やかされているなどとは思わなかった。

「……読んでくれ」

「かしこまりました」

ブリギッテに木札を読んでもらい、何度も復唱して暗記する。

食事を終えて戻ってきたランプレヒトが目を丸くして、私を見ていた。


「大変努力されましたね。素晴らしいです」

初めて褒め言葉を口にしたフランによって、一人分の食事がテーブルに準備される。私が祝福の言葉を何とか覚えたのは七の鐘が鳴る寸前だった。一人だけ遅れた夕食なのに、温かそうな湯気が立っている。おいしく食べられるように料理人が待っていてくれたらしい。

……なるほど。優しいけれど、甘くないというのはこういうことか。

温かい食事を食べながら、私はそっと溜息を吐く。無性に城へと帰りたくなった。父上と母上に報告したかった。「今日は祝詞を覚えたのです」と自慢して「よくやった」と褒められたかった。

「……一人の食事は少し詰まらないな」

「ローゼマイン様も時折そうおっしゃいます」

「そうか。ここではローゼマインも一人で食事を摂るのか」

食事を終えると、湯浴みをして側仕えから本日の仕事の報告を受ける。そのようなことは初めてだった。私の側仕えは常に私に付いているか、私を探しているかのどちらかだからだ。私がいない場で別の仕事をしているということがない。

報告が終わるとようやく就寝だ。ぐったりした。こんなに疲れたことはない。頭を使って疲れるなんて初めてだ。普段よりも早い時間だが、私の意識はすっと落ちた。

「ヴィルフリート様、朝でございます」

そんな声と共に、天幕《てんまく》がざっと開けられた。明るい光が入ってきて、私はきつく目を閉ざす。

「まだ眠い」

「起床時間です」

「しつこいぞ。まだ寝ると言っている！」

私が布団を頭まで引き上げて中に潜《もぐ》り込むと、べりっと力づくで布団を引き剥がされた。このような乱暴な起こし方をするのは誰だ、と思って目を開けると、そこには見慣れた顔とは全く違う顔があった。フランが私の体を無理やり起こして、寝台から引き摺《ず》り下ろす。

「私は起床時間だと申し上げました。着替えて朝食を摂ってください。これでもギリギリの時間までお待ちしたのです」

神殿の朝は早かった。誰かに叩き起こされるという経験も初めてだ。フランに着替えさせられ、朝食を並べられる。普段ならまだ寝ている時間なので、少しぼんやりする頭で朝食を摂った。

「朝食を終えたら、フェシュピールの練習です」

ローゼマインの楽師がそう言ってフェシュピールを持ってきた。おそらくローゼマインが使っているのだろう、子供用のフェシュピールを見て私は顔をしかめる。

「私はフェシュピールが苦手だ。好かぬ」

「ならば、尚更練習しなければ上達いたしませんね。音楽は貴族の嗜《たしな》みです」

楽器が貴族の嗜みだということは知っていた。だが、フェシュピールが得意な者ばかりではないし、そのうち自分に合う楽器を探せばよい、と横笛の得意なカルステッドが言っていた。私がそう言うと、楽師はこてりと首を傾げた。

「カルステッド様とは祈念式でご一緒したことがございますが、フェシュピールが横笛に比べて得意ではないだけで弾けないわけではございませんよ？　フェシュピールで音階や歌、曲を覚えておくことは基本で、その上で、ご自分に合った楽器を探すのです。他の楽器を探すことは、フェシュピールの練習をしなくて良い理由にはなりません」

「な、なんだと？」

そのようなことはカルステッドも私の楽師も言っていなかった。

「それに、ヴィルフリート様は洗礼式を終えたのですから、ローゼマイン様と同じように、この冬にはお披露目がありますよね？　その時、子供達がフェシュピールを演奏する催しがあると神官長より伺ったことがございます。フェシュピールの練習もしないようでは、周り全員ができるのにヴィルフリート様だけができなくて恥をかくのではないでしょうか？」

自分一人だけできない、という楽師の言葉に、私は自分一人だけ文字が読めなかった昨日のカルタの情景を思い出した。同じ情景が他の貴族達の前で繰り返されることを考えただけで、情けなくて、悔しくて、顔と頭が熱くなるような、とても嫌な気分になる。

「……ローゼマインは毎日練習しているのか？」

「予定が入ってできないこともございますが、神殿にいらっしゃる時は欠かさず練習されております。練習しなければ、すぐに指が動かなくなってしまいますから」

そう言って楽師は楽譜を持ってきた。

「いきなり上達するわけがございません。毎日の練習が大事なのです。冬までの間に一曲だけ弾けるように練習なさってください。他は考えず、たった一曲だけでよいのです」

……冬までにたった一曲なら、何とかなるかもしれない。

その日の訓練はフェシュピールの練習なのにフェシュピールを一度も触ることはなく、暗譜するまで音階を歌わされ続けた。


三の鐘が鳴って練習が終わると、楽師は綺麗な笑顔で私を褒めてくれた。

「大変結構です。城に戻ったら今日覚えた音階に合わせて指を動かす練習をなさってください。この短時間で暗譜できたのですから、ヴィルフリート様は覚えがよろしいですよ」

普段褒められることがないせいか、ひどくくすぐったい感じがした。「この曲が弾けるようになれば、洗礼式を終えた初めてのお披露目は十分です」と激励してくれる。

城にいれば三の鐘が鳴った後は午前の教師がやってくる。だが、ここには教師はいない。やっと自由時間かと肩の力を抜いた途端、フランが手に様々な物を持ってやってきた。

「神官長のお手伝いの時間でございます」

「……は？」

「儀式の祝福以外の、神殿長としての職務の大半は神官長がこなしております。ですから、少しでも助けとなるようにローゼマイン様は三の鐘から四の鐘まで執務のお手伝いをしていらっしゃいます。さぁ、ランプレヒト様も急いでください」

フランに急《せ》かされ、私とランプレヒトはフェルディナンドの部屋へ連れて行かれる。フェルディナンドの部屋には何人もの側仕えがいて、皆がそれぞれの仕事をしているように見えた。ここで皆と同じように仕事をするのならば、大人の仲間入りをしたようで少しばかり誇らしい気分になれそうだ。私は昨日の工房で見た子供達のように仕事をするのだ、と張り切って入室すると、フェルディナンドが書類から視線を上げて私達を見た。

「あぁ、来たか。ヴィルフリートはそこに座って文字の練習を。手本を準備したので石板で字を練習しなさい。ランプレヒトはこちらの計算だ」

フェルディナンドがテーブルを指差すと、周囲の側仕えが石板や紙、木札を運び、ランプレヒトと私の前に積み上げていく。あっという間にテーブルの上には木札やインク、計算機が並べられた。

「文字の書き取り!?　仕事の手伝いではないのか？」

「馬鹿者。文字一つ読み書きできない者に一体何の手伝いができるというのだ？」

書類から視線を上げることもなくフェルディナンドがそう言った。

「ローゼマインは……」

「あれは私が教える前から少なくとも基本文字は全て書けた。単語に関しても教えたらすぐに覚えたし、図書室に入れたら大喜びで聖典を読み込んでいたので文字を教えたことはほとんどない」

ローゼマインはフェルディナンドに教えられずとも、文字が書けるようになっていたらしい。

……一体何なのだ、私の妹は？

「ローゼマインは工房で商人と接している分、計算も得意だ。ランプレヒトの前に積み上げたのは普段ローゼマインがこなしている分だ。代わりをすると言った以上、きっちりとこなしてくれ」

ランプレヒトは自分の目の前に積み上げられた木札に大きく目を見開いている。私の勉強に関して、「やりたくない気持ちはわかりますが、やらなければなりません」と言っていたランプレヒトのことだ。きっと計算が苦手に違いない。

「仕事かと思えば文字の練習だと？　そのようなこと、やっていられるか。私は知らぬ」

椅子から飛び降りていつものように逃げ出そうとした瞬間、フェルディナンドがシュタープを取り出して早口で何やら唱えた。シュタープから飛び出した光の帯が私に巻き付いてくる。ぐるぐると決して解けぬ魔力の帯に身動きすることもできず、私は無様に床に転がった。

「フェルディナンド様!?　一体何を!?」

ランプレヒトの焦った声を遮るようにフェルディナンドがつかつかと歩いてきて、私を荷物のように担ぐと、椅子の上に乱暴な動作でどさっと置いた。

「逃げだそうとしてもそうはさせぬ。其方がローゼマインと一日交代すると言ったのだ。領主の子ならば、自分の言葉に責任くらい持ちなさい」

魔力でぐるぐる巻きのまま椅子に座らされ、本物の紐で椅子に縛られた後で光の帯が解かれる。あまりにも乱暴で無礼な扱いに呆然とした。私にこのようなことをして何故許されるのか、周囲が何も言わないのか、全くわからない。

「ランプレヒト、早く計算しなさい。ぼんやりするな。時間の無駄だ」

ピッと背筋を伸ばして計算を始めたランプレヒトを見れば、フェルディナンドに勝てないことが嫌でもわかった。仕方なく私も石筆を手に取る。フェルディナンドの執務室はペンが走る音、計算機が動く音、そして、小声でフェルディナンドに許可を求めたり、仕上がった物を提出したりするだけの静かで緊迫した空間だった。息が詰まりそうだ。

ひとまず文字の練習をしてみたが、手がだるくなってきたので石筆を置いた。それに気付いたのか、フェルディナンドが席を立って近付いてきて石板を見下ろす。

「……この程度か」

「ヴィルフリート様にしてはとても努力しておいでです、フェルディナンド様」

……そうだ。いつもの私では考えられない程よく練習したのだ。もっと言ってやれ。

私が心の中でランプレヒトを応援していると、フェルディナンドが私に向けていた冷たい視線をランプレヒトに向けた。

「其方等がそうして甘やかすから、ヴィルフリートがこのように怠惰な愚か者に育つのだ」

ランプレヒトが息を呑んで軽く目を見張る。そして、その後、反論しようとするように口を何度か開けたり閉じたりして、ぐっと奥歯を噛みしめた。そんなランプレヒトを見下ろして、フンと鼻を鳴らしたフェルディナンドが冷め切った金色の目を私に向けてくる。

「ヴィルフリート、城で他の者が言うことはないだろうから、私が現実を教えてやろう。其方は領主の子としての気構えも覚悟も努力も全くない、領主の血を引いているだけの愚かで我儘な子供だ」

私にだって領主の子としての気構えくらいはある。それに、フェルディナンド以外の誰も私のことを「愚かで我儘な子供だ」などと言わない。間違っているのはフェルディナンドだ。

「フェルディナンド、無礼だぞ！」

「無礼？　ただの事実だ。洗礼式を終えたのに文字の読み書きも計算もできず、領主の子という立場を振りかざして全てから逃げ回るだけの能無しではないか。領主としての仕事を手伝わせることもできないくらい役に立たぬ無能が甘ったれるな」

うぐぐ、と唸りながら、私はフェルディナンドを睨み上げた。そんなことはない、と声を大にして反論したかったが、反論できるだけの言葉がない。

「フェルディナンド様、そのくらいで……」

「ランプレヒト、其方も何をダラダラしている？　そのくらいの量、ローゼマインならばすでに終わっている。遅いぞ。主従揃って使えぬな」

フェルディナンドはそう言ってランプレヒトの言葉を切り捨てると、真っ直ぐに私を見た。

「ヴィルフリート、其方の父は自分が跡継ぎ問題で嫌な思いをしたため、魔力量に問題がなければ長子である其方に継がせたいと考えている」

それは知っている。おばあ様も父上も私を跡継ぎにすると言っていた。

「上に立つ者が無能でも、周囲を優秀な者で固めれば何とかなるとジルヴェスターは考えているようだが、優秀な者を集めるのと、優秀な者が留まって其方を支えてくれるのは別問題だ。ジルヴェスターと違って其方にそれだけの求心力があるようには思えぬ」

「フェルディナンド様、このような幼子に向かって言いすぎです」

「幼子とは言ってもすでに洗礼式は終わっている。それにただの幼子ではなく、領主の子だ。本来ならば、養女であるローゼマインよりもヴィルフリートこそが自覚と責任を持たなければならぬ。だが、今のヴィルフリートにローゼマインに勝る自覚や責任感があるか？　全く見当たらぬ」

正論すぎた。ここにいれば嫌でもわかるローゼマインの優秀さと毎日の努力。側仕えが一丸となって、神殿長として、領主の娘として恥ずかしくないように、と数多《あまた》の課題を課している。それに比べて、私は一体何をしてきたのか。課題から逃げ出す自分しか思い出せない。

「フェルディナンド様、確かにその通りですが……」

ランプレヒトが声を出した瞬間、フェルディナンドはぎろりときつい視線を向ける。フェルディナンドの目は私を見下ろしていた時より、ずっと怒りに満ちているように見えた。薄い金の瞳の色が少し変わったように見えた途端、うぐっとランプレヒトが息を呑んだ。ランプレヒトがまるで視線で縛り付けられたように固まって動かなくなり、小さく震えている。フェルディナンドが少し身を乗り出すようにしてランプレヒトに近付けば、ランプレヒトは苦しそうに小さく呻《うめ》いた。

「努力しない能無しはヴィルフリートだけではない。其方もだ。主のためを思うならば椅子に縛り付けてでも学ばせろ、ランプレヒト。もうヴェローニカはいない」

何ということを言うのだ、と私が目を見張った次の瞬間、フェルディナンドは一瞬だけちらりと私を見た。

「ローゼマインは色々な意味で特殊だから比較対象にはならぬし、ヴィルフリートに同じような結果を出せとは言わぬ。だが、領主の子だと言うのならば、周囲に認められるようにローゼマインと同程度の努力くらいはするべきだ。違うか？」

「……おっしゃる通りです」

苦しそうにランプレヒトが言葉を絞り出した。フェルディナンドに呪いでもかけられているようだが、今のフェルディナンドはシュタープも持っていない。フェルディナンドがランプレヒトに何をしているのかわからず、何とも言えない恐怖だけが心の中に積もっていく。

「フランから報告を受けたが、昨夜、ヴィルフリートは祝福の言葉を覚え、フェシュピールの暗譜をするという課題をこなしたそうだな？　最初から愚かだったのではない、と私も認識を改めた。やればできるし、努力できないわけではない。ならば、甘やかして主を愚か者に育てているのは、周囲の者だ。其方等の責だと自覚せよ！」

フェルディナンドがふっと息を吐いて目を伏せた途端、ランプレヒトがテーブルの上に伏せるように崩れ落ちた。

「ランプレヒト！　フェルディナンド、其方、何を……」

「ヴィルフリート」

私の言葉を遮り、フェルディナンドはずしりとした重みのある声で私を呼んだ。声に重みを感じるなどおかしいかもしれない。だが、本当に肩とお腹にぐっとくるような重い声だった。

冷酷な、私に対して温かみのある感情を全く持っていない、暗くて冷たい金色の目を向けられて、私は小さく息を呑んだ。今まで誰にも向けられたことがない怖い目を正面から覗き込み、知らぬうちにカチカチと小さく歯が鳴り出す。

「私は何の努力もせず、困難も苦労も知らぬ其方のような者を主と仰《あお》ぐのは真《ま》っ平御免《ぴらごめん》だ。今のままの其方が領主の地位に就くというのならば、私は其方の弟妹を育て、其方を全力で叩き潰す」

父上やおばあ様が「跡取りは私だ」と言ったから、自分は絶対に跡取りなのだと思っていた。その言葉に逆らおうとする者が存在するということさえ考えたことがなかった。自分の立場が絶対のものではないと叩き込まれて泣きたくなる。

「領主となるのは、本来、正妻の子の中で最も魔力量が多い者だ。覚えておけ」

私がゴクリと唾を飲んだ時、四の鐘が鳴り始める。

生活を入れ替えると約束した一日の終わりだった。

ハッセの孤児

「晴れてよかったな、トール。今日は森だ」

朝食後、森へ向かう時のボロ服を着たリックが大きく伸びをしながらそう言った。工房で行う紙作りの作業が終わったのに、二日ほど雨が降っていて外へ出られなかったのだ。オレも手早く着替えながら同意する。

「オレもホッとしたぜ。さすがに行儀作法ばっかりも飽きてきたからな。……覚えなきゃいけないのはわかってるんだけどさ」

ハッセの孤児だったオレ達は立ち居振る舞いから言葉遣いまで覚えなければならないことがいくらでもあるので退屈とは無縁だ。でも、全部が同じことを求められる閉鎖的なエーレンフェストの神殿では息苦しい気分になることが多い。

……贅沢な悩みだって、オレだってわかってるさ。

自分で望まない限りは姉ちゃんやマルテが売られることはなくなった。飯だって町長のところにいた時と違って、孤児の力関係で量に違いがあったり奪い合ったりする必要もなくて、新入りのオレ達が皆と同じように食べられる。理不尽な暴力にさらされることもなくなった。

ローゼマイン様に付いてきて良かったと思っているし、感謝もしている。幸運ですごいことだと思う。それを頭でわかっていても、神殿の生活は今までの生活と違いすぎて違和感が大きい。どうにも馴染めないのだ。

神殿に閉じ込められているのが普通の神官達と違って、オレ達はかしこまった灰色神官の服で文字や言葉遣いの練習をさせられるより、継《つ》ぎ接《は》ぎだらけでも動きやすくて着慣れているボロ服をまとって森で採集していた方が落ち着く。これまでずっとハッセで農作業をして育ってきたせいか、晴れた日に工房に籠って作業するよりは外に出たくてうずうずしてしまう。森で採集や作業をする日を心待ちにしている毎日なのだ。

男子棟の階段を下りて地階にある工房へ行くと、ローゼマイン様の側仕えであるギルが採集組に刃物や籠を渡している姿が見えた。各自持って行かせればいいのに、ギルは「それじゃ管理しにくい」と言って、必ず手渡している。

「ほら、トール。こっちがリック」

オレとリックはギルに手渡された背負い籠やナイフを持って外に出た。太陽は明るいが、風は冬の訪れを間近に感じさせるように冷たくなっている。でも、これくらいならば森で採集していればそれほど寒さは感じないはずだ。

「トール、リック」

普段ならばここにいるはずがない姉ちゃんの声に驚いて振り返ると、背負子《しょいこ》を背負った姉ちゃんと籠を背負ったマルテがいた。灰色巫女見習いの衣装ではなく、オレ達と同じように森へ行く時の恰好をしている。

「食堂以外でトールやリックと一緒に行動できるのは久し振りね」

「こっちじゃ男女で役割が完全に分かれてるからな」

ハッセの小神殿にいた時は、文字の練習も森への採集も神殿の清めも四人で一緒にしていた。けれど、エーレンフェストの孤児院へ移ってからは人数が多いせいか、男女で役割が分かれていてハッセの小神殿でいた時と違って四人で一緒に行動できない。男は工房や森で働き、女は孤児院で食事作りや神殿の清めをしていることが多いのだ。

「今日はわたし達も森へ行くのよ、お兄ちゃん。ヴィルマから冬支度のために薪や木の実をたくさん採ってきてって言われたの。ねぇ、ノーラ？」

マルテがそう言って笑いながら姉ちゃんを見上げた。今は冬支度の保存食作りのために孤児院は忙しい。少しでも多く森で採集するために灰色巫女見習いの一部も森へ行くことになったようだ。

「わたしやマルテはまだ神殿風の食事作りや清めに慣れていないから。それに、森での採集なら神殿にいるより役に立てるし、ちょっと気が楽だわ」

神殿の孤児院はただでさえ大所帯《おおじょたい》なのに、急に増えたオレ達の四人分の冬支度を上乗せしなければならない。一人分の冬支度が増えるだけでも大変なのに四人分だ。オレ達は孤児院の誰よりも働かなければ、皆から穀潰《ごくつぶ》しと思われて冬の間ずっと肩身の狭い思いをすることになるだろう。それに、冬の終わりに食料が尽きれば一番に取り上げられるのは急に増えた新入りの分に決まっている。いくら平等だ何だと綺麗事を言ったところで、世の中はそんなものだ。

……姉ちゃんやマルテが嫌な思いをしないように頑張らなきゃな。

オレは背負い籠をつかむ手に力を入れた。

「ハァ……。外に出るとホッとするな」

「そうね」

南門を出た途端に農地が広がり、森が見え、空が青く広がって、空気が一気に綺麗になる。門の外は自分達が生まれ育ったハッセと似ている。見慣れた感じの風景に少し体の力が抜けるのだ。神殿の風景も、エーレンフェストの下町の空気もまだ全く自分には馴染んでいない。灰色神官達は門から出た途端に石畳から雨上がりでぬかるんだ道になるのを嫌そうな顔で歩き出す。

「門の外も石畳が続いていると良いのですが……領主様のお力は街の中だけですからね」

神殿育ちで歩く部分は石畳というのが常識の奴等はそう言うけれど、オレは雨上がりで水が蒸発《じょうはつ》する時のむわっとした下町のすえた臭いの方が嫌だ。

「……端の方の雑草が生えているところを歩けば、ぬかるみなんてそんなに気にならねぇと思うんだけどな」

「神殿は綺麗すぎるから、そこで育った人には泥道を歩くのが大変なのよ。わたし達が神殿の綺麗さに馴染めないのと一緒。神官達じゃ畑仕事はできないでしょうね」

姉ちゃんがクスクス笑った。確かに畑を耕《たがや》すために畑に入るところで神官達は嫌な顔をしそうだ。耕していくうちに土が柔らかくなっていくのは結構楽しいのだが、孤児院では賛同を得られないと思う。

「四の鐘が鳴ったら河原へ集合してください」

森に到着すると、ギルが作業の分担を決める。紙作り、薪拾い、採集に分かれるのだ。オレ達四人は木の実や茸の採集になった。一番好きな作業だ。

作業開始の号令にオレはへへっと笑って振り返り、「行こうぜ、皆」と声をかけた。返事をしたのはリックや姉ちゃんではなく、まだ名前も覚えていない灰色神官だった。

「トール、皆で一緒に行動するのは効率が悪いですよ。それから、言葉遣いにも気を付けてください。この場合は、行きましょうと言うのが正しいです」

……オレが言う「皆」にお前等は入ってねぇよ！

反発したかったが、お説教が長くなりそうなので「以後気を付けます」と言って、姉ちゃんの手を引いて歩き出す。振り返るとリックとマルテも小走りで付いてきていた。久し振りに四人でいられる機会を邪魔されなくてオレは灰色神官に向かって声を上げる。

「オレ達、あっちでラッフェルの実を採集してきます！」

「トール達は木登りが得意ですからね。では、我々はこちらでタニエを拾いましょうか」

穏やかな物腰で灰色神官はそう言って数人ずつで森へ入っていく。一年くらい前までは森にも入ったことがなかった灰色神官達は正直言って鈍《どん》くさい。走るのも遅いし、木登りもできないし、茸の見分け方も微妙なのだ。あんなのを森へ入れる決意をしたローゼマイン様はずいぶん変わった人だと思うし、そんな変な命令を受けて引率したルッツは本当に大変だったと思う。オレだったらごめんだ。

「あ、ラッフェルが見えたよ」

少し先にラッフェルの木を見つけたマルテが笑顔になって走り出した。ラッフェルの実は秋の味覚だ。夏が旬のランシェルと見た目は似ているけれど、もっと歯応《はごた》えがあって酸味が強い。ラッフェルを切って蜂蜜に漬けておくと冬においしく食べられるのだ。

「……あ」

急にマルテが足を止めた。オレ達は急いでマルテに駆け寄る。

「どうした、マルテ？」

「二日間の雨でいっぱい落ちちゃってる。わたし、いっぱいラッフェルを採ってくるってデリアと約束したのに……」

マルテがラッフェルの木の周りには落ちて割れた実を指差しながらガッカリと肩を落とした。デリアは孤児院の中にディルクという弟がいて、家族で仲良くしたいオレ達の気持ちをわかってくれるという意味ですごく珍しい子だ。物言いがきつい時もあるけれど、面倒見が良くて年が近いのでマルテが結構懐いている。ディルクが可愛いと、マルテが言ったことがきっかけで仲良くするようになったと聞いた。

「デリアとラッフェルの蜂蜜漬けをたくさん作るって約束したの。デリアは孤児院から出られないから、わたしが代わりに採ってくるって……」

半年ほど前の春の終わりにデリアは大変な罪を犯し、ローゼマイン様の慈悲によって命だけは救われたけれど、二度と孤児院から出られないという処罰を受けたそうだ。デリア本人は「ディルクと一緒にいられるだけで十分なの」と罰に納得しているみたいだけれど、気晴らしに森へ出ることもできないデリアは可哀想だと思う。

リックがマルテの肩を叩いて、ラッフェルの木の上の方を指差した。

「そんなに落ち込むな、マルテ。よく見てみろよ。全部が落ちたわけじゃない。上の方にはまだ残ってるし、ラッフェルの蜂蜜漬けは完全に熟《う》れていないくらいの方がおいしいじゃないか。デリアのためにもいっぱい採って帰ろうぜ」

リックは相変わらずマルテに優しい。マルテを慰めつつ、実を受け取るための布をマルテの籠から取り出している。リックが受け取る準備をするなら、上から実を落とすのはオレの役目だ。オレはナイフが腰にあるのを確認すると、蜂蜜漬けにできそうな大きさの実があるところを目指してラッフェルの木を登り始めた。

「おーい、落とすぞ！」

「待って、待って。トール、木に登るが早すぎるよ！」

大きく布を広げながらマルテが笑顔で上を向いた。受け取り準備ができたのを見て、オレはラッフェルの実をナイフで切って下に落とす。

「きゃー！」

楽しそうな声を上げながらマルテがリックと一緒にラッフェルを受け止めた。姉ちゃんは落ちているラッフェルから食べられる部分だけをナイフで切り取っているのが見える。熟したラッフェルは昼食の時に川で洗って食べるとおいしいだろう。

「トール、トール。もっといっぱい落として！」

「おぅ、任せとけ！」

四人で一緒に作業しているとハッセに戻った気分になった。四人でわいわいと騒ぎながらラッフェルを採った後は、メリルを採集する。メリルはそろそろ終わりの季節のようだ。残っている実はほとんどなかった。

「あ、四の鐘よ。河原へ行かなきゃ」

昼食の時間だ。採集した物が入った籠を抱えて河原へ向かう。そこでは木の枝と一緒に芋を蒸していた灰色神官達がスープを作っているのが見えた。オレ達は真っ直ぐに川へ向かい、切り取ったラッフェルを洗う。

「おや、それは……？」

川で手を洗っていた神官が姉ちゃんの手にあるラッフェルに目を留めた。

「お昼に食べようと思って、落ちているラッフェルから食べられそうなところを切り取ったのです」

「それはいいですね。皆に配るには数が足りないので、大きめの塊《かたまり》は切り分けましょう」

姉ちゃんが切り取ったラッフェルの実は四人で分けるつもりだったので、それほど多くはなかった。それをここにいる神官達全員で分けると言われて目を丸くする。

……なんでお前等にやらなきゃいけないんだよ!?

カッとしたオレを抑えるようにリックがオレの腕を引っ張った。

「トールはナイフを持ってるよな？　ノーラ、切り分けるのはオレ達も手伝うよ」

リックがさっさと切り分け始める。神官が鍋の方へ行くのを見たオレはリックを睨んだ。

「リック、なんであっちの言いなりなんだよ？　それはオレ達が採ったやつだろ？　これだけの人数に分けたら一口も当たらないぜ」

「それが神殿のやり方だからに決まってるじゃないか。新入りのオレ達が皆と同じだけの食べ物をもらってるんだ。オレ達の食べ物だって皆と分けるのは当然だ。ここでラッフェルを惜しんで、あっちに冬の食料を惜しまれたら困るのはオレ達だぞ」

リックに言われて、そうだった、と思い出す。ここでは皆が平等なのだから仕方がない。オレもナイフを出してラッフェルを切り始めた。

「四人で騒いでハッセの頃の気分に戻ってたみたいだな。久し振りの楽しい気分まで取り上げられたみたいでちょっと腹が立ったんだ」

「トールの気持ちはわかる。実はオレもちょっと悔しい」

小さく、小さく切り分けられたラッフェルの欠片《かけら》を見ながらリックも浅く溜息を吐いた。

「今度からはこっそり食べちゃった方が良いかもね」

姉ちゃんが悪戯《いたずら》っぽく笑ってそう言ったことで四人の間に小さな笑いが起こる。土に落ちたラッフェルをどうやってこっそり食べるのか、先に革袋へ水を入れておこうかと些細《ささい》な企みを考えているうちに、もやもやしていた気分が少し晴れた。

「今日は久し振りに皆で一緒にいられて楽しかったな？」

就寝時間になり、オレはリックの隣のベッドで寝転がる。

「あぁ。……でも、この後ってオレ達はどうなるんだろうな？」

「どうなるって？」

「あ、いや、ハッセで孤児をしてた頃は成人したら土地がもらえるから、それまでの辛抱《しんぼう》だって思ってただろ？　同じ孤児でも神殿の孤児は全然違うじゃないか。ノーラやマルテが売られずにすんでよかったけどさ、オレ達、この後はどうなるんだろうなって……」

リックの言葉はオレの胸の中にあった不安と同じだった。姉ちゃんやマルテがあの町長に売られずにすんでよかったことに間違いはない。何度同じところに戻ることができても、オレは姉ちゃんを守るためにローゼマイン様に付いて行くことにしただろう。

……ローゼマイン様に救われたことには感謝してるさ。でも、この先は？

どこに行っても孤児だから大した違いはないだろうと思っていたけれど、実際は大きく違った。神殿の孤児は成人しても畑がもらえるわけでもなければ、孤児院から出られるわけでもない。灰色神官見習いが灰色神官になるだけだ。青色神官の側仕えに召し上げられた時、貴族に売られた時、死んだ時くらいしか孤児院を出る道がない。これまで思い描いていた将来の展望は全て潰れた。この後、自分達がどのように進んでいくのかわからない。

「……収穫祭も参加できないなんて思わなかったもんな」

収穫祭は一年で最も大きな祭りで、この日ばかりは農村から戻ってきた奴等も孤児も関係なく一緒に馬鹿騒ぎができる最高の一日だ。誰もが楽しみにしている祭りなのに、すぐそこで行われている収穫祭に参加してはならないと言われた時には、神官や巫女が何を言っているのか理解できなかった。でも、言い分が理解できないのは神官達も同じだったようだ。不思議そうな顔で至極真面目な口調で「何故私達が参加できるのですか？」と言った。

「私達は農作業に携わっておらず、収穫した物もありません。それに、この小神殿はハッセではありません。ローゼマイン様の小神殿です。ハッセの民ではない私達が何故ハッセの収穫祭に参加できるのですか？　収穫祭は青色神官や青色巫女が収穫を寿《ことほ》ぎ、地方の神事を行いますが、私達が参加する神事ではありません」

その一言にこれまで生きてきた自分の世界と完全に切り離された全く違う世界にやってきたのだと実感した。ハッセの町長から逃れられて良かったと思う気持ちと同じくらい、これから先の生活が不安になった。

ローゼマイン様は優しい人だから、家族を売られたくないと言ったオレ達を助けてくれた。でも、孤児は全員同じ扱いにするから、家族であって家族ではないような関係を灰色神官達から強要されることには何も言わない。孤児院の中で兄弟だけで仲良くできるようには取り計らってくれない。孤児院では平等にするべきだから。

「早く春になればいいのにな……。せめて、小神殿へ帰りてぇよ」

布団の中に潜りながら呟くと、リックから「オレも」と短い返事が来た。

小神殿にいた時と違って、今は神殿生活に慣れない自分達に周囲の神官達が合わせてくれるわけではなくなった。自分達が皆に合わせなければならない。外に出ても見知った景色がなく、姉ちゃんやマルテと一緒にいられる時間は食事の時間だけだ。

農地が広がり、森がすぐそばにあり、空が広かったハッセが懐かしくてならない。まだ冬にもなっていないけれど、ハッセに帰りたい。高い塀に囲まれた狭い空しか見えない神殿からできることなら飛び出したい。自分達はエーレンフェストの孤児ではなく、ハッセの孤児なのだと強く思う。

……せめて、夢の中だけでもハッセに戻りてぇな。

そう思いながらオレは目を閉じた。

ユストクスの下町潜入大作戦

「ユストクス、其方は下町に入ったことがあるか？」

エックハルトと一緒にフェルディナンド様に呼ばれて、そう質問されたのは去年の夏の初めのことだった。

「素材採集のために旅人を装《よそお》って農村へ立ち入ったことは何度もありますが、ここの下町はありません。別に珍しい素材もありませんから。……下町に何かございますか？」

「マインという下町の身食いの子供を青色巫女見習いとして神殿に入れることになった。できるだけ情報を集めてほしい。ここに商業ギルドから届いた調査結果がある。工房の状況ばかりで本人に関する詳しい情報がないのだ」

私はフェルディナンド様が差し出した工房の報告書を受け取ってざっと眺める。月に一度提出される経営報告書の写しと商業ギルドが預かっている工房長の貯金額、工房の主な取引先などが載っていた。

「工房長はマイン。従業員は……なし？　植物紙協会に所属と書かれていますが、植物紙協会とは何でしょう？」

「そのような疑問点を解消できる情報とマイン個人に関する情報が必要だ。私の知っている限りだが、マインは夜空のような紺の髪に金の瞳で、洗礼式を終えても成長不良で五歳くらいにしか見えない。毎日神殿には来られないくらいに体が弱いくせに、本を読むために大金貨一枚を払うので巫女見習いにしてほしいと神殿長に直訴《じきそ》するほど周りが見えていない本好きで……とにかく変わった子供だ。どのような情報でも良い。探してくれ」

……本を読むために大金貨を突き付けて神殿に突進するような子供？　あり得ない。

貴族の常識では、神殿に行きたがるというところがまず信じられない。私はフェルディナンド様の言葉に頭が混乱する。同時に、面白いと思った。こんな変わった子供の話は初めてだ。何でも良いから情報を、というフェルディナンド様の命令に私は口元が綻んできた。面白いことが始まる。そんな予感が胸の内から湧き上がってきた。

「情報を得るために商業ギルドやマイン工房が取引をしている店に入ろうと思うと従者か護衛は必須であろう。その場合はエックハルトに協力を頼みたいと思っている。エックハルト、其方は下町へ入れるか？」

「フェルディナンド様のご命令であれば……」

エックハルトはニコリと笑って跪く。妻のハイデマリーを亡くしてからというもの、生気のない顔で仕事をしていた彼が久し振りにやる気を見せている。その姿に同僚として少し安堵した。

「では、下町に潜入するための準備をしてくれ。神殿までは私の馬車で行き、神殿で服を着替えた後は下働きが通る道から下町へ入ってもらうことになる。下町に通じる裏門までは神殿の側仕えに案内させよう」

「助かります」

貴族が下町へ潜入するのは難しい。貴族の馬車が下町で止まることはないし、買い物は商人を呼びつけることで店へ行くことではない。貴族街から出てきた立派な馬車から農民や旅人のような恰好をしている者が出てくるのもどう考えてもおかしい。フェルディナンド様の馬車で移動して神殿で降ろしてもらい、下町へ入ることができれば潜入はずいぶんと簡単になる。

私は家へ帰ると、素材採集の旅先で集めた衣装を出してみる。農民と旅人の物だ。ここに貴族街へやって来る商人の衣装を加えてみた。これはちょっと格が落ちた貴族の服と大して変わらない。エックハルトには自宅に出入りする商人の服を参考にするように、とオルドナンツを飛ばした。

下町潜入の当日はフェルディナンド様の屋敷には貴族の恰好で入り、屋敷の側仕えラザファムに頼んで商人の衣装に着替えさせてもらった。

「あぁ、そうだ。ラザファム、適当な袋に野菜を準備してくれたか？」

「できています。オルドナンツが来た時には今度は何をするのか、と驚きました」

ラザファムが準備してくれた野菜袋や着替えの衣装が入った袋などを抱えて馬車に乗る。ゆっくりと馬車は動き始めた。

「ユストクス、エックハルト。これは今回の活動費だ。そろそろ五の鐘が鳴るであろう？　宿を取るなり、情報を得るために使うなり好きに使え」

ジャラと音のする小さな革袋を渡された。中に小金貨が六枚と大銀貨が六枚入っている。宿を取るためにこれほどの金額は必要ないが、下町潜入という仕事に対する手当だろう。私は革袋を受け取ると、エックハルトに半分渡した。

馬車が貴族門に到着し、神殿へ入っていく。フェルディナンド様に「来てはならぬ」と言われていたので、神殿に入るのは初めてだ。中に入るのを期待していたのに、フェルディナンド様は裏側の門の方へ馬車で移動して私達を降ろした。神殿の内部やどのような者がフェルディナンド様にお仕えしているのか興味があったのだが、神殿長ベーゼヴァンスに見つかると面倒くさいと言われれば仕方がない。

「門番、この二人を徒歩用の裏門へ案内せよ」

馬車用の門を開けようとしていた門番の一人が私達を案内してくれた。

「この門から先が下町です」

五の鐘が鳴り響く中、神殿の裏門から一歩出て下町に入った。その瞬間、あまりの臭さと汚さに驚いて思わず顔をしかめてしまう。素材採集で時折出入りしていた農村でもこれほどは汚れていないし、臭くもなかった。

「馬車で通った時の数倍はひどいぞ、ユストクス。本当にこんなところへ行くのか？」

「うっ、仕方がない。それがフェルディナンド様のご命令だからな」

まずはマインの父親がいるはずの南門へ行きたいと思っている。騎獣に乗って下町の上空を駆ける調査はしているので、全く土地勘がないわけではない。私はエックハルトと大通りを南下し始めた。貴族街と違って、狭い土地に何種類もの色合いの高い階層の建物がひしめき合い、馬車や荷車が多く行き交っている。驚くほど歩く人も多く、貴族街と違って秩序がない。

「ふむ。南に行くにつれて格が下がっていくのは貴族街も下町も同じか……」

大通りを真っ直ぐ南下して噴水のある中央広場までやって来た。ここにはひどく貧しい身なりの者と旅人のような装いの者とそれなりに見栄えのする衣装を着ている者が混在している。けれど、商人達の衣装に合わせたはずの私達は完全に浮いていた。

「……服を変えた方が良さそうだ。宿を取ろう」

「それは助かる。悪臭に頭痛がしてきた。この任務は素材採集の野営より厳しい」

エックハルトを連れて南門へ行くのは難しそうだ。これ以上みすぼらしい衣装も持っていないし、貴族然とした態度を変えられないエックハルトは北側以外では動けないだろう。

旅人の装いをした者が多い東側で、中央広場に近くて比較的綺麗に見える宿を取ることにした。中に入ると、宿の女将《おかみ》は私達を上から下までじっくりと見て目を丸くする。

「お客さんみたいな豪商《ごうしょう》が馬車にも乗らずにやって来るなんてビックリだよ。まるでお貴族様のところへ行くみたいな恰好じゃないか。馬車が故障でもしたのかい？」

……そうか。貴族街へ行く時と下町にいる時では商人の衣装も違うのか。

あちらこちらの農村に出入りしたことはあるが、下町を歩いたことがない弊害《へいがい》を実感した。私が旅先の農村で培《つちか》った平民への擬態はあまり役に立たないかもしれない。そんなことを考えつつ、仁王立ちしているエックハルトの前に出て女将とやり取りをする。

「馬車の故障もあるが、その時に普段着を汚してしまって大事な一張羅《いっちょうら》を着ているしかなくなったんだ。ウチの旦那様に相応しい広めの部屋を一室頼む」

「はいよ。それにしても災難だったね。洗濯をするなら井戸を使ってもいいよ。今の季節なら夜のうちに乾くさ。もし、すぐに服が必要だって言うなら、ウチの裏の通りを二つ超えたところに中古服の店があるよ」

「それは助かる。これから行ってみるよ」

女将に礼を言って鍵を受け取ると、部屋に入った。広い部屋を注文したが、かなり狭い部屋だ。平民の宿なのだから、こんなものだろう。

「エックハルト、荷物を置いたら服を何とかしよう」

私達は女将に教えられた中古服の店に飛び込んで、「他の服を汚して一張羅しかなくなった。この街で明日の商談に出られる服を見繕ってほしい」と頼んだ。店主は私達の服を見て「よくこんな服で街を歩く気になったね。汚れたまま歩いた方が良かったんじゃない？」と呆れたように言いながら、手早く服を選んでくれる。店で着替えさせてもらうと、ようやく周囲の目を気にせずに街を歩けるようになった。

「なぁ、マイン工房って知ってるかい？　植物紙の工房らしいが、よくわからなくてな」

「……マイン工房？　知らないねぇ。聞いたことがないよ」

服屋では知らなくても仕方がないだろう。情報が入らなかったことに関しては特に気落ちせず、私達は一度宿へ戻った。


「エックハルト、せっかく商人の衣装を着たのだからギルベルタ商会へ行くか？」

「気分が悪くて動けぬ。少し休憩させてくれ」

下町の悪臭に耐えられず、服も臭いと言って洗浄の魔術を使ったエックハルトだったが、洗浄の魔術を使ったせいでせっかく悪臭に慣れてきた嗅覚が元に戻ったらしい。グッと呻いてエックハルトは鼻を押さえている。「嘔吐《おうと》しそうだ」と言っているエックハルトを横目で見つつ、私は農民の衣装に手早く着替えていく。

「先に南門へ行ってこよう。明日までには少し慣れてくれ」

「すまぬ」

私は野菜の入った袋を持って宿を出た。南門でギュンターを探し、尾行して家を突き止めたいと思っている。そして、生活圏で取り繕うことのないマインの姿や情報を得るのだ。私は南門へ向かって大通りを歩きながら周囲を観察し、自分の歩き方や姿勢を下町に馴染むものに切り替えていく。

……南の方が言葉は荒いが、これならば農村で覚えた言葉で何とかなりそうだな。

周囲を見回しながらゆっくり歩いていたせいだろう。南門が間近に迫ってきた時には閉門が近い時間帯になっていたようだ。南門から籠を背負った子供達が十人くらいの集団で下町に戻ってくる姿が見えた。ちょうど良いので、マインの情報を集めることにする。

私は「以前にマインから親切にされたので自作の野菜をお礼として持ってきた農夫」という設定で子供達に話しかけた。

「なぁ、お前等。紺色の髪のマインという女の子を知らないか？　この間マインから親切にしてもらったんで、礼をしたくて探してるんだが……」

そう言いながら野菜の入った袋を少し上げて見せる。

「知らねぇ。聞いたことない名前だな。ウチの近所にはいねぇよ」

また別の集団が門から入ってきた。私は同じように尋ねてみる。すると、マインを知っている集団だったようで、「マイン？　トゥーリじゃなくて？」と一人の子供が首を傾げた。

「トゥーリ？」

「マインの姉ちゃんだよ。誰かに親切にしたんだったら、マインじゃなくてトゥーリだって。おじさん、絶対にトゥーリと間違えたんだよ」

マインにはトゥーリという姉がいることが発覚した。それからはトゥーリに関する情報ばかりが入ってくる。気立てが良くて、誰にでも親切で病弱な妹の面倒もよく見る子供らしい。あまりにもトゥーリの話ばかりで、肝心のマインの情報は全く出てこない。本当に姉妹なのかと言いたくなるほど出てこない。

「……あ～、マインはどういう子なんだ？」

「さぁ？　いつも寝込んでて外に出てこねぇし、あんまり話をしたこともねぇからな」

マインがものすごく虚弱なのはわかった。恐らく私が探しているマインに間違いないことに確信が持てたことは感謝する。だが、虚弱に関してはフェルディナンド様から聞いていてすでに知っている。私は新しい情報が欲しいのだ。

「そんなに気になるならトゥーリに聞いてみたら？　ほら、あそこ。トゥーリ！」

小さい子供を引き連れて歩いてくる青緑の髪の女の子が目を瞬きながら近づいてきた。服は継《つ》ぎ接《は》ぎがあるし、外から戻ったせいか薄汚れているけれど、周囲の子供に比べると髪に艶があるせいで少し違って見える。

「前に親切にしてくれたマインを探してるんだ。礼代わりの野菜を届けたくてな。皆がトゥーリの妹だって言ってるんだが……」

「確かにマインはわたしの妹だけど、マインが親切にしてくれたの？　人違いじゃなくて？」

姉であるはずのトゥーリにものすごく不思議そうな顔をされた。マインは農夫を助けるようなことはしないのだろうか。私はこれから青色巫女見習いとして神殿に入り、フェルディナンド様が面倒を見ることになるマインの性格が非常に心配になってきた。

「……名前を聞き間違えたかもしれないが、確かマインと名乗ったと思うんだ。もしかしてトゥーリの妹のマインは不親切だったり、性格が悪かったりするのか？」

「ううん。そういうわけじゃないんだけど……。おじさんがマインと会った時って、マインと一緒に誰かいなかった？」

あまり余計な嘘を吐くと、後が大変なことになる。ボロが出ないように「一人だった」と私は答える。その途端、トゥーリは笑顔で「じゃあ、絶対に人違いだよ」と言った。

「マインが一人で外に出ることなんてないもん。危なっかしすぎてマインの一人歩きはいろんな人から禁止されてるからね」

マインが一人で外に出られない程虚弱だということはわかった。だが、虚弱であること以外の情報が集まらない。そして、姉であるトゥーリに人違いだと断定された以上、この設定でマインの情報を集めるのは難しいだろう。作戦を変更しなければならない。

「じゃあ、マイン工房って知らないかい？　そこの工房長らしいんだけど……」

「聞いたことないな。それ、何の工房？　ここら辺にはないんじゃね？」

子供達は口を揃えて知らないと言い、トゥーリは警戒する目で私を見た。どうやらこの辺りの者が知っている情報ではなく、家族に警戒心を抱かせる質問だったようだ。

「紙の工房らしいが、よくわからん。誰もわからねぇならいいや。やっぱり聞き間違いかもしれん。引き留めて悪かったな。これをやるから早く帰れよ」

この場はさっさと退散した方が良さそうだ。私は「明日には傷むから」と持っていた野菜を子供達に配って、トゥーリの視線を何度か背中に感じながら南門へ向かって歩く。振り返ると、子供達が路地へ入っていくところだった。

即座に取って返し、路地を曲がった子供達の集団を尾行して、ひとまずマインの家の場所を確認する。とても神殿に入るために大金貨一枚を出せるような家ではない。

その後で南門へも行ってみたが、ギュンターは朝の勤務のため不在だった。代わりに、兵士達へギュンターの娘について質問してみたが、ギュンターがいかに親馬鹿で家族を大事にしているかという情報しか得られなかった。

「ギュンターの家族には深入りするな。可愛い娘と嫁の自慢話を延々《えんえん》とされるか、俺の家族に何か不埒なことでもするつもりかって威嚇《いかく》されるか、どちらかだからな」

ものすごく心配そうな顔で何人もの兵士からそんな忠告をされたのだ。

……家族構成は確定したが、ここにも碌なマインの情報がないな。工房長でありながら、生活圏内で全く情報が得られないとは一体どういう生活をしているのだ？

「家の所在地と家族構成がわかっただけか」

「あぁ。まさか生活圏内にあれほど情報がないと思わなかった。滅多に家から出なくて、出る時は付き添いが必須な虚弱さらしい。このまま情報を集めようとしても埒《らち》が明かない」

「どうするつもりだ？」

エックハルトに問われて、私は農民の服から商人の服に着替えながら一度窓の外を見た。

「深夜になったら商業ギルドへ忍び込む。マイン工房について他にも資料があるはずだ」

生活圏に情報がないならば、仕事の方で探してみるしかない。

こんな汚い場所で食事などできないというエックハルトの言い分に同意して、私達は騎士団の糧《りょう》食《しょく》で夕食を済ませると仮眠を取ることにした。


七の鐘が鳴ってしばらくすると、騒がしかった大通りの喧騒が静かになってくる。酔っぱらいの陽気な声や喧嘩腰の怒声に治安維持をしている兵士達の足音や仲裁する声が少しずつ消えていった。その頃にはエックハルトの鼻も慣れたようだ。

静かになった下町を走り、私達は商業ギルドへ向かう。途中で絡んできた酔っぱらいはエックハルトが手早く追い払った。

「魔術の鍵がかかっているが、こんなに簡単な鍵で大丈夫なのか？」

「平民には魔力がないから、かなり強力な鍵になるのかもしれないな」

金属の物理的な鍵であればエックハルトに力ずくで壊してもらうつもりだったが、商業ギルドにかけられていたのは魔術の鍵だ。

……下級文官の仕事だな。これくらいならば簡単だ。

シュタープで手早く解いて中に滑り込むと、蝋燭と明かりを増幅する魔術具を使って足元を照らしながら階段を上がっていく。上に上がると、奥にまた魔術具が見えた。この商業ギルドにはいくつか魔術具が使われているようだ。こういうところに渡す魔術具は、下級文官の魔力が籠った魔石で賄《まかな》われている。下級文官の大事な収入源である。

「ユストクス、こちらの魔術具は何だ？」

私はシュタープで魔術具の魔石部分に触れ、刻まれている魔法陣をじっくりと見た。

「簡単な識別機能がついている。魔法陣に魔力の登録をすれば問題なく通れそうだ」

二人分の魔力を登録すると、上階へ続く階段の前にあった柵《さく》が溶けるように消える。

上階は金のある商人だけが入れる場所なのだろう。足元は厚みのあるカーペットになり、全体的に広くなっている。私達は資料室を探して片っ端から扉を開けてみて、資料を探していった。工房の名前ごとに並んだ資料はとても整理されていて見やすく、作業が捗《はかど》る。ここの職員はなかなか優秀なようだ。

「マイン工房の主な取引先はギルベルタ商会だが、材木商や細工職人とも取引はあるようだな。明日はギルベルタ商会とこの辺りから探ってみるとしよう」

次の日、私達は商人の恰好でギルベルタ商会へ向かった。近付くと店の前に立っている番人らしき者が中に何やら伝える。すぐに焦げ茶色の髪をした抜け目のなさそうな従業員が出てきて、胸の前で右の拳を左の手の平に当てた。

「ギルベルタ商会のマルクと申します。この度は一体当店にどのようなご用件でしょう？」

穏やかな笑顔だが、警戒心が強いことはわかる。少なくとも客を迎える態度ではない。その警戒心の強さに昨日のトゥーリの姿を思い出した。もしかして私達がマイン工房について調べていることが伝わっているのだろうか。ちらりとギルベルタ商会を見た。植物紙を扱う店だと思っていたが、主な業務は服飾関係のようだ。

……昨日の中古服屋か。

下手に近付いてこれ以上警戒されるよりは、他で情報を仕入れた方が良さそうだ。

「珍しい髪飾りが外から見えて、少し気になっただけだ。中に入るつもりはない」

「さようでございますか。では、ごゆっくりどうぞ」

ギルベルタ商会の客や従業員の出入りを少し見つめた後、私はその場を去る。

「中に入らなくていいのか、ユストクス？」

「ギルベルタ商会には警戒されている。他のところへ行こう」

マイン工房が発注したことがある職人達のところを回ってみることにした。さすがに取引のあった仕事相手のことならば、何か別の情報が出てくるだろう。

「マイン？　誰だ？　あんまり記憶にねぇな」

首を傾げる材木商から何とか思い出してもらおうと、私はマインの特徴を述べてみる。

「ギルベルタ商会と繋がりがあって、ちょっと変わった小さい女の子だ。工房長をしていて、ここと取引があったはずなんだが……」

「あぁ、ベンノのところのチビちゃんか！　普段は名前で呼ばねぇから出てこなかったな」

「親方が書類仕事をしたがらないからですよ」

「うるせぇ。お前こそ仕事しろ！」

呆れた口調で軽口を叩いた男を素早くゴンと殴ると、親方がこちらを向いた。

「なんだってチビちゃんのことを聞きたいんだ？」

「ウチも取引を持ち掛けられたが心配で、工房長としてどうなのか質問したかったんだ」

いくら工房長とはいえ、幼い子供との取引は不安だと零すと、親方は「まぁ、心配にはなるだろうな」と同意を示してくれた。

「でも、別に心配いらねぇよ。ベンノが後見してるし、自分に必要な物もちゃんと知ってる。見た目と言動が合ってなくて変なチビちゃんだが、優秀だぞ。その場でスラスラと注文票を書き始めた。大人顔負けの買い付けができる。支払いも問題ない」

今まで一番まともな情報が出てきた。どうやら「ギルベルタ商会が後見する変なチビちゃん」と言う方が、仕事関係者への通りは良さそうだ。私の勘は正しく、職人や関わった店で「ギルベルタ商会が後見する変なチビちゃん」と言って、工房長が幼すぎることを心配すれば、思い当たることを話してくれた。

洗礼式を終えているように見えないのに、他ではとても見たことがない物を注文していく。金のかけ方が普通じゃない。手先が不器用。大量の糸を買っていった。道端でいきなり倒れてギルベルタ商会の男が慌てて連れて帰っていたなどなど、これまでの苦戦が嘘のように情報が入ってきた。

「どこへ行っても変な子供という言葉を使っているが、変というよりは優秀すぎるという方が正しそうだな。仕事をきっちりとする優秀な子供であれば、フェルディナンド様が青色巫女見習いとして受け入れるのも問題ないだろう」

私の言葉にエックハルトが頷いた。

「あぁ、これでフェルディナンド様にも報告ができそうだな」

エックハルトに頷きながら、スッキリとした気分で私は市場を見回した。今日は西の門の近くに市が立つ日だったようで、珍しい店が並んでいる。貴族街に露店が並ぶことはないし、農村でこれだけの露店が並んでいるところは見たことがない。

「せっかくだから少し見ていかないか？」

「……早く帰るのではないのか？」

私は嫌な顔をするエックハルトに宿へ帰って荷物をまとめるように言って、物珍しさにウロウロと歩き回る。市場の中に、私には用途がよくわからない物をごちゃごちゃと沢山置いてある雑貨の露店があった。ごちゃごちゃした中にやたらと立派なケースがあり、なぜか本が収められている。

普通はこんなところにあるような物ではない豪華な本だ。

「なぁ、店主。これ、どうしたんだ？　こんなところに置くような物じゃないだろ？」

私が本を指差して尋ねると、店主は本を見て肩を落とした。

何でも、二年ほど前に突然商業ギルド長から呼び出され、貴族のところへ行くように言われたのだそうだ。店を持つための後見をしてくれる下級貴族との顔合わせだと聞いた店主は、喜び勇んで言われるままのお金を持って行ったらしい。ところが、「其方が金を貸してくれる者か」と言われ、その場で貴族から金を貸すように命じられたそうだ。質草《しちぐさ》としてこの本を押し付けられ、返金の期日が迫って訪ねてみれば、その家は別の貴族の家だったようで、見知らぬ貴族が出て来て「其方のような商人は知らぬ」と門前払いをされた、と店主は悔しそうに語った。

「こうやって逃げるためにわざわざ俺達みたいな商人を呼び付けたってわけだよ。大店の旦那は契約魔術を使えるから、標的になるのは俺達みたいにこれから店を持とうとしてる下っ端だ」

あまりにもひどい、と店主は商業ギルドのギルド長にも訴えたらしい。だが、ギルド長も貴族が店を持つための会合と言われていたようで、少額の見舞金が出ただけだったようだ。

「お貴族様が徒党《ととう》を組んで平民を騙《だま》してくるんだ。そりゃ珍しいことじゃないが……」

同じ貴族とはいえ、その貴族を擁護する気には全くなれず、私は男の愚痴に相槌を打ちながら本の装丁を眺めていた。

……それにしても、これが下級貴族の本？　あまりにも立派すぎるぞ。

上級貴族の持ち物でもおかしくない装丁だ。こういう装丁の本は魔術関係の物が多い。金に困った貴族が魔術関係の本を平民に売ったのであれば、回収しなければならないのではないだろうか。本の中には所有している貴族の紋章が入っていることも多い。中を見れば貧しい平民から姑息《こそく》な手段で金を奪い取る卑劣《ひれつ》な貴族が特定できるかもしれない。

「なぁ、店主。ウチの旦那さんは本が好きで、持っていない本を集める趣味があるんだ。もしよかったら、それを見せてくれるかい？　これは一応担保《たんぽ》だ」

本を奪われるのではと、店主が警戒することを見越し、私は店主の前に小金貨を一枚置いた。店主は一筋の光明を見つけたような顔で、丁寧に鍵を開けて本を出した。

「あんたの旦那さんが持ってないことを祈るよ。この本に興味を持ったのなんて、まだこれが質草だった頃に見せてほしいと頼んできた変な子供だけだからな」

「変な子供って、どんな子供だったんだい？」

今日は何度も変なチビちゃんの話をしているせいで、何となく聞き返してしまった。

「初めて本を見たと言っていたが、いきなりべたっと地面に伏せて本に頬ずりをしたいとか匂いを嗅ぎたいと言い出したんだよ。あれには驚いたな。変な子供だった」

思わずブハッと吹き出す。フェルディナンド様が言ったマインの行動にとても合致《がっち》したせいだ。

……マインか？　もしかしてマインなのか？　見てみたい。変な子供を見てみたい。

「何だ、知り合いかい？」

「いや、同じような変な子供の話を聞いたことがあるだけだ。同一人物かどうかは知らんが、大金貨一枚を払うから本を見せてくれと神殿に直談判《じかだんぱん》した子供がいたらしい。」

「はぁ？　そりゃ幾ら何でも盛りすぎだろう。それだけ持っていたら買えるじゃないか」

「さすがにインクの匂いを嗅ぎたがったという話は聞いていないから別人だろう」

そう言って店主と笑いながら、私は同一人物に違いないと確信を持った。そんな珍妙《ちんみょう》な言動で本に近付きたがる変な子供が何人もいるわけがない。

「では、見せてもらおうか」

本を手に取って丁寧に開く。紋章が描かれていることが多い最後のページは丁寧に切り取られていた。紋章を見られると困る者から売られたようだ。もしかしたら盗品かもしれない。本は予想通り魔術に関する物で、平民のところに置いておく物ではなかった。

……買い取りたいが、金銭的に難しいか？

私はフェルディナンド様から預かっている革袋の中をちらりと覗いた。担保として出した小金貨の他にあと二枚の小金貨があるけれど、この装丁の本を買うには足りないだろう。

「どうだい？　旦那さんは持ってないかい？」

「持ってない本だった。できれば買い取りたいが、手持ちが今はこれだけしかないんだ」

私は革袋から二枚の小金貨を出した。ひどい貴族に騙された分くらいは補填《ほてん》してやりたいが、貴族街へ戻らなければ手持ちがない。

「露天商は市の立つ日じゃないとここにいないだろ？　俺も今日ここを出るから……」

「十分だ！　売れる可能性なんてないと思ってたからな」

この本の価値を考えれば小金貨三枚は安すぎるはずだが、店主は大喜びで本を売ってくれた。

後日、私はフェルディナンド様から屋敷へ呼び出され、下町で集めた情報を報告した。

「……そういうわけで、生活圏では虚弱以外の情報が得られませんでした。けれど、マイン工房の活動範囲では優秀で変な子供として認識されているようですね」

私の報告にフェルディナンド様は「変なことは最初からわかっている」と呟いた。

「それから、こちらはおそらくマインが匂いを嗅ぎたがった本だと思われます」

私が雑貨屋で仕入れた「本に興味を示した変な子供」の話をすると、フェルディナンド様は少し遠い目になった。

「そういえば、初対面の時も顔を近付けて聖典のインクの匂いも嗅いでいたな」

……フェルディナンド様の前でもしていたのか！　本当にどんな子供だ、マインは？

「フェルディナンド様、この本を神殿の図書室に置きますか？」

「魔術の本だと其方が言ったではないか。この屋敷の図書室に置いておけ」

そう言ってフェルディナンド様は小金貨三枚を私の前に置いた。

雑貨屋で買い取った本はフェルディナンド様の屋敷の本棚に収められ、残念ながらマインが匂いを嗅げる本ではなくなった。

◆

「ユストクスがローゼマインに付けられた徴税官か……。本来はフェルディナンド様の側仕えで文官ではないのに、よく徴税官にねじ込めたものだ」

エックハルトの呆れた声に私はフッと小さく笑って首を振る。

「私は文官の資格も持っているし、フェルディナンド様が神殿に入られてからは城で文官仕事をしていたからな。信用できる文官がいないとフェルディナンド様が言って、アウブが私に命じれば退けられる者がいるはずがなかろう。父親であるカルステッド様も賛成なさったのだから尚更だ」

私達は会議室でフェルディナンド様とローゼマイン姫様がやってくるのを待っているところだ。これから私は初めて会えるのだ。その魔力量によって平民から青色巫女見習いとして取り立てられ、ベーゼヴァンス神殿長を排して領主の養女になったマインに。

……変な子供なのはわかっているが、さて、一体どんな姫様になったのか。

「あのフェルディナンド様が庇護していて、あれだけ情報収集にも苦労させられたのだ。どのような子供か、実に興味深い。兄になった其方はローゼマイン姫様をどう思う？」

「フェルディナンド様が楽しそうで何よりだと思っている。……できることならば二度と下町の調査はしたくないな」

下町での情報収集を手伝わされたことを思い出したのか、エックハルトが嫌そうに顔を歪めた時、扉が開いた。

「待たせたな、エックハルト、ユストクス」

あとがき

お久しぶりですね、香月美夜です。
この度は『本好きの下剋上 ～司書になるためには手段を選んでいられません～ 第三部 領主の養女Ⅱ』をお手に取っていただき、ありがとうございます。

今回は小神殿の孤児院にハッセの孤児が四人増えました。エーレンフェストの街とはまた違う生活をしてきた彼等とハッセに関わる面倒事です。ローゼマインは領主の養女になって権力を得ました。けれど、周囲への影響がわからないままに権力を使ったことで、ひどい目に遭っている孤児を助けたつもりのローゼマインは、ハッセの町民から見ると我欲で町の共有財産を奪う強欲な権力者になってしまいました。

人を陥れることも覚えろという課題をフェルディナンドに課されて、ギルベルタ商会の皆に泣きついて協力してもらいます。べそべそ泣いているローゼマインを助けてくれるのは、やっぱりルッツなのです。

やりたくないことを頑張っている時にヴィルフリートから「ずるい」を連発されたローゼマインは一計を案じます。一日の入れ替わり生活で得られた城の図書室での至福のひととき。代わりに神殿へ行ったヴィルフリートは大変な思いをしていましたけれど。

そして、第三部の大きな目的であるユレーヴェという薬の素材採集の始まりです。今回はシュツェーリアの夜という一年に一度の不思議な夜にできる紫色のリュエルの実を採りに行きました。ファンタジーな雰囲気が伝わると良いと思っています。

こちらは宣伝ですが、TOブックスオンラインストア限定販売で「本好きの下剋上ふぁんぶっく」と「ローゼマイン工房紋章キーホルダー」が二〇一六年十二月二十日に発売されることになりました。気になる方はぜひ公式HPをご覧くださいませ。

http://www.tobooks.jp/booklove/

今回の表紙はジルヴェスターとヴィルフリートが親子で登場です。ジルヴェスターの中身はこんなにカッコよくないですが、表紙なので領主らしいジルヴェスターをお願いしてしまいました。素敵でしょう？　椎名優様、ありがとうございました。

最後に、この本をお手に取ってくださった皆様に最上級の感謝を捧げます。

第三部Ⅲは春の初めになる予定です。そちらでまたお会いいたしましょう。

二〇一六年十月　香月美夜

毎度おなじみ
巻末おまけ
ゆるっとふりっと
日常家族
作：いなゆう
はい お食事の 時間ですよ
リヒャルダ 待って もう少し
なりません
今ちょうど いいところで
お食事の方が 大事です
あうぅ……
つかつかつか
没収
ほめてのばす
父上母上
今日のノルマ 達成いたしました
まあ ヴィルフリート すばらしいわ
いいぞ この調子で 励んでいけ
わかりました！ 明日も がんばります!!
タタタッ
バタン
……私も ああいう感じが よかった
ボッ
よっぽど 嫌だったのね 子供の時の勉強

成長途中

ローゼマイン様
びしっ
え、えっと か、神々のおみち……べき？……の
たどたど
出会いによる？
たどたど
しゅくふくを祈ることを…
ど～～～ん
おゆるしくだしゃい
いてっ
うーん いろいろ 惜しい
次 私が言うの？
しりうこばよすんしうがまもし
舌かんだ

エネルギー

神殿長職務
各種報告会議
収穫祭
わー
どんちゃんどんちゃん
よろり…
ルッツ
よしよし
ギュー

みんな、社交界では
立派なお披露目するからね
なれたかしら？

神殿長らしく
ルッツのぎゅー
欲しいなぁ…
本好きの
下剋上
司書になるためには
手段を選んでいられません
第三部 領主の養女Ⅲ
香月美夜
miya kazuki
イラスト：椎名 優
you shiina
2017年
春
発売予定！
www.tobooks.jp
/booklove

祝「本好きの下剋上」3周年!
本好きの下剋上　ふぁんぶっく
単行本未収録キャラクター設定資料集ほか、
香月美夜先生、椎名優先生、鈴華先生の豪華
書き下ろし収録!!
体裁:B5サイズ　頁数:64頁　定価:1,500円(税抜)
ローゼマイン工房紋章キーホルダー
香月美夜先生自らデザインを考案!　重厚な
金属製がお洒落!
仕様:ストラップ付き／金属製　色:ニッケル
サイズ:3 cm × 3 cm の円形　定価:600 円(税抜)
2016年12月20日
同時発売!
が
詳しくは「本好きの下剋上」特設サイトへ!
http://www.tobooks.jp/booklove/

TOブックス・
オンラインストア
限定企画
続々登場！

TOブックス
幕中!!
第1巻、第2巻
好評発売中!!
本立て!!
ニコニコ静画にて好評無料配信中!
http://seiga.nicovideo.jp/comic/booklove

ビブリアファンタジー開
3巻の書きおろしは
豪華2
本好きの
下剋上
司書になるためには
手段を選んでいられません
第一部 本がないなら
作ればいい！
原作：香月美夜／漫画：鈴華
miya kazuki
suzuka
イラスト原案：椎名 優
you shiina
コミック最新
第3巻
好評
発売中！

の最前線《ギンヌンガガップ・プロトコル》を
攻略《ゲートキーパー》《フロートライズ》せよ
おぬしは、妾の〝トモダチ〟となるのじゃ!!
フロンティア
書き下ろし短編収録！
好評発売中!

世界
ルナティック・バベル
SEAL
覚醒直前の超絶エンハンサー
×
現人神の少女
ぼ、僕っ、だ、ダメですか？
胸が熱くなる
王道ダンジョンファンタジー！
リワールド。
著 国広仙戯
イラスト 東西

著 古流 望
NOZOMU KORYU
イラスト 珠梨やすゆき
YASUYUKI SYURI
ペイスが名探偵に!?
せて
好評発売中!!
新年会の
準備に
おかしな
転生
V
レーズンパンの
恋模様

甘く激しい
王道スイーツ・ファンタジー!
三角関係の
仲裁に
政治も 恋も お菓子も
無論、僕に任
下さい。
TOブックス

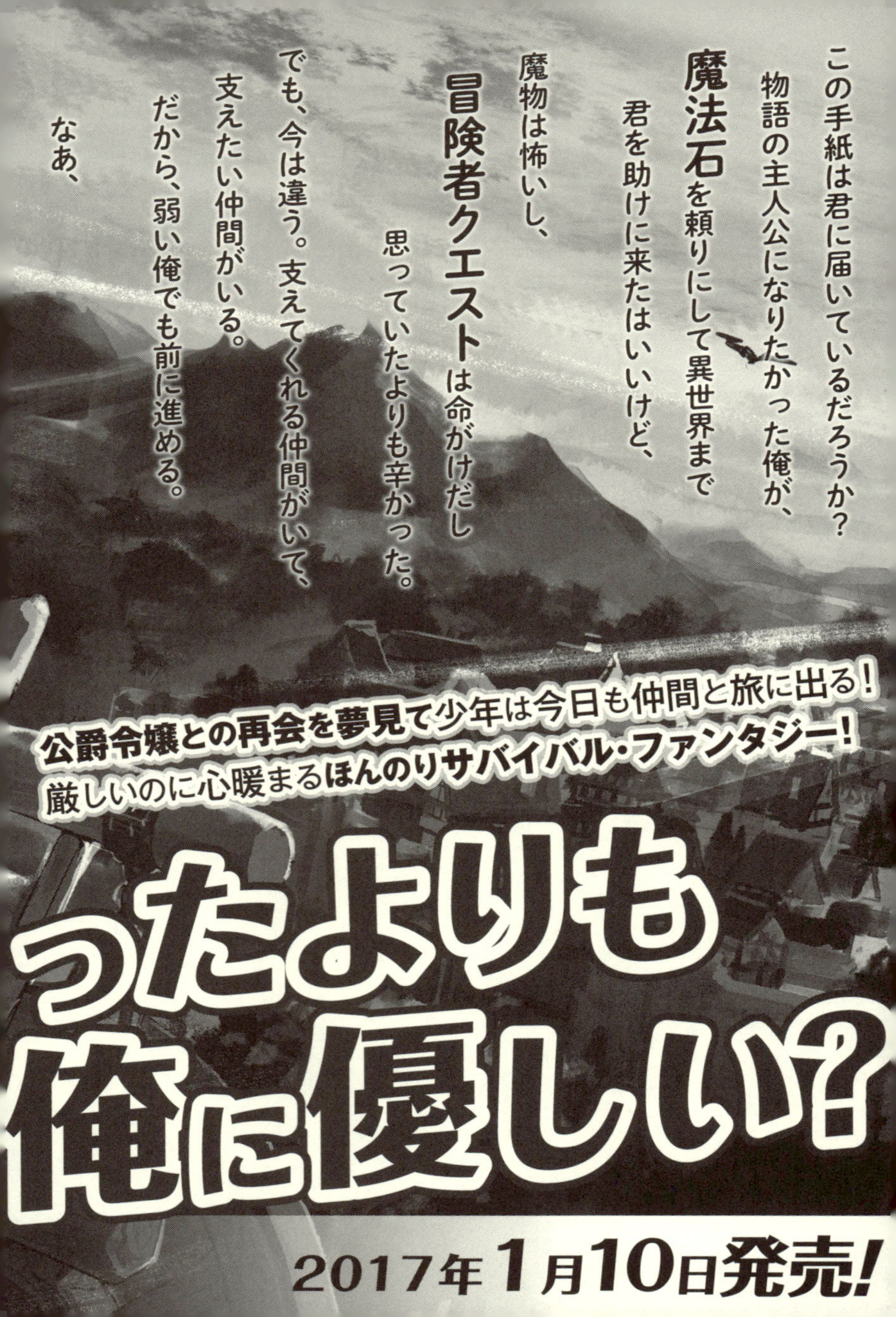
この手紙は君に届いているだろうか？
物語の主人公になりたかった俺が、
魔法石を頼りにして異世界まで
君を助けに来たはいいけど、
魔物は怖いし、
冒険者クエストは命がけだし
思っていたよりも辛かった。
でも、今は違う。支えてくれる仲間がいて、
支えたい仲間がいる。
だから、弱い俺でも前に進める。
なあ、
公爵令嬢との再会を夢見て少年は今日も仲間と旅に出る！
厳しいのに心暖まるほんのりサバイバル・ファンタジー！
ったよりも
俺に優しい？
2017年1月10日発売！

この空はどんな色をしていると思う？
この空を君と一緒に見たい。
約束する。
必ず行くから楽しみにしていてくれ。
君となら強くなれる。
♪
はい、わ、私も一緒したいです。
みんな、俺を助けてくれるか？
異世界は思
著 大川雅臣 イラスト 景

新作予告！
「小説家になろう」で
人気大沸騰！
スキル吸収で最強に成り上がる
バトルファンタジーが開幕！
2017年
1月10日発売！